銀座アルプス

寺田寅彦

角川文庫
22187

目次

イタリア人

今日七軒町(しちけんちょう)まで用達しに出掛けた帰りに久し振りで根津(ねづ)の藍染町(あいぞめちょう)を通った。親友の黒田が先年まで下宿していた荒物屋の前を通った時、二階の欄干に青い汚れた毛布が干してあって、障子の少し開いた中に皺(しわ)くちゃに吊(つる)した袴(はかま)が見えていた。なんだかなつかしいような気がした。黒田がここにいたのはまだ学校にいたころからで、自分はほとんど毎日のように出入りしたから主婦とも古い馴染(なじみ)ではあるが、黒田がいなくなってからは妙に疎くなってしまって、今日も店に人のいなかったのをかえって仕合せに声もかけずに通り過ぎた。しかしこの家の二階はなんとなくなつかしい、昔の香がする。二階といって別に眺望が佳(よ)いのでもなければ、座敷が綺麗(きれい)だというわけでもない。前にはコケラ葺(ぶき)や、古い瓦(かわら)屋根に草の茂った貸長屋が不規則に並んで、その向うには洗濯屋の物干が美しい日の眼界を遮ぎる。右の方に少しばかり空地があって、その真上に向ヶ岡(むこうがおか)の寄宿舎が聳(そび)えて見える。春のころなど夕日が本郷台(ほんごうだい)に沈んで赤い空にこの高い建物が紫色に浮き出して見える時などは、これが一つの眺めになったくらいのものである。しかし間近く上野(うえの)をひかえているだけに、どこか明るい花やかな処もあった。花の時分などになるとなんとなく春のどよみが森の空に聞えて窓の下を美しい人の群が通る事もあった。欄干にもたれて何かしんみりした話でもしている時、程近い時の鐘が重々しいうなりを伝え伝えて遠くに消えることもあった。

いったい黒田は子供の時分から逆境に育ってずいぶん苦しい思いをしてきた男だけに世間に対する考えもふけていて、深い眼の底から世の中を横に睨んだようなところがあった。観察の鋭いそしていつも物の暗面を見たがる癖があるので、人からはむしろ憚かられていたためか、平生親しく往来する友も少かった。そのひねくれたようなところが妙に自分と気が合ったのも不思議である。自分はどうかこうか世間並の坊ちゃんで成人し、黒田のような苦労の味をなめた事もない。黒田の昔話を小説のような気で聞いていた。月々郷里から学資をもらって金の心配もなし、この上気楽な境遇はなかったはずであるが、若い心には気楽無事だけでは物足りなかった。きまりきった日々の課業をして暇な時間を無意味に過すというような事がむしろ堪えがたい苦痛であった。ただ何かしら絶えず刺戟が欲しい。快楽とか苦痛とか名の付くようなものでなく、なんだか分らぬ目的物を遠い霞の奥に望んで、それをつかまえようつかまえようとしていた。小説を読んだり白馬会を見に行ったりまた音楽会を聞きに行ったりしているうちには求めている物に近づいたような気がする事もあったが、つい眼の前の物に手の届かぬような悶かしい感じが残るばかりである。こんな事を話すと黒田はいつも快く笑って「青春の贅沢」はできる時にしておくさと言った。半日も下宿に籠って見厭きた室内、見厭きた庭を見ていると堪えられなくなって飛び出す。黒田を誘うて当もなく歩く。咲く花に人の集る処を廻ったりことさらに淋しい墓場などを尋ね歩いたりする。黒田はこれを「浮世の匂」をかいで歩くのだと言っていた。一緒に歩いていると、見る物聞く物黒田が例の奇警な観察を下すのでつまらぬ物が生きてくる。途上の人は大きな小説中の人物になって路傍の石塊にも意味ができる。君は文学者になったらいいだろうと自分は言った事もあるが、黒田は医科をやっていた。

あのころよく話の種になったイタリア人がある。名をジュセッポ・ルッサナとかいって、黒田の宿の裏手に小さな家を借りてどこかの語学校とかへ通っていた。細君は日本人で子供が二人、末のはまだほんの赤ん坊であった。下女も置かずに、質素というよりはむしろきわめて賤しい暮しをしていた。日本へ来ている外国人には珍しい下等な暮しをしていたが、しかし月給はかなりたくさんに取っているという噂であった。日本へ来ているのは金をこしらえるためだから、なんでもできるだけ倹約するのですと彼自身人に話したそうである。

黒田のいた二階の縁側に立ってみると、裏の塀越しにイタリア人の家の庭から縁側が見下される。二間あるかなしの庭に、植木といったら柘榴か何かの見すぼらしいのが一株塀の陰にあるばかりで、草花の鉢一つさえない。今ごろなら霜解けを踏み荒した土に紙屑や布片などがあさましく散らばりへばりついている。晴れた日には庭一面におしめやシャツのような物を干す、軒下には缶詰の殻やら横緒の切れた泥塗れの女下駄などがころがっている。雨の日には縁側に乳母車があがって、古下駄が雨垂れに濡れている。家の中までは見えぬがきたなさは想像ができる。細君からしてずいぶんこんな事には無頓着な人だと見える。どうせあんな異人さんのおかみさんになるくらいの人だからと下宿の主婦は説明していたそうな。しかし細君はごく大人しい好人物だというので近所の気受けはあまり悪い方ではなかったらしい。

　主人のジュセッポの事を近所ではジューちゃんと呼んでいた。出入りの八百屋が言い出してからみんなジューちゃんというようになったそうである。自分は折々往来で自転車に乗っていくのを見かけた事がある。大きなからだを猫背に曲げて陰気な顔をしていつでも非常に急いでいる。眉の間に深い皺をよせ、血眼になって行手を見つめて駆けっているさまは餓えた熊鷹が小雀を追うようだと黒田が評した事がある。休日などはよく縁側の日向で赤ん坊をすかしている。上衣を脱いでシャツばかりの胸に子供をシッカリ抱いて、おかしな声を出しながら狭い縁側を何遍でも行ったり来たりする。そんな時でも恐ろしく真面目で沈鬱で一心不乱になっているように見える。こちらの二階で話し声がしていても少しも目もくれず、根気よく同じような声を出して子供をゆすぶっている。しかし子供が可愛くてならぬという風でもない。ただ一心に何事かに凝り固まって世間の風がどこを吹くのも知る余裕がないといった様である。自分はこんな場合を見かけるとなんだかおかしくもありまた気の毒な気がした。黒田はあれはこの世界に金を溜める以外何物もない憐れな男だと言っていた。五厘だけ安いというので石油の缶を自転車にぶらさげ、下谷の方まで買いに出かけるという事であった。八百屋などが来ると自分で台所へ出かけてやかましく値切り小切りをする。大根を歯で喰い欠いてみてこれはいけないといって突返したりする。煮焚きの事でも細君にはやらせないで独りで台所で何かガチャつかせながらやっていた。

　花を尋ねたり、墓を訪うたり、美しい夢ばかり見ていたあのころの自分には、このイタリア人は暗い黄泉の闇に荒金を掘っている亡者か何かのように思われた。とにかく一種侮蔑の念を抑えるわけにいかなかった。日露戦争の時分にはなんでもロシアの方に同情して日本の連捷を呪うような口吻があったとかであるいは露探じゃないかという噂も立った。こんな事でひどく近所中の感じを悪くしたそうだが、細君の好人物と子供の可愛らしいのとで幾分か融和していたらしい。子供は髪が黒くて色が白くて美しい。上の男の子はあのころ四つくらいで名はエンリコとかいうそうだが、当り前の和服を着て近所の子供と遊んでいるのを見ては混血児と思われぬ様であった。黒田はこの児を大変に可愛がってエンチャンエンチャンと親しんでいた。父親が金をこしらえあげた暁にこの児の運命はどうなるだろうかと話し合った事もある。

　ジュセッポの家で時ならぬ嵐が起って隣家の耳を敧てさせる事も珍しくない。アクセントのおかしいイタリア人の声がしだいに高くなる。そんな時は細君のことをアナタがアナタがという声が特別に耳立って聞える。嵐が絶頂になって、おしまいに細君の啜り泣きが聞え出すと急に黙ってしまう。そして赤ん坊を抱いて下駄ばきで庭へ出る。憤怒、悲哀、痛苦を一まとめにしたような顔を曇らせて、不安らしく庭をあちこち歩き廻るのである。異郷の空に語る者もない淋しさ侘しさから気まぐれに拵えた家庭に憂き雲が立って心が騒ぐのだろう。こんな時にはかたくななジュセッポの心も、海を越えて遥かなイタリアの彼方、オレンジの花咲く野に通うて羇旅の思いが動くのだろうと思いやった事もある。細君は珍しいおとなしい女で、口喧ましい夫にかしずく様はむしろ人の同情をひくくらいで、ついぞ近所なぞで愚痴をこぼした事もない。したがってこの変った家庭の成立についても細君の元の身分についても、何事も確な事は聞かれなかった。今は黒田も地方へ行ってしまってイタリア人の話をする機会も絶えた。

　こんな事をいろいろ思い出して帰ってくると宅のきたないのが今さらのように目につく。よごれた畳破れた建具を見まわしていたが、急に思いついて端書を書いた、久し振りで黒田にこんな事を書いてやった。

……東京は雪がふった。千駄木の泥濘はまだ乾かぬ。これが乾くと西風が砂を捲く。

この泥に重い靴を引きずり、この西風に逆うだけでも頬が落ちて眼が血走る。東京はせちがらい。君は田舎が退屈だと言ってきた。このごろは定めてますます肥ったろう。僕は毎日同じ帽子同じ洋服で同じ事をやりに出て同じ刻限に家に帰って食って寝る。「青春の贅沢」はもう止した。「浮世の匂」をかぐ暇もない。障子は風がもり、畳は毛立っている。霜柱にあれた庭を飾るものは子供の襁褓くらいなものだ。このごろの僕はなんだかだんだんに変ってくる。美しい物の影がしだいに心から消えていく。金がほしくなる。かつて二階から見下したジュセッポにいつの間にか似てくるようだ。堕落か、向上か。どちだか分らない。三月十四日

ペンで細字で考え考え書いてしまったのを懐にして表のポストに入れに出た。そして今書いた事を心でもう一遍繰り返しながら、これを読んだ時に黒田の苦い顔に浮ぶべき微笑を胸に描いた。

（明治四十一年四月『ホトトギス』）

まじょりか皿

十二月三十一日、今年を限りと木枯しの強く吹いた晩、本郷四丁目から電車を下りて北に向うた忙がしい人々の中にただ一人忙がしくない竹村運平君が交じっていた。小さい新聞紙の包を大事そうにかかえて電車を下りると立ち止って何かまごまごしていたが、薄汚い襟巻で丁寧に頸から顋を包んでしまうと歩き出した。ひょろ長い支那人のような後姿を辻に立った巡査が肩章を聳かして寒そうに見送った。

竹村君は明けると三十一になる。四年前に文学士になってから、しばらく神田の某私立学校で英語を教えていた。受持の時間に竹村君が教場へはいるときに首席にいる生徒が「気を付け」「礼」と号令をすると生徒一同起立してうやうやしくお辞儀をする。そんな事からが妙に厭であった。そして自分にもろくに分らないような事をいい加減に教えていると、しだいしだいに自分が堕落していくような気がすると云っていたが、一年ばかりでとうとう止してしまった。そうして月給がなくなって困る困るとこぼしながらぶらぶらしていた。地方の中学にかなりによい口があって世話しようとした先輩があったが、田舎は厭だからと素気なく断ってしまった。何故田舎が厭だと人が聞くと、田舎は厭じゃないが田舎の「先生」になってしまうのが厭だからといった。それで相変らず金を取らなくちゃ困るといってこぼしていた。その後一時新聞社へもはいっていた。半年くらい通って真面目に働いていたが、自分の骨折って書いたものが一度も紙上へ載らないのでこちらも出てしまった。このごろではあちこちの翻訳物を引受けたり、少年雑誌の英文欄などを手伝って、どうかこうかはやっている。時々小説のような物を書いて雑誌へ出す事もあるが、とかくの評判もないようである。自分の小説が何かに出ると、方々の雑誌屋の店先で小説月評といったような欄をあさって見るが、いつでも失望するにきまっていた。

根津辺の汚い下宿屋できわめて不規則な生活を送っている。一日何もしないで煙草ばかり吹かして寝たり起きたり四畳半に転がっている事もあれば、朝から出掛けて夜の二時ごろまで帰らぬ事がある。そうかと思うと二、三日風呂にも行かず夜更まで机へすがったきりでコツコツ何か書いたり読んだりする。そんな時はいかにも苦しそうな溜息ばかりして何遍となく便所へはいって大きな欠伸をする癖がある。朝は大概寝坊をして、これがために昼飯を抜きにする事があるが、その代りに夜の十時ごろから近所の牛肉屋へ上って腹いっぱいに食う事も珍しくない。いったいに食う方にかけては贅沢で、金のある時には洋食だ鰻だとむやみに多量に取寄せて独りで食ってしまうが、身なりはいつでも見すぼらしい風をして、床屋へ行くのはきわめて稀である。それでも机の抽斗（ひきだし）には小さな鏡が入れてあって、時によると一時間もランプの下で鏡を眺（なが）めている事がある。風采（ふうさい）はあまり上らぬ方である。酒を飲まぬ事と一度も外で泊った事のないのを下宿の主婦が感心していた。友達というものはほとんどない。ただ一人親しく往来していた同窓の男が地方へ就職していってからは、別に新しい友もできぬ。ただこのごろ折々牛込（うしごめ）の方へ出ると神楽坂（かぐらざか）上の紙屋の店へ立寄って話し込んでいる事がある。この紙屋というのは竹村君と同郷のもので、主人とは昔中学校で同級にいた事がある。いつか偶然に出くわしてからは通りがかりに声をかけていたが、このごろでは寄るとゆるゆる店先へ腰を下（おろ）して無駄話をしていく。主人の妹で十九になる娘がいて店の奥の方でちらちらする時がある。色の白い女学生風な立ち姿のよい女である。晴々とした顔で奥から覗（のぞ）いて美しい眼を見せる時もあるが、また妙に冷い顔をして竹村君などには目もかけぬ時がある。娘の姿のちらちらする日には竹村君は面白そうに一時間の余も話し込んでいるが、娘の顔を見せぬ日は自然に口が重くてそうかといって急に帰るでもなく、朝日（あさひ）を引切りなしに吹かして真鍮（しんちゅう）のしかみ火鉢の片隅へ吸殻の山をこしらえる。一週間に一遍くらいはきっと廻ってくるが、いつ来ても同じような話ばかりしている。店へは郷里の新聞が来ているので話はよく郷里の噂になる。それから昔の同級生の噂になる。福見や河野が洋行する話や、桜井が内務省の参事官で幅を利かせているような話が出ると竹村君は気の乗らぬ返辞をしてふっと話題を転ずるのであった。

　今日も夕刻から神楽坂へ廻って、紙屋の店で暮の街の往来を眺めていた。店の出入は忙しそうであったが、主人は相変らず落着いて相手になっていた。兵隊が幾組も通る。「兵隊も呑気でいいなあ」と竹村君が云うと「あなた方も気楽でしょう」といってにやにやした。竹村君は「そうさなあ、まあ兵隊のようなものだろう」といって笑った。彼は中学校を出るとすぐに生真面目な紙屋の旦那になっている主人と、自分のような人間との境遇の著しい違いを思い較べていた。そこへ外からここの娘が珍しく髪を島田に上げて薄化粧をして車で帰ってきた。見かえるように美しい。いつになく少しはにかんだような笑顔を見せて軽く会釈しながらいそいそ奥へはいった。竹村君は外套の襟の中で首をすくめて、手持無沙汰な顔をして娘の脱捨てた下駄の派手な鼻緒を見つめていたが、店の時計が鳴り出すと急に店を出た。

　神田の本屋へ廻って原稿料の三十円を受取った。手を切りそうな五円札を一重ねに折りかえして銅貨と一緒に財布へ押しこんだのを懐に入れて、神保町から小川町をしばらくあちこち歩いていた。美しさを競うて飾り立てた店先を軒ごとに覗き込んでいた。竹村君はこうして店先を覗くのが一つの楽しみである。ことに懐に金のある時にそうである。陰気な根津辺に燻ぶっていて、時たまここらの明るい町の明るい店先へ立つと全く別世界へ出たような心持になってなんとなく愉快である。時計屋だの洋物店の硝子（ガラス）窓を子供のようにのぞいて歩いた。呉服屋には美しい帯が飾ってあった。今日ちらと見た紙屋の娘の帯に似ている。正札を見ると百二十円とあった。絵葉書屋へはいったら一面に散らした新年のカードの中には売れ残りのクリスマスカードもあった。誰に贈るあてもないが一枚を五十銭で買った。水菓子屋の目さめるような店先で立止って足許（あしもと）の甘藍（かんらん）を摘（つま）んでみたりしていたが、とうとう蜜柑（みかん）を四つばかり買って外套の隠しを膨らませた。眼鏡屋の店先へ来ると覗（のぞ）き眼鏡があって婆さんが一人覗いている。こちらのレンズを覗いてみると西洋の美しい街の大通りが浮き上がって見える。馬車の往来が織るような街の両側の人道の並木の下には手を組んだ男女の群が楽しそうに通っている。覗いている竹村君の後ろをジャンジャンと電車が喧しい音を立てていくと、切るような凩（こがらし）が外套の裾（すそ）をあおる。隣りの文房具店の前へ来るとしばらく店口の飾りを眺めていたが戸を押し開けてはいっていった。眩（まぶ）しいような瓦斯灯（ガスとう）の下に所狭く並べた絵具や手帳や封筒が美しい。水色の壁に立てかけた真白な石膏（せっこう）細工の上にパレットが懸って布細工の橄欖（かんらん）の葉が挿してある。隅の方で小僧が二人掛け合いで真似事の英語を饒舌（しゃべ）っている。竹村君は前屈（まえかが）みになって硝子箱の中に並べたまじょりか皿をあれかこれかと物色しているが、頭の上の瓦斯の光は薄汚い鼠色の襟巻を隠すところもなく照している。元気よく小僧を呼んで、手に取り上げた一枚の皿と五円札とをつき出すと、小僧はありがとうといって竹村君の顔をじろじろ見た。竹村君は小僧が皿を包むのをもどかしそうに待っていたが、包を受取ると急いで表へ飛び出した。そうして側目も振らずにいきなり電車へ飛込んでしまった。

竹村君がこのまじょりか皿を買おうと思い立ったのは久しい前の事である。いつか同郷の先輩の書斎で美しい絵のついた長方形の浅いペン皿を見た事がある。その時これがまじょりかといって安くないものだと教えられた。その後この文房具店で同じようないろいろの皿を見つけて一つ欲しいと思い立ったが、今日まで機会がなかったのである。今夜買ったのは半月形で蒼海原に帆を孕んだ三本檣の巨船の絵である。夕日を受けた帆は柔かい卵子色をしている。海と空の深い透明な色を見ていると、何かしら遠いゆかしいような想いがするのを喜んで買った。

欲しいと思った皿を買ったのは愉快であるが、電車のゆれるにつれて腹の奥底の方にどこか不安なような念が動いていた。竹村君は郷里に年老いた貧しい母を残してある事を想い出したのである。五円で皿を買っても暮の払いには困らぬ。下宿や洗濯屋の払いを済ませても二十円あれば足りる。今年は例年の事を思えば楽な暮であるが、去年や一昨年の苦しかった暮には、かえって覚えなかった一種の不安と淋しさを覚えて、膝の上のまじょりか皿と、老い増さる母の顔とを思い比べた。四丁目で電車を下りると皿の包を脇の下へ抱えてみたが工合が悪い。外套の隠しへねじ込むと蜜柑がつかえるから、また片手でしっかりさげて歩き出した。木枯が森川町の方から大学の前を渦巻いてくるたびに、店ごとの瓦斯灯が寒そうに溜息をする。竹村君はこの空ら風の中を突兀として、忙しそうな往来の人を眺めて歩く。知らぬ人ばかりである。忙しい世間は竹村君には用はない。何かなしに神田で覗いてみた眼鏡の中の大通りを思い浮べて、異郷の巷を歩くような思いがする。高等学校の横を廻る時に振返ってみると本郷通りの夜は黄色い光に包まれて、その底に歳暮の世界が動揺している。弥生町へ一歩踏込むと急に真暗で何も見えぬ。この闇の中を夢のように歩いていると、暗い中に今夜見た光景が幻影となって浮き出る。まじょりかの帆船が現われて蒼い海を果もなく帆かけていく。海にも空にも船にも歳は暮れかかっている。逝く年のあらゆる想いを乗せて音もなく波を辷っていく。船には竹村君も小さくなって乗っている。紙屋の娘も水々しい島田で乗っている。淋しそうな老母の顔も見える。黙ってじっとしている人々の顔にも年が暮れかかっている。

竹村君は片手の皿の包を胸に引きしめるようにして歩いていたが、突然口の中で「三百円もあるといいなあ」と呟いた。

（明治四十二年一月『ホトトギス』）

電車と風呂

電車の中で試に同乗の人々の顔を注意して見渡してみると、あまり感じのよい愉快な顔はめったに見当らない、顔色の悪い事や、眼鼻の形状配置といったようなものは別としても、顔全体としての表情が十中八九までともかくも不愉快なものである。晴れ晴れと春めいた気持のよい表情は、少くも大人の中にはめったに見つからない。たいてい神経過敏な緊張か、さもなくば過度の疲労から来る不感（アパシイ）が人々の眼と眉（まゆ）の間や口の周囲に残忍に刻まれている。たまには面白そうに笑っている人があってもその笑は多くの場合には笑わないよりも一層気持の悪い笑である。これらのたくさんの不愉快な顔が醸（かも）す一種の雰囲気は強い伝染性を持っていて、外から乗り込んでくる人の心に、すぐさま暗い影を投げないではおかない、そして多くの人の腹の虫の居所を変えさせようとする傾向がある。

自分がこういう感じを始めてはっきり自覚したのは外国から帰った当座の事であった。二年振りで横浜（よこはま）へ上陸して、埠頭（ふとう）から停車場へ向う途中で寛闊（かんかつ）な日本服を着て素足で歩いている人々を見た時には、永い間カラーやカフスで責めつけられていた旅の緊張が急に解けるような気がしたが、この心持は間もなく裏切られてしまわねばならなかった。その夜東京の宿屋で寝たら敷蒲団が妙に硬くて、まるで張り板の上にでも寝かされるような気がした。便所へ行くとそれがはなはだしく不潔で顔中の神経を刺戟された。翌朝久し振りで足駄を買って履いてみると、これがまた妙にぎごちないものであった。そして春田のような泥濘の町を骨を折って歩かなければならなかった。そのうちに天気がよくなると今度は強い南のから風が吹いて、呼吸もつまりそうな黄塵の中を泳ぐようにして駆けまわらねばならなかった。そして帽子をさらわれないために間断なき注意を余儀なくさせられた。電車に乗るとたいてい満員——それが日本特有の満員で、意地悪く押されもまれて、その上に足を踏みつけられ、おまけに踏んだ人から「間抜め、気をつけろい」などと罵られて黙っていなければならなかった。このような——当り前ならばたぶんなんでもないと思われるべき事が、しばらく忘れていただけに非常に強く当時の自分の頭に印象された。その時分から妙に電車の乗客の顔が不愉快に陰鬱にあるいは険悪に見え出したのである。そしていろいろな事を考えてみた。あまり確実な事は云われないが、西洋の電車ではこんな心持のした事はなかったように思う。もちろん疲れた眠い顔や、中にはずいぶん緊張した顔もあるにはあったろうが、別にそれがために今のように不愉快な心持はしなかった。人種の差から免れがたい顔の道具の形や居ずまいだけがこのような差別の原因であろうか、何かもっとちがったところに主要な原因があるのではあるまいかと考えてみた。

まず堅い高足駄をはいて泥田の中をこね歩かなければならない事、それから空風と戦い砂塵に悩まされなければならない事、このような天然の道具立にかてて加えて、文明の産み出したこの満員電車に割り込んで踏まれ押され罵られなければならない事、ただこの三つの条件だけでも自分のような弱い者にはかなりに多く神経の不愉快な緊張を感じさせる。これが毎日日課のように繰返される間には、自分の顔の皺の一つや二つは増すに相違ない。

近ごろアメリカの学者の書いたものを読んでいたら、その中に、「英国人に比べてみると米国人の顔なり挙動なりはあまり緊張し過ぎている。これは心に余裕のない事を示す。その原因は気候の険悪などというためではなくて、人と人との間に養成された習慣が第二の天性に変化したのである。これを治療するにはやはり余裕のある人を模倣する事によって習性を改めるほかはない」と論じている。これを読んでなるほどと感心した。

しかしまだどうもこの説には充分に腑に落ちないところがある。もし東京にあの風が吹かなかったら、もし東京の街の泥と塵がなかったら、そして電車の数を増すか、あるいはいっそその事に全部無くしてしまったら、それだけでも東京市民の顔は幾分か柔かく快いものになりはしまいかと思われる。

こう考える理由が一つある。

東京市民の顔の緊張がやや弛んで見える場所がある、それはほかでもない風呂屋である。日本に特有なこのありがたい公共設備の入口の暖簾を潜って中へはいると、まず番台からかけられる声からがすでによほどゆるやかなものである。そして柔かく温かに湿った湯気の中に動いている人の顔にも、鏡の前に裸で立ちはだかって頬を膨してみたり腹を撫でてみたりしている人の顔にも、湯槽の水面に浮んでいるデモクラチックな顔にも、美醜老若の別なく、一様に淡く寛舒の表情が浮んでいる。

このありがたい設備と習慣とがなかったら東京市民の顔は今ごろどんなものに変化しているだろう。

銭湯の湯船の中で見る顔には帝国主義もなければ社会主義もない。

もし東京市民が申し合せをして私宅の風呂をことごとく撤廃し、大臣でも職工でも皆同じ大浴場の湯気にうだるようにしたら、存外むつかしい世の中のいろいろの大問題がヤスヤス解決される端緒にもなりはしまいか。こんな事を考えてみたこともある。

風呂場が人間に与える微妙な影響の中で面白いのは、多くの人が歌を唱いたくなる事である。英国の有名な物理学者が近ごろロンドンのローヤルインスチチューションでやった講演の中で「人は何故浴場で歌いたくなるか」という問題を提出したら聴衆は大に笑ったそうである。して見ると浴場で歌うという傾向は江戸ッ子に限らないと見える。この学者の説によると、第一に水の流出する音が人の声を誘う、第二には浴場の壁は普通の家のように音波を擾乱（じょうらん）するものがないためによく反響して声が充実して聞えるためだという。しかしこの説が日本の浴場にも通用するかどうか少し疑わしい。自分の考では温浴のために血行がよくなり、肉体したがって精神の緊張が弛（ゆる）んで声帯の振動も自由になるのが主な原因であるまいかと思う。緊張した時には咳（せき）払いをしなければ声が出にくいのは誰も知る通りである。いつかベルリンで見た歌劇で幕があくとタンホイゼルが女神の膝（ひざ）を枕にして寝ている、そして Zu viel! zu viel! と歌いながら起上る時に咽喉（のど）がつかえて妙な声になりそうなので咳払いを一つして始末をつけたのを記憶している。専門家でさえそうである。自分の経験でも風呂から出たすぐ後で唱歌をやると、自分の声かと思うように楽に大きな声が出る。そして平生は出ないfの音が骨を折らずに自由に出る。

　電車の走る音の中にも種々な楽音が含まれている事は少し注意してみれば分る。モーターの早い規律正しい廻転（かいてん）から起る音の中にはかなり純粋な楽音がいくつかある。しかし電車の中で歌いたくなる人はあまりなさそうである。たとえ取締規則がこれを許しても、また二、三の変り者が実例を示して鼓吹（こすい）したにしてもあまり流行はしそうもない、してもあの緊張した空気の中でよい声が楽に出ようとは思われない。

　電車のゴウゴウと鳴る音のエネルギーの源をだんだんに捜していくと思いがけない

甲州の淋しい山中の谷川に到着する。気持のいい谷川の瀬の音と電車の音とはじつは従兄弟である。それから電車のポールの尖端から出る気味の悪い火花も、日本アルプスを照す崇厳な稲妻の曾孫くらいのものにすぎない。しかし同じ源から出たエネルギーはせち辛い東京市民に駆使される時に苦しい唸き声を出し、いらだたしい火花を出しながら駆使者の頭上に黒い呪を投げている。

科学の示す可能の範囲は多くの人の予想意外に広いものである。それにもかかわらず現代の応用科学の産み出した文化は天地間のエネルギーを駆使して多くの唸り声や吼声を製造するに忙がしい。このエネルギーの小部分を割いて電車の乗客の顔を柔らげる目的に使用する事はできないものだろうか。科学がキャピタリズムやミリタリズムやないしボルシェヴィズムの居候になっているうちは、まあ当分見込がなさそうに思われる。

満員電車にぶら下っている人々の傍を自動車で通る人があるから世の中に社会主義などというものができるという人がある。一応もっともらしく聞える。なんとかいう芝居で鋳掛屋の松という男が、両国橋の上から河上を流れる絃歌の声を聞いて翻然大悟しその場から盗賊に転業したという話があるくらいだから、昔から似よった考はあったに相違ない。しかしまた昔はずいぶん人の栄華を見て奮発心を起して勉強した人もたくさんあって、そういう事の方が多く讃美され奨励されていたようでもある。

南向いている豚の尻を鞭でたたけば南へ駆け出し、北向いている野猪をひっぱたけば北へ向いて突進する。同じ鋳掛屋がもしも一風呂浴びてここを通りかかったのだったら、同じ絃歌の音はかえって彼の唱歌を誘い出したかもしれない。こう考えると日本のある種の過激思想の発生には満員電車も少からず責任があるような気がする。不幸にして多くの文明の利器は時々南向いた豚さえも北へ向かせるようにできているのが多い。いわんや北へ向いているのを駆け出させるような刺戟は到るところにころがっている。この刺戟を柔らげるには、どうも風呂が一番有効なように思われる。

こんな話を友人のA君に話したら、A君のいうのに、昔ローマを滅したのは風呂場である、あまり風呂場を鼓吹するのは危険ではないかと。しかしまた考えてみると昔ローマには満員電車というもののなかった事も確である。

ドイツにいた時は、どういうものかいつも心持が緊張し過ぎて困った。交際した学生でも下宿の婆さんでも皆それぞれに緊張していた。他の国を旅行して帰りにドイツの国境を超えると同時に、この緊張がいつも著しく眼についた、すべてのものがカイゼルの髭のように緊張していた。英国へ渡るとなんだか急に呑気になった、巡査を見ても牛乳屋を見ても誰を見ても一様に呑気な顔をしていた。あまり緊張が弛んだために眠くなって困った。米国へ渡ってもやはり人の顔が間延びがして呑気に見えた。前に引合に出した米国の学者が緊張し過ぎているといってるのが自分にはよく分らない。

これはたぶん自分がそういう社会に顔を出さなかったためかもしれない。東京へ帰ると英国人のように呑気な顔も少ないがドイツ式に緊張した顔も少ない。なんといって形容したらいいか分らないが、とにかく満員電車の上り口につかまってぶら下っているような一種の緊張が到る処に見出された。例えば飛行機に乗ってこれから蒼空へ飛び出そうというような種類の緊張はあまり見つからなかった。

日本でも田舎へ行けば、東京とちがった顔が見られるかもしれない。これから旅行する機会があったらそのつもりで注意してみたいと思っている。もっとも田舎には満員電車のない代りに完全な風呂がない。どうかすると風呂場が肥溜と一つになっている。しかし田舎にはまた人工的の風呂の代りに美しい自然に囲まれた日光浴場がある。いかに鉄道が拡がっても製糸工場が増しても、まだまだそこらの山陰や川口にはこんな浴場はいくらも残っているだろう。

こんな取り止めもつかぬ事をいろいろな人に話してみた。

二、三の先輩は怒ったような顔をし、あるいは苦笑してなんとも云わなかった。B君は黙って聞いてしまってから物価騰貴と月給の話をした。C君は日露戦争と欧洲大戦を引合に出して緊張と寛舒の利害を論じた。D君は現在教育制度の欠陥を論じて、日本人は小学から大学までただ満員電車にぶら下る術を教わるばかりだと云った。E

君は、国民の哲学的宗教的背景が欠けている事を痛論した。

X君とZ君だけは自分の大浴場説に賛成した。しかし浴場に附属した礼拝堂と図書館と画廊と音楽堂と運動場の建築が必要であると云って、それで三人でこの仮想的浴場のプランを画いてみたりした。しかしその費用の出どころについては誰にもなんの目あてもないので、おしまいにはとうとう三人で笑い出してしまった。

（大正九年五月『新小説』）

田園雑感

一

現代の多くの人間に都会と田舎とどちらが好きかという問いを出すのは、蛙に水と陸とどっちがいいかと聞くようなものかもしれない。

田舎だけしか知らない人には田舎は分らないし、都会から踏出した事のない人には都会は分らない。都鄙(とひ)両方に往来する人は両方を少しずつ知っている。その結果はどちらも分らない前の二者よりも悪いかもしれない。性格が分裂して徹底した没分暁漢になれなくなるから。それはとにかく、自分は今のところでは田舎よりも都会に生活する事を希望し、それを実行している。

田舎の生活を避けたい第一の理由は、田舎の人のあまりに親切な事である。人のする事を冷淡に見放しておいてくれない事である。例えば雨のふる日に傘をささないで往来を歩きたいと思ったとしても、なかなかそうはさせてくれない。鼻の先に止った蚊をそっとしておきたいと思っても、それは一通りの申訳では許されない。

親切であるために人の一挙一動は断えず注意深い目で四方から監視されている。例えば何月何日の何時ごろに、私が煤けた麦藁帽を冠って、某の橋を渡ったというような事実が、私の知らない人の口からしだいに伝わって、おしまいにはそれが私の耳にも入るのである。個人の一挙一動は寒天のような濃厚な媒質を透して伝播するのである。

反応を要求しない親切ならば受けてもそれほど恐ろしくないが、田舎の人の質樸さと正直さはそのような投げやりな事を許容しない。それでこれらの人々から受けた親切はいちいち明細に記録しておいて、気長にそしてなしくずしにこれを償却しなければならないのである。

そこへいくとさすがに都会の人の冷淡さと薄情さはサッパリしていて気持ちがいい。大雨の中を頭から濡れひたって銀座通を歩いていても誰れも咎める人もなければ、よけいな心配をする人もない。万一受けた親切の償却も簡易な方法で行われる。

それだから一見閑静な田舎に住っていては、とても一生懸命な自分の仕事に没頭しているわけにはいかない。それには都会の「人間の沙漠」の中が一番都合がいい。田舎では草も木も石も人間臭い呼吸をして四方から私に話しかけ私に取りすがるが、都会ではぎっしり詰まった満員電車の乗客でも磧の石ころ同士のように黙ってめいめいが自分の事を考えている。そのおかげで私は電車の中で難解の書物をゆっくり落ち付いて読み耽る事ができる。宅にいれば子供や老人という代表的田舎者がいるので困るが、電車の中ばかりは全く閑静である。このような静かさは到底田舎では得られない静かさである。静か過ぎてあまりにさびしいくらいである。

これで都会に入り込んでいる「田舎の人」がいなければどんなに静かな事であろう。

二

今ではどうだか知らないが、私の国では村の豪家などで男子が生れると、その次の正月は村中の若い者が寄って、四畳敷・六畳敷の大きな凧をこしらえてその家にかつぎ込む。そしてそれに紅白、あるいは紺と白と継ぎ分けた紙の尾を幾条もつけて、西北の季節風に飛揚させる。刈株ばかりの冬田の中を紅木綿やうこん木綿で頬かぶりをした若い衆が酒の勢で縦横に駆け回るのはなかなか威勢がいい。近辺のスパルタ人種の子供らはめいめいに小さな凧を揚げてそれを大凧の尾にからみつかせ、その断片を掠奪しようと争うのである。大凧が充分に風を孕んで揚がる時は若者の二人や三人は引きずられるくらいの強い牽引力をもっている。

凧揚げのあとは酒宴である。それは本当にバッカスの酒宴で、酒は泉と溢れ、肉は林と堆く、その間をパンの群がニンフの群を追い回すのである。

豪家に生れた子供が女であったために、ひどく失望した若い者らは、大きな羽子板へ凧のように糸目をつけてかつぎ込んだなどという話さえある。

子供の初節句、結婚の披露、還暦の祝、そういう機会はすべて村のバッカスに捧げられる。そうしなければその土地には住んでいられないのである。

そういう家に不幸のあった時には村中の人が寄り集って万端の世話をする。世話人があまり大勢であるために事務はかえって渋滞する場合もある。そして最後にはやはり酒が出なければ収まらない。

ある豪家の老人が死んだ葬式の晩に、ある男は十二分の酒を飲んで帰る途中の田圃道で、連れの男の頸玉にかじりついて、今夜ぐらい愉快に飲んだ事は近来にないという事を何遍も何遍も繰返しながらよろけ歩いていた。これなどは最も徹底的な一例であろう。

危篤な病人の枕元へは大勢の見舞人が詰めかける。病人の頭の上へ逆様に汗臭い油ぎった顔を差し出して、むつかしい挨拶をしむつかしい質問をしかける。一層親切なのになると瀕死の人にいやがらせを云う。そうして病人は臨終の間際まで隣人の親切を身にしみるまで味わわされるのである。

三

　田舎の自然はたしかに美しい。空の色でも木の葉の色でも、都会で見るのとはまるでちがっている。そういう美しさも馴れると美しさを感じなくなるだろうという人もあるが、そうとは限らない。自然の美の奥行はそう見すかされやすいものではない。永く見ていればいるほどいくらでも新しい美しさを発見する事ができるはずのものである。できなければそれは眼が弱いからであろう。一年や二年で見飽きるようなものであったら、自然に関する芸術や科学は数千年前に完結してしまっているはずである。

　六つになる親類の子供が去年の暮から東京へ来ている。これに東京と国とどっちがいいかと聞いてみたら、おくにの方がいいと云った。どうしてかと聞くと「お国の川にはえびがいるから」と答えた。

　この子供のえびと云ったのは必ずしも動物学上のえびの事ではない。えびのいる清冽な小川の流れ、それに翠の影をひたす森や山、河畔に咲き乱れる草の花、そういうようなもの全体を引っくるめた田舎の自然を象徴するえびでなければならない。東京で魚屋から川鰕を買ってきてこの子供にやってみればこの事は容易に証明されるだろう。

私自身もこのえびの事を考えると、田舎が恋しくなる。しかしそれは現在の田舎ではなくて、過去の思い出の中にある田舎である。えびは今でもいるが「子供の私」はもうそこにはいないからである。

しかしこの「子供の私」は今でも「大人の私」の中のどこかに隠れている。そして意外な時に出てきて外界をのぞく事がある。例えば郊外を歩いていて道端の名もない草の花を見る時や、あるいは遠くの杉の木の梢の神秘的な色彩を見ている時に、わずかの瞬間だけではあるが、このえびの幻影を認める事ができる。それが消えたあとに残るものは淡い「時の悲しみ」である。

自然くらい人間に親切なものはない。そしてその親切さは田舎の人の親切さとは全く種類のちがったものである。都会にはこの自然が欠乏していてその代りに田舎の「人」が入り込んでいるのである。

四

盆踊というものはこのごろもうなくなったのか、それとも警察の監視のもとにある形式で保存されているところもあるかどうだか私は知らない。

私が前後にただ一度盆踊を見たのは今から二十年ほど前に南海のある漁村での事で

あった。肺結核でそこに転地しているある人を見舞に行って一晩泊った時がちょうど旧暦の盆の幾日かであった。蒸暑い、蚊の多い、そしてどことなく魚臭い夕靄の上を眠いような月が照していた。

貴船神社の森影の広場にほんの五、六人の影が踊っていた。どういう人達であったかそれはもう覚えていない。私にはただなんとなくそれがお伽噺にあるような淋しい山中の妖精の舞踊を思い出させた。そしてその時なぜだか感傷的な気分を誘われた。

その時見舞った病人はそれから間もなく亡くなったのである。

私は今でも盆踊というとその夜を思い出すが、不思議な錯覚から、その時踊っていた妖精のような人影の中に、死んだその人の影が一緒に踊っていたのだというような気がしてしかたがない。

そして思う。西洋臭い文明が田舎の隅々まで拡がっていっても、盆の月夜には、どこかの山影のような処で、昔からの大和民族の影が昔の踊を踊っているのではあるまいかと。

盆踊という言葉にはイディルリックなそしてセンシュアスな余韻がある。しかしそれはどうしても現代のものではない。その余韻の源に遡っていくと徳川時代などを突き抜けて遠い遠い古事記などの時代に到着する。

盆踊のまだ行われている処があればそこにはどこかに奈良朝以前の民族の血が若い

人達のからだに流れているような気がして仕方がない。そうしてそれが今滅亡に瀕(ひん)しているような悲しみを感ずる。

五

夏の盛りに虫送りという行事が行われる。大きな太鼓や鐘が畔道(あぜみち)に据えられて赤裸の人形が力に任せてそれをたたく。

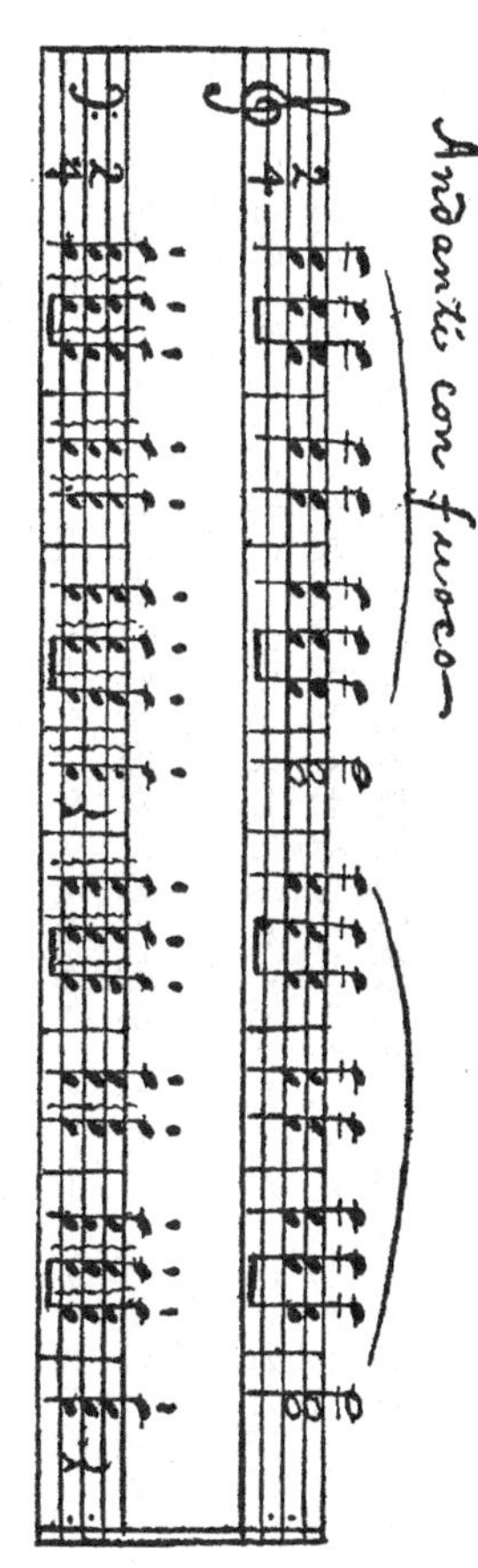

音が四方の山から反響し、家の戸障子に劇(はげ)しい衝動を与える。空には火炎のような

雲の峰が輝いている。朱を注いだような裸の皮膚には汗が水銀のように光っている。すべてがブランギンの油絵を想い出させる。

耳を聾するような音と、眼を眩するような光の強さはその中にかえって澄み通った静寂を醸成する。ただそれはものの空虚なための静かさでなくて、ものの充実しきった時の不思議な静かさである。

烈しい音波の衝動のために、害虫が果してふるい落されるか、落された虫がそれきりになるかどうか、たしかな事は誰れもおそらく知らなかった。しかしこんな事はどうでもいいような気がする。あれはある無名の宗教の荘重な儀式と考えるべきものである。

私はここに一つの案をもっている。それは例えば東京の日比谷公園にある日を期して市民を集合させる。そして田舎で不用になっている虫送りの鐘太鼓を借り集めて誰れでもにそれをたたかせる。社会に対し、政府に対し、同胞に対しまた家族に対してあらゆる種類の不平不満を懐いている人は、この原始的楽器を原始的の努力をもってたたきつけるのである。

もう少し社会が進歩すると私のこの案を笑う人がなくなるかもしれないような気がする。

六

郷里からあまり遠くないA村に木の丸神社というのがある。これは斉明天皇を祭ったものだといわれている。天皇が崩御になった九州のある地方の名がすなわちこの村の名になっている。どういうわけでこの南海の片隅の土地がこの天皇と結びつけられるようになったのか私は知らない。たしかな事はおそらく誰れにも分るまい。それにもかかわらずこういう口碑は人の心を三韓征伐の昔に誘う。そして現代の事相に古い民俗的の背景を与える。

この神社の祭礼の儀式が珍らしいものであった。子供の時分に一、二度見ただけだから、もう大部分は忘れてしまったが、夢のような記憶の中を捜すとこんな事が出てくる。

やはり農家の暇な時季を選んだものだろう。儀式は刈株の残った冬田の上で行われた。そこに神輿が渡御になる。それに従う村中の家々の代表者はみんな裃を着て、傘ほどに大きな菅笠のようなものを冠っていた。そして左の手に小さな鉦をさげて右の手に持った木槌でそれを叩く。単調な声でゆるやかな拍子で「ナーンモーンデー」と唱えると鉦の音がこれを請けて「カーンコ、カンコ」と響くのである。どういう意味だか分らない。ある人は「南門殿還幸」を意味すると云っていたがそれはあまり当てにはならない。私はむしろ意味の分らないほうがいいような気がしていた。

神輿の前で相撲(すもう)がある。しかしそれは相撲をとるのではなくて、相撲を取らないのである。美々しい回しをつけた力士が堂々として睨み合っていざ組もうとすると、衛士(えじ)だか行司だかが飛び出してきて引き分け引き止める。そういう事が何遍となく繰返される。そして結局相撲は取らないでおしまいになるのである。どういう由緒から起った行事だか私は知らない。それにもかかわらずそれを見る人の心は遠い昔に起ったある何かしらかなり深刻な事件のかすかな反響のようなものを感ずる。

そのほか「棒使い」といって、神前で紅白の布を巻いた棒を振り廻す儀式もあったが、詳しい事はもうよくは覚えていない。

文明の波が潮のように片田舎にも押し寄せてきて、固有の文化の名残はたいてい流してしまった。「ナーンモーンデー」の儀式もいつの間にか廃止された。学校へ行って文明を教わっている村の青年達には、裃をつけて菅笠をかむって、無意味なような「ナーンモーンデー」を唱える事は、堪えがたい屈辱であり、自己を野蛮化する所行のように思われたのである。これは無理のない事である。

簡単な言葉と理屈で手早く誰れにも分るように説明のできる事ばかりが、文明の陳列棚の上に美々しく並べられた。そうでないものは塵塚に捨てられ、存在をさえ否定された。それと共に無意味の中に潜んだ重大な意味の可能性は葬られてしまうのである。幾千年来伝わった民族固有の文化の中から常に新しいものを取り出して、新しくそれを展開させる人はどこにもなかった。「改造」という叫声は、内にあるもののエヴォリューションではなくて、木に竹をつぐような意味にのみもて囃(はや)された。それであの親切な情誼(じょうぎ)の厚い田舎の人達は切っても切れぬ祖先の魂と影とを敝履(へいり)のごとく棄ててしまった。そうして、自分とは縁のない遠い異国の歴史と背景が産み出した新思想を輸入している。伝来の家や田畑を売り払って株式に手を出すと同じ行き方である。新思想の本元の西洋へ行ってみると、かえって日本人の眼に馬鹿馬鹿しく見えるような大昔の習俗や行事がそのままに行われているのはむしろ不思議である。

これはどちらがいいか、議論をすると分らなくなるにきまっている。

ただこのごろの新聞紙上を賑(にぎ)わすようないろいろの不祥な社会的現象は、それが大本教(おおもときょう)事件でも宝塚(たからづか)事件でも、すべてが直接これらの事件とはなんの関係もない南海の村落でこの「ナンモンデー」の廃止された事とどこかで聯関(れんかん)していて、むしろそれの当然の帰結であるような気がする。

そうした田舎の塵塚に朽ちかかっている祖先の遺物の中から新しい生命の種子を拾い出す事が、為政者や思想家の当面の仕事ではあるまいかという気もする。

（大正十年七月『中央公論』）

鼠と猫

一

今の住宅を建てる時に、どうか天井に鼠の入込まないようにしてもらいたいという事を特に請負人に頼んでおいた。充分に注意しますとは云っていたが、なお工事中にも時々忘れないようにこの点を主張しておいた。大工にも直接に幾度も念をおしておいたが、自分で天井裏を点検するほどの勇気はさすがになかった。

引き移ってから数か月は無事であった。やかましく云った甲斐があったと言って喜んでいた。永い間鼠との共同生活に馴れたものが、鼠の音のしない天井を頂いて寝る事になるとなんだか少し変な気もした。物足りないというのは言い過ぎであろうが、本当に孤独な人間がある場合には同棲の鼠に不思議な親しみを感ずるような事も不可能ではないように思われたりした。

そのうちにどこからともなく、水の洩れるように鼠の侵入がはじまった。一度通路ができてしまえばもうそれきりである。

夜おそく仕事でもしている時に頭の上に忍びやかな足音がしたり、どこかでつつましく物をかじる音がしたりするうちはいいが、寝入り際を劇しい物音に驚かされたり、買ったばかりの書物の背皮を無惨に喰いむしられたりするようになると少し腹が立ってきた。

請負師や大工に責めを帰していいのか、在来の建築方式そのものに欠陥があるのかどうか分らない。考えてみると請負師や大工に云ったくらいで鼠が防ぎきれるものならば大概の家には鼠がいないはずである。しかし実際鼠のいない家は稀であり、鼠がいなくなると何かその家に不祥事が起る前兆だという迷信があったりするくらいだから、少くも吾々日本人は天井に鼠のいる事を容認しなければならない事になっているかもしれない。それを自分だけが勝手に拒絶しようと思うのはあまりに思いあがったハイカラの考かもしれない。ある人の話では日々わずかな一定量の食餌を鼠のために提供してさえおけば決して器具や衣服などをかじるものではないという事である。ある経済学者の説によるといかなる有害無益の劣等の人間でも一様に「生存の権利」というものがあるそうである。そんなら鼠だって同じ権利を認めてやらないのはわるいような気がする。しかしそういう権利が人間にさえあるのかないのか自分にはわからない。かりにあるとしたところで両方の権利が共立しない時に強い方の動物が弱い方をひどい目にあわせるのは天然自然の事実であっていかなる学者の抗議もなんの役にも立たないようである。

科学の応用が尊重される今日に、天井や押入の内に鼠の這入らないくらいの方法はいくらでもできそうなものだと思う。ある学者は天井裏に年中電灯を点しているそうであるがこの方法はいかに有効でも吾々には少し贅沢すぎるような気がする。もう少し簡便な方法がありそうなものである。誰れか忠実な住宅建築の研究者があって、二、三日天井裏にすわり込むつもりで鼠の交通を観察したら適当な方法はすぐに考えつくだろうと思われる。そのような方法は学者のほうではとうの昔に分っているのを吾々が知らないのか、知ってもそれを信じて実行しないのかもしれない。住宅建築の教程に鼠に関する一章のないはずはあるまいと思う。

大工を呼んで鼠の穴の吟味をさせるのもおっくうであるのみならずその効果が疑わしい。結局やはり最も平凡な方法で駆除を計るほかはなかった。

殺鼠剤が一番有効だという事は聞いていたが、子供の多い我が家では万一の過失を恐れて従来用いた事はなかった。しかし子供らも大分大きくなったから、もう大丈夫だろうと思って試に使ってみた。すると間もなく玄関の天井から蛆が降り出した。町内の掃除人夫を頼んで天井裏へ上って始末をしてもらうまでにはかなり不愉快な思いをしなければならなかった。それ以来もう猫いらずの使用は止めてしまった。猫入らずを呑んだ人は口から白い煙を吐くそうであるから鼠でも吐くかもしれない。屋根裏の闇の中で口から燐光を発する煙を吐いているのを想像するだけでもあまり気持がよくない。

木の板の上に鉄の弾条を取り付けた捕鼠器もいくつか買ってきて仕掛けた。はじめのうちはよく小さな子鼠が捕れた。拵え方がきわめてぞんざいであるから少し使うとすぐに工合が悪くなる。それを念入りに調節して器械としての鋭敏さを維持する事はそういうあたまのない女中などには到底望みがたい仕事である。私はこのような間に合せの器械を造る人にも、それを平気で使っている人にも不平を云いたくなるのである。

金網で造った長方形の箱形のもしばしば用いたが、あれも一度捕れると臭みでも残るのか、あとがかかりにくい。稀にかかってもたいていは思慮のない子鼠で、老獪な親鼠になるとなかなかどの仕掛けにもだまされない。いくら鼠でも時代と共に智恵が進んでくるのを、いつまでも同じ旧式の捕鼠器でとろうとするのがいけないのでないかという気もする。

それよりも困るのは、家内中で自分のほかには鼠の駆除に熱心な人の一人もいない事である。せっかく仕掛けてある捕鼠器の口が、いかに這入りたい鼠にでも這入れないような位置に押しやられていたり、蓋の落ちたのをそのままに幾日も台所の隅に投り出してあるのを発見したりするとはなはだ心細い頼りないような気がするのであった。そこに行くとどうしてもやはり本能的に鼠を捕るようにできている猫に如くものはないと思わないわけにはゆかなかった。

鼠の跳梁はだんだんに劇烈になるばかりであった。昼間でもちょろちょろ茶の間に顔を出したりした。ある日の夕方二階で仕事をしていると、不意に階下ではげしい物音や人々の騒ぐ声が聞えだした。行って見ると、玄関の三畳の間へ鼠を二疋追い込んで二人の下女が箒を振廻しているところであった。やっとその一疋を箒で抑えつけたのを私が火箸で少し引きずり出しておいて、首のあたりをぎゅうっと麻糸で縛った。縛り方が強かったのですぐに死んでしまった。その最期の苦悶を表わす週期的の痙攣を見ていた時に、ふと近くに読んだある死刑囚の最後のさまが頭に浮んできた。

もう一つの鼠がどこへかくれたか姿を消してしまった。何も置いてない玄関の事だからどこにも逃れるような穴はない。念のために長押の裏を蠟燭で照らして火箸で突ついて歩いたがやはりそこにもいなかった。ただ一ヶ所壁のこぼれた隅の方に穴らしいものが見えたが光がよく届かないのではっきりしなかった。それが穴だとしてもそれを抜けてどこへ出られるかという事が明瞭でなかった。もしや誰れかの袂の中へでも這入っていやしないかと思って調べさせたがもちろんそんな処にはいなかった。なんだか不可思議な心持もした。小さな動物に大きな人間が翻弄されたというような気もした。ここでもし徹底した科学的の方法で明白な論理を追跡していきさえしたら、直にこのなんでもないミステリーは解けたであったろうが、少しは馬鹿馬鹿しくもなってきたので、この目前の、明かに物理の方則と矛盾したような事実を、仮定的な「長押の裏の穴」で「説明」し、ごまかしてしまった。もっとも科学の方面でさえもこれに似たような例がないとは云われない。明るみの矛盾を暗い穴へ押し込んで安心している事がないでもない。もしこれができなくなったら多くの学者は枕を高くして眠られそうもない。人生の問題に無頓着でいられない人々の間には猫いらずの妙な需要はますます多くなるかもしれない。

この騒ぎが静まってやっと十分か二十分たったと思うところに、今度は台所で第二の騒ぎが始まった。人間の悲鳴だか動物の吠えるのだか分らないような気味の悪い叫声が子供らの騒ぎ声に交って聞えてきた。何事かと思って見ると、年のいかない下女が茶の間の真中に立って大きな口をあけて奇妙な声を出しながら、からだをいろいろに捻じらせている。それを四方から遠巻きに取囲んで口々に何か云っているのである。

聞いてみると、背中に鼠がはいっているというのである。着物の間か羽織の下かどの辺かと聞いてみても無意味な声を出すだけで要領を得ない。鼠が動いたりするたびに妙な叫声を出してはからだをゆさぶるばかりである。そっと羽織の裾を持って静かにかかげて見ると、かわいらしい子鼠が四肢を伸して、ちょうど貼り付けでもしたように羽織の裏にしがみついている。烈しく羽織を一あおりするとぱたりと畳に落ちた。逃げ出そうとするのを手早く座蒲団で伏せて、それから後は第一の鼠と同じ方法で始末をつけた。この可愛らしい生命の最後の波動を見ている時にはやはりあまりいい気持はしなかった。今までちゃんとそこにあった「生命」がふうと消えてしまう。このきわめて平凡で、しかもきわめて不可解な死の現象をいくらか純粋に考えてみる事のできるのはかえってこれくらいの小動物の場合が最も適当なものではないかというような気もした。人間の死や家畜の死にはあまりに多くの前奏がある。本文なしの跋だけは考えられないようなものである。

子供らも身動き一つしないで真剣になって凝視めていた。こういう事柄を幼少なものの柔かな頭に焼きつけるという事の利害を世の教育家に聞いてみたらどんなものであろうか。たぶんはあまりよくないというかもしれない。それはもとより子供の素質にもよるだろうし、前後の事情にもよるだろうと思うが、実用的にはやはり、動物の生命を絶つ行為はすべて残酷でいけない事であるという事に取りきめておくほうが簡単で安全だろうと思う。そうかと云ってこのような重大な現象を無感覚に観過させないまでもそれを直視させるのを強いて避けるのもどんなものであろうか。

鼠を縛り殺していた時の私の顔がよほど平生とちがった顔になっていたという事を後で聞かされて少し意外な気がした。こんな顔だったなどと云って鉛筆で描いて見せるものも出てきた。

あとで聞いてみると、玄関の騒ぎが終わった後に女中が部屋へ帰って坐っている内に妙に脊筋の処がぽかぽか暖になってきたそうである。変だと思っているうちに、そこに重みのあるあるものが動くのを感じたので、はじめて気がついていきなり茶の間へ飛び出し、奇妙な声を出し始めたのだそうである。

窮鳥は懐に入る事があり、窮鼠は猫を噛む事があるかもしれないが、追われた鼠が追う人の羽織の裏にへばりつくという事はあまりこれまで聞いた事がなかった。しかし後になって考えてみると、締め切った三畳の空間から鼠が一疋消え去る道理はなかった。仮定的な長押の穴はそれっきり確かめてもみないが、おそらく本当の穴でなかったろうし、たとえ穴であってもその背面には通っていない事が少し考えれば家の構造の上からすぐ分るわけになっていた。それで誰れかの着物に隠れているという事は始めから自明的に分りきった事であったのである。

それにしても、羽織の裏にしがみついて人間と背中合せにぶら下ったままで十分以上も動かないでいた鼠の心持が分らない事の一つである。極度の恐怖が一部の神経を麻痺させて仮死の状態になっていたのか、それとも本能的の智恵でそうしていたのか、おそらく後者と前者が一つ事柄を意味するのではあるまいか。

このような騒ぎがあった後にも鼠族の悪戯は止まなかった。恐ろしいほど大きな茶色をした親鼠は、あたかも智恵の足りない人間を愚弄するように自由な横暴な挙動を擅にしていた。

二

春から夏に移るころであったかと思う。ある日座敷の縁の下で野良猫が子を産んでいるという事が、それを見つけた子供から報告された。近辺の台所を脅かしていた大きな黒猫が、縁の下に竹や木材を押し込んである奥の方で二疋の子を育てていた。一つは三毛でもう一つは雉毛であった。

単調な我が家の子供らの生活の内ではこれはかなりに重大な事件であったらしい。猫の母子の動静に関するいろいろの報告がしばしば私の耳にも伝えられた。

私の家では自分の物心ついて以来かつて猫を飼った事はなかった。第一私の母が猫という猫を概念的に憎んでいた。親類の家にも、犬はいても飼猫は見られなかった。猫さえ見れば手当りしだいにものを投げつけなければならない事のように思っていた。ある時いた下男などは丹念に縄切れでわなを作って生垣のぬけ穴に仕掛け、何疋かの野猫を絞殺したりした。甥のあるものは祖先伝来の槍をふり廻して猫を突くと云って暗闇にしゃがんでいた事もあった。猫の鳴声を聞くと同時に槍を放り出しておいて奥の間に逃げ込むのではあったが。

そんなようなわけで猫というものにあまりに興味のない私はつい縁の下を覗いてみるだけの事もしないでいた。

その内に子猫はだんだんに生長して時々庭の芝生の上に姿を見せるようになった。青く芽を吹いた芝生の上の躑躅の影などに足を延ばして横になっている親猫に二疋の子猫がじゃれているのを見かける事もあったが、廊下を伝って近づく人の足音を聞くと親猫が急いで縁の下に駆け込む、すると子猫もほとんど同時に姿を隠してしまう。盗賊猫の子はやはり盗賊猫になるように教育されるのであった。

ある日妻がどうしてつかまえたか雉毛の子猫を捕えて座敷へ連れてきた。白い前掛ですっかりからだを包んで首だけ出したのを膝の上にのせて顎の下をかいてやったりしていた。猫はあきらめてあまりもがきもしなかったが、前脚だけ出してやると、もう逃げよう逃げようとして首をねじ向けるのであった。小さな子供らはこの子猫を飼っておきたいと望んでいたが、私はいい加減にして逃がしてやるようにした。我が家に猫を飼うという事はどうしても有り得べからざる事のようにしかその時は思われなかった。

それから二、三日経って妻はまた三毛の方をつかまえてきた。ところがこの方は前の雉毛に比べると恐ろしく勇敢できかぬ気の子猫であった。前垂にくるまりながら烈しく抵抗し、ちょっとでも脚を出せばすぐ引掻き嚙みつこうとするのである。庭で遊んでいる時でも此方が雉毛よりずっと敏捷で活発だという事であった。猫の子でもやっぱり兄弟の間でいろんな個性の相違があるものかと、私には珍しく面白く感ぜられた。猫などは十疋が十疋毛色はちがっても性質の相違などはないもののようにぼんやり思っていたのである。動物の中での猫の地位が少し上がってきたような気がした。

子供のみならず、今度は妻までも口を出してこの三毛を馴らして飼う事を希望したが、私はやっぱりそういう気にはなれなかった。しかしこのきかぬ気の勇敢な子猫に対して何かしら今までついぞ覚えなかった軽い親しみあるいは愛着のような心持を感じた。猫というものがきわめてわずかであるが人格化されて私の心に映り始めたようである。

それ以来この猫の母子は一層人の影を恐れるようになった。それに比例して子供らの興味も増していった。夕食の後などには庭のあちらこちらに伏兵のようにかくれていて、うっかり出てくる子猫を追い廻してつかまえようとしていたが、もう大人にでももつかまりそうでなかった。あまりに募る迫害に恐れたのか、それともまた子猫がもう一人前になったのか、縁の下の産所も永久に見捨ててどこかへ移っていった。それでも時々隣の離れの庇の上に母子の姿を見かける事はあった。子猫は見るたびごとに大きくなっているようであった。そしてもう立派な一かどのどろぼう猫らしい用心深さと敏捷さを示していた。

鼠の悪戯はその間にも続いていた。とうとう二階の押入れの襖を喰い破って、来客用に備えてある一番いい夜具に大きな穴をあけているのを発見したりした。もう子鼠さえもかからなくなってしまった捕鼠器は、蓋の落ちたまま台所の戸棚の上にほうり上げられて、鈎に吊した薩摩揚げは干からびたせんべいのようにそりかえっていた。

三

六月中旬の事であった。ある日仕事をしていると子供が呼びにきた。猫をもらってきたから見にこいというのである。行ってみるともうかなり生長した三毛猫である。大勢が車座になってこの新しい同棲者の一挙一動を好奇心に充たされて環視しているのであった。猫に関する常識のない私にはすべてただ珍しい事ばかりであった。妻が抱き上げて顋の下や耳の周りを掻いてやると、胸のあたりで物の沸騰するような音を立てた。猫が咽喉を鳴らすとか、ゴロゴロいうとかいう事は書物や人の話ではいくらでも知っていたが、実験するのは四十幾歳の今が始めてである。これが喜びを表わす兆候であるという事は始めての私にはすぐにはどうも腑に落ちなかった。「この猫は肺でもわるいんじゃないか」と言ったらひどく笑われてしまった。実際今でも私には果して咽喉が鳴っているのか肺の中が鳴っているのか分らないのである。音に伴う一種の振動は胸腔全部に波及している事が触ってみると明かに感ぜられる。腹腔の方ではもうずっと弱く消されていた。これは振動が固い肋骨に伝わってそれが外側まで感ずるのではないかと思うのである。それにしてもこの音の発するメカニズムや、このような発音の生理的の意義やについて知りたいと思う事がいろいろ考えられる。中学校で動物学を教わったけれども、鳥や虫の声については雑誌や書物で読んだけれども、猫のゴロゴロについては未だ知る機会がついなかったのである。これは何も現代の教育の欠陥ではなくて自分の非常識によるのであろう。デモクラシーを神経衰弱の薬、レニンを毒薬の名と思っていた小学校の先生があったそうであるが、自分のはそれよりいっそうひどいかもしれない。しかしレニンやデモクラシーや猫のゴロゴロの本当に分っている人も存外に少ないのではあるまいか。ともかくもこのゴロゴロは人間などが食慾の満足に対する予想から発する一種の咽喉の雑音などとは本質的にも異ったものらしく思われる。

この音は私にいろいろな音を聯想させる。海の中にもぐった時に聞える波打際の砂利の相摩する音や、火山の火口の奥から聞えてくる釜のたぎるような音なども思い出す。もしや獅子や虎でも同じような音を立てるものだったら、この音はいっそう不思議なものでありそうである。それが聞いてみたいような気もする。

畳の上におろしてやると、もうすぐそこにある紙片などにじゃれるのであった。その挙動はいかにも軽快でそして優雅に見えた。人間の子供などはとても、自分のからだをこれだけ典雅(グレースフル)に取り扱われようと思われない。英国あたりの貴族はどうだか知らないが。

それでいて一挙一動がいかにも子供子供しているのである。人間の子供の子供らしさと、どことは明かに名状しがたいところに著しい類似がある。

野良猫の子に比べてなんという著しい対照だろう。彼れは生れ落ちると同時に人類を敵として見なければならない運命を授けられるのに、これははじめから人間の好意に絶対の信頼をおいている。見ず知らずの家にもらわれてきて、そしてもうそこを吾(わ)家(や)として少しも疑わず恐れてもいない。どんなにひどく扱われても、それはすべてよい意味にしか受取られないように見えるのである。

それはそうと、私はうちで猫を飼うという事に承認を与えた覚えはなかったようである。子猫をもらうという事について相談はしばしば受けたようであるが積極的に同意は未だしなかったはずであった。しかし今眼前にこの美しいそして子供子供した小動物を置いて見ているうちにそんな問題は自然に消えてしまった。

子猫がほしいという家族の大多数の希望が女中の口から出入の八百屋に伝えられる間にそれが積極的な要求に変ってしまったらしい。突然八百屋が飼主の家の女中と一緒に連れてきたそうである。台所へ来たのを奥の間へ連れていくとすぐまた台所へかけていって、連れてきた人の後を追うので、しばらく紐でつないでおこうかと云っていたが、連れてきた人がそれは可哀そうだからどうか縛らないでくれというのでよしたそうである。夜は懐へ入れて寝かしてやってくれという事も頼んでいったそうである。私が見にきた時はもうかなり時間がたってよほど馴れてきたところであったらしい。

もとの飼主の家ではよほど大事にして育てられたものらしい。食物などもなかなかめったなものは食わなかった。牛乳か魚肉、それもいい処だけで堅い頭の骨などは食おうともしなかった。恐ろしい贅沢な猫だというものもあれば、上品だといってほめるものもあった。膳の上のものをねらうような事も決してしないのである。

子供らの猫に対する愛着は日増に強くなるようであった。学校から帰ってくると肩からカバンを下す前に「猫は」「三毛は」と聞くのであった。私はなんとなしに淋しい子供らの生活に一脈の新しい情味が通い始めたように思った。幼い二人の姉妹の間にはしばしば猫の争奪が起った。「少しわたしに抱かせてもいいじゃないの」とか「ちっともわたしに抱かせないんだもの」とか云い争っているのが時々離れた私の室まで聞えてきた。おしまいにはどちらかが泣き出すのである。私は子供らがこのためにあまりに感傷的になるのを恐れないわけにはいかなかった。

猫も可哀相であった。楽寝のできるのは子供らの学校へ行っている間だけである。間もなく休暇になるともう少しの暇もなくなった。大きい子らは小さい子らが三毛を玩具（おもちゃ）にしているのを見ると、可哀相だから放してやれなどと云っていながら、すぐもう自分でからかっているのである。逃げて縁の下へでも隠れたらいいだろうと思うが、どこまでも従順に、いやいやながら無抵抗に自由にされているのがどうも少し残酷なように思われ出した。実際だんだんに痩（や）せてきた時とは見違えるように細長くなるようであった。歩くにもなんだかひょろひょろするようだし、坐っている時でもからだがゆらゆらしていた。そして人間がするように居眠をするのであった。猫が居眠りをするという事実が私には珍しかった。大きな発見でもしたような気がして人に話すと知っている人はみんな笑ったし、たまに知らない人があっても誰もこの事実を面白がらないようであった。しかし私は猫のこの挙動に映じた人間の姿態を熟視していると滑稽（こっけい）やら悲哀やらの混合した妙な心持になるのである。

　この分では今に子猫は死んでしまいそうな気がした。時々食ったものをもどして敷物を汚すような事さえあった。夜はもう疲れきって他愛（たわい）もなく深い眠に陥（お）ちて、物音に目をさますようには見えなかった。それでも不思議な事には鼠の跳梁（ちょうりょう）はいつの間にか止んでいた。稀に台所で皿鉢のかち合う音が聞えても三毛は何も知らずに寝ていた。おそらく未だ鼠というものを見た事のない彼女の本能はまだ眠っているのだろうと思われた。

あんまりいじめると、もうどこかへやってしまうとか、もとの家へ返してしまうとかいう威かしの言葉が子供らの前で繰り返されていた。とうとう飼主の家に相談して一両日静養させてやる事にした。

猫がいなくなるとうち中が急に淋しくなるような気がした。折柄降りつづいた雨に庭へ出る事もできない子供らはいつになくひっそりしていた。

いつもは夜子供らが寝しずまった後に、どうかすると足音もしないで書斎にやってきて机の下からそっと私の足にじゃれるのを、抱き上げて膝にのせてやると、すぐに例のゴロゴロいう音を出すのであったが、その夜はもとよりいないのだから来るはずはなかった。仕事がすんでゆっくり煙草を吸いながら、静かな雨の音を聞いているうちに妙な想像が浮かんできた。三毛が本当にどこかへ捨てられて、この雨の中を濡れそぼけてさまよい歩いている姿が心に描かれた。饑えと寒さにふるえながらどこかの塵芥箱のまわりでもうろうろしている。そして知らない人の家の雨戸を洩れる灯光を恋しがって哀れな声を出して啼いていそうな気がした。

翌日の夕方迎えにやって連れてきたのを見るとたった二日の間に見違えるようにふとっていた。尖った顔がふっくりして眼が急に細くなったように見えた。眼の周りにあったヒステリックな皺は消えておっとりした表情に変っていた。どういう良い待遇を受けてきたのだろうというのが問題になった。親の乳でも呑んだためだろうという説もあった。

夏も盛りになって、夕方になると皆が庭へ出た。三毛もきっとついてきた。かつて野良猫の遊び場所であった躑躅の根元の少し窪んだところは、何かしらやはりどの猫にも気に入ると見えて、ボールを追っかけたりして駆け廻る途中で、きまったようにそこへ駆け込んだ。そして餌をねらう猛獣のような姿勢をして抜き足で出てきて、いよいよ飛びかかる前には腰を左右に振り立てるのである。どうかすると熊笹の中に隠れて永い間じっとしていると思うと、急に鯉のはね上るように高くとび出して、そしてキョトンとしてとぼけた顔をしている事もある。どうかすると四肢を両方に開いて腹をぴったり芝生につけて、ちょうどもも**んが**あの翔っているような恰好をしている事もあった。たぶん腹でも冷やしているのではないかと思われた。

芝を刈っているといつの間にか忍んできて不意に鋏のさきに飛びかかるのが危険でしようがなかった。注意しながら刈っていると、時々、猫がねらっている事を警告する子供の叫び声が聞かれた。この芝刈鋏に対する猫の好奇心のようなものはずっと後までも持続した。もう紐切れやボールなどにはじゃれなくなった後でも、鋏を持って庭に下りていく私の姿を見るとすぐについてくるのであった。どうかすると、しゃがんでいる腰の下からそっと入ってきて私の両膝の間に顔を出したりした。そしてちょっと鋏に触れるとそれで満足したようにのそのそ向うへ行って植込の八つ手の下で蝶を狙ったり、蝦蟇をからかったりしていた。

蝦蟇では一番始めに失敗したようである。たぶん喰い付こうとしてどうかされたものと見えて口から白い涎のようなものをだらだら垂らしながら両方の前脚で自分の口をもぎ取りでもするような事をして苦しんでいた。蛙が煙草をなめた時の挙動とよく似た事をやっていた。それ以来はもう口をつけないでただ前脚で蛙の頭をそっと抑えつけてみたり、横腹をそっと押してみたりしては首をかしげて見ているだけであった。愚直な蝦蟇は触れられるたびにしゃちこ張って膨れていた。土色の醜いからだが憤懣の団塊であるように思われた。絶対に自分の優越を信じているような子猫は、時々脇見などしながらちょいちょい手を出してからかってみるのである。

困った事にはいつの間にか蜥蜴を捕って食う癖がついた。始めのうちは、捕えたのは必ず畳の上に持ってきて、食う前に玩弄するのである。時々大きな奴の尻尾だけを持ってきた。主体を分離した尾部は独立の生命をもつもののように振動するのである。私は見つけしだいに猫を引っ捕えて無理に口からもぎ取って、再び猫に見つからないように始末をした。せっかくの獲物を取られた猫はしばらくは畳の上を嗅いで歩いていた。蜥蜴をとって食うのがどうしていけないのか猫に分ろうはずがなかった。私自身にもなぜいけないかは説明する事ができないのである。それで後にはわざわざ畳に持ち上るのは断念して、捕えた現場ですぐに食う事を発明したようである。時々舌なめずりをしながら縁側へ上ってくる猫を見るとなんだか気持が悪くなった。吾らの食膳の一部を食っている、我家族の一員であるはずのこの猫が、蜥蜴などを食うのは他の家族の食膳全体を冒瀆(ぼうとく)するような気がするというのかもしれない。それほどにまでこの四足獣は吾々の頭の中で人格化しているのだと思われる。

私は夜更けて独り仕事でもやっている時に、長い縁側を歩いてくる軽い足音を聞く。そして椅子の下へはいってきてそっと私の足を撫(な)でたりすると、思わず「どうした」とか「なんだい」とかいう言葉が口から出る。それは決して独り言ではなくて、立派に私の云う事を理解し得る二人称の相手にそういう心持で云うのである。相手はなんとも答えないで抱き上げてやればすぐにあの音を立てはじめるのである。子供のない淋しい人や自分の思うままになる愛撫(あいぶ)の対象を人間界に見失なった老人などが只管(ひたすら)に猫を可愛がり、いわゆる猫可愛がりに可愛がる心持がだんだんに分ってくるような気がした。ある西洋人が鴉(からす)を飼って耕作の伴侶(はんりょ)にしていた気持も少しわかってきた。孤独なエゴイストにとってはこんな動物の方がなまじいな人間よりもどのくらいたのもしい生活の友であるかもしれないのだろう。

不思議な事にはあれほど猫嫌いであった母が、時々膝に這い上る子猫を追いのけもしないのみならず、隠居部屋の障子を破られたりしてもあまり苦にならないようであった。

四

我家に来て以来一番猫の好奇心を誘発したものはおそらく蚊帳であったらしい。どういうものか蚊帳を見ると奇態に興奮するのであった。ことに内に人がいて自分が外にいる場合にそれが著しかった。背を高く聳やかし耳を伏せて恐ろしい相好をする。そして命がけのような勢で飛びかかってくる。猫にとってはおそらく不可思議に柔かくて強靭な蚊帳の抵抗に全身を投げかける。蚊帳の裾は引きずられながらに袋になって猫のからだを包んでしまうのである。これが猫には不思議でなければならない。ともかくも普通のじゃれ方とはどうもちがう。あまりに真剣なので少し凄いような気のする事もあった。従順な特性は消えてしまって、野獣の本性があまりに明白に表われるのである。

蚊帳自身かあるいは蚊帳越しに見える人影が、猫には何か恐ろしいものに見えるのかもしれない。あるいは蚊帳の中の蒼ずんだ光が、森の月光に獲物を索めて歩いた遠い祖先の本能を呼び覚すのではあるまいか。もし色の違ったいろいろの蚊帳があったら試験してみたいような気もした。

じゃれる品物の中で面白いのは帯地を巻いておく桐の棒である。前脚でころがすのはなんでもないが棒の片端をひょいと両方の前脚でかかえて後脚で見事に立ち上がる。棒が倒れるとそれを飛び越えて見向きもしないで知らん顔をしてのそのそと三、四尺も歩いていってちょこんと坐る。そういう事をなんべんとなく繰返すのである。どういう心持であるのか全く見当がつかない。

二階に籐椅子が一つ置いてある。その四本の脚の下部を筋違に連結する十字形の真中がちょっとした棚のようになっている。ここが三毛の好む遊び場所の一つである。何か紙片のようなものを下に落しておいて、入り乱れた籐のいろいろの隙間から前脚を出してその紙片を捕えようとする。転がり落ちると仰向けになって今度は下から隙間に足を代り代りに差し込んだりする。

このような遊戯は何を意味するか吾々には分らない。おそらくまだ自覚しない将来の使命に馴れるための練習を無意識にしているのかもしれない。

里帰りの二日間に回復したからだはいつの間にかまた痩せこけて肩の骨が高くなり、横顔が尖って眼玉が大きくなってきた。あまり可哀相だから、もう一疋別のを飼って過重な三毛の負担を分たせようという説があってこれには賛成が多かった。

ある日暮方に庭へ出ているると台所が賑やかになった。女や子供らの笑う声に交って聞きなれない男の笑声も聞えた。「イー猫だねえ」と「イー」に妙なアクセントをつけた妻の声が明かに聞えた。それは出入の牛乳屋がどこかからもらって、小さな虎毛の猫を持ってきたのであった。

まだ本当に小さな、掌に入れられるくらいの子猫であった。光沢のない長い初毛のようなものが背中にそそけ立っていた。その顔がまたよほど妙なものであった。額がおでこで一体に押しひしいだように短かい顔であった。そして不相応に大きく突立った耳がこの顔に一層特異な表情を与えているのであった。どうしたのか無気味に大きく膨くれた腹の両側に吾々の小指ぐらいな後脚がつっかい棒のように突っ張っていた。なんとなしにすすきの穂で造った木菟を思い出させるのであった。

三毛は明かな驚きと疑いと不安をあらわしてこの新参の仲間を凝視していた。ちび猫は三毛を自分の親とでも思いちがえたものか、なつかしそうにちょこちょこ近寄っていって、小さな片方の前脚をあげて三毛に触ろうとする。三毛は毒虫にでも触られたかのように、驚いて尻込みする。それを追いすがっていってはまた片脚を上げる。この様子があまりに滑稽なので皆の笑いこけるのに釣り込まれて自分も近ごろになく腹の中から笑ってしまった。

すこし馴れてくると三毛の方が攻勢をとって襲撃を始めた。いきなり飛びついて首を羽掻〆めにして頭でも脚でも噛みつき後脚で引っ掻くのである。本当に鷹と小雀とのような争であった。ちびは閉口して逃げ出すかと思うとなかなかそうでなかった。

時々小鳥のようなピーピーという泣声を出しながらも負けずに噛みつき引掻くのである。三毛が放すと同時に向き直って坐ったまま短かい尻尾の先で空中に∞の字をかきながら三毛のかかってくるのを待ち受けていた。どうかするとちびは簞笥と襖の間に這入っていく、三毛は自分ではいれないから気狂のようになって前脚をさし込んで騒ぐ。その間に小猫は落ちつき払って向側へ出てくる。そうして相変らず短かい尻尾で、無器用なコンダクターのようにいろいろな∞の字を描いていた。

名前はちびにしようという説があったが、そういう家畜の名はあるデリカシーから避けた方がいいという説があってそれは止めになった。いい加減にたまと呼ぶ事にした。雄猫にたまはおかしいというものもあったが、それじゃ玉吉か玉助にすればいいという事になった。

二つの猫の性情の著しい相違が日のたつに従って明らかになってきた。三毛が食物に対してきわめて寡慾で上品で貴族的であるに対して、たまは紛れもないプレビアンでボルシェビキで身体不相応に烈しい食慾をもっていた。三毛の見向きもしない魚の骨や頭でもふるいつくようにして食った。そして誰かちょっと触りでもすると、背中の毛を逆立てて、そうして恐ろしい唸り声を立てた。ウーウーという真に物凄いような、とてもこの小さな子猫の声とは思われないような声を出すのである。そしてそこら中にある食物をできるだけ多く占有するように両の前脚の指をできるだけ開いてしっかりおさえつける。この点では彼はキャピタリストである。押しのけられた三毛は呆れたように少し離れて眺めていた。鯖の血合の一片でもやるとそれをくわえるが早いか、誰も触りもしないのに例の唸り声を出しながらすぐにそこを逃げ出そうとするのである。どうしても泥棒猫の性質としか思われないものをもっているようである。その上にこの猫はいわゆる下性が悪かった。毎夜のように座蒲団や夜具の裾を汚すのであった。その始末をしなければならない台所の人達の間には疾くにたまに対する排斥の声が高まった。そうでない人でも物を食う時のたまの挙動をあさましく不愉快に感じないものはなかった。ことに大人しい三毛が彼のために食物を奪われたりするのを見ればなおさらであった。

たまを連れてきた牛乳屋の責任問題も起っていた。たまは牛乳屋にかえしてもっといい猫をもらってこようという事がすべての人の希望であるようであった。のみならずもう候補者まで見つけてきて私に賛同を求めるのであった。

しかし牛乳屋が正直にもとの家へ還したところで、また誰か新しい飼主の手に渡るにしても結局は野良猫になるよりほかの運命は考えられないようなこの猫をみすみす出してしまうのも可哀相であった。下性の悪いのは少し気をつけて習慣をつけてやれば直るだろうと思った。それでまずボール箱に古いネルの片などを入れて彼の寝床を作ってやった。それと、土を入れた菓子折とを並べて浴室の板間に置いた。私が寝床に入る前にそこらの蚊帳の裾などに寝ているたまを探して捕えてきて浴室のこの寝床に入れてやった。何も知らない子猫はやはり猫らしく咽を鳴らすのである。土の香を嗅がせてやると二度に一度は用を便じた。浴室の戸を締めきってスイッチを切ったあとの闇の中に夜明までの長い時間をどうしているのか分らないが、ガラス窓が白むころが来ると浴室の戸をバサバサ鳴らし、例の小鳥のような啼声を出して早く出してもらいたいと訴えるのが聞えた。行って出してやると急いで飛び出すかと思うとまたもとの処へ走り込んだり、そうしてちょうど犬の子のするように人の足のまわりをかけめぐるのである。十日あまりもこのような事を繰返した後に、試に例の寝床のボール箱と便器とを持出して三毛の出入する切穴の傍に置いてなんべんとなくそこへ連れていっては土の香を嗅がしてやった。翌朝気をつけて見たが蒲団や畳の汚れた処はどこにも見つからなかった。たぶん三毛に導かれて切穴から出る事を覚えたのであろう。その後は明け方に穴から這い上るたまの姿を見かける事もあった。

　異常に発達したたまの食欲は幾分か減ってそれほどにがつがつしなくなってきた。気持の悪いほど膨れていた腹がそんなに目立たなくなってくると痩せた腰から後脚が妙に見窄らしく見えるようになりはしたが、それでもどうやら当り前の猫らしい恰好をしてくるのであった。そしてやはりどこか飼猫らしい鷹揚さとお坊ちゃんらしい品のある愛らしさが見え出してきた。

夏休みが過ぎて学校が始まると猫のからだはようやく少し暇になった。午前中は風通しのいい中敷などに三毛と玉が四肢を思うさま踏み延して昼寝をしているのであった。片方が眠っているのを他の片方がしきりに嘗めてやっている事もあった。夕方が来ると二疋で庭に出て芝生の上でよく相撲を取ったりした。昼間眠られるようになってから夜中によく縁側で騒ぎ出した。これには少し迷惑したが、腹は立たなかった。台所で陶器の触れ合う音がすると思って行ってみると戸を締め忘れた茶箪笥の上と下の棚から二疋がとぼけた顔を出してのぞいていたりした。

鼠はまだついぞ捕ったのを見た事がないが、もう鼠の悪戯は止んでしまって、天井は全く静かになった。

縁の下で生れた野良猫の子の三毛は今でも時々隣の庇に姿を見せる事がある。美しい猫ではあるが気のせいかなんとなく険相に見える。臆病なうちの三毛は野良猫を見ると大急ぎで家に駆け込んでくるが、たまの方は全く平気である。いつか野良猫と一緒に遊んでいるのを見たという報告さえあった。「不良少年になるんじゃないよ」などと云って頭をたたかれていたが、なんのために叩かれるのか猫には分らないだろう。

我家の猫の歴史はこれからはじまるのである。私はできるだけ忠実にこれからの猫の生活を記録しておきたいと思っている。

月が冴(さ)えて風の静かなこのごろの秋の夜に、三毛と玉とは縁側の踏台になっている木の切り株の上に並んで背中を丸くして行儀よく坐っている。そしてひっそりと静まりかえって月光の庭を眺めている。それをじっと見ているとなんとなしに幽寂といったような感じが胸にしみる。そしてふだんの猫とちがって、人間の心で測り知られぬ別の世界から来ているもののような気のする事がある。このような心持はおそらく他の家畜に対しては起らないかもしれない。

（大正十年十一月『思想』）

ある日の経験

上野の近くに人を尋ねたついでに、帝国美術院の展覧会を見に行った。久し振りのよい秋日和で、澄みきった日光の中に桜の葉が散っていた。

会場の前の道路の真中に大きな天幕張りができかかっている。何かの式場になるらしい。柱などを巻いた布が黒白のだんだらになっているところを見ると何かしら厳かな儀式でもあるように思われる。このようにして人夫らが大勢かかって、やっとそれが出来上ったと思う間もなく式が終って、またすぐに取りくずさなければならないであろう。

博覧会の工事も大分進行しているようである。これもやはりほんの一時的の建築だろうが、使っている材木を見るとなかなか五十年や百年で大きくなったとは思われないような立派なものがある。なんだか少しもったいないような気がする。こんなものを使わなくても、何か鋸屑(のこくず)でも固めたようなもので建築材料を作ってそれで建てたらいいだろうと思う。

美術展覧会に使われている建物もやはり間に合せである。この辺のものはみんな間に合せのものばかりのような気がして、どうも気持が悪い。

そういう心持をいだいて展覧会場へ這入った。

日本画が、とてもゆるゆる見る事のできないほどたくさんにある。しかしゆるゆる見たいと思う絵は容易に見つかりそうもない。どの絵を見てもどういうものか私は興味が起らない、どうしても我慢して見て、強いていいところを捜してやろうという気になれないのである。これらの絵全体から受ける感じは、ちょうど近ごろの少年少女向の絵雑誌から受けると全く同じようなものである。帝展の人気のある所因は事によるとここにあるかもしれないが、私にはどうも工合が悪く気持が悪い。名高い画家達のものを見ても、どうも私には面白味が分らない。こういう絵を見るよりも私はうちで複製の広重(ひろしげ)か江戸名所の絵でも一枚一枚見ている方が遥(はるか)に面白く気持がよいのである。

洋画の方へ行くと少し心持がちがう。ちょっと悪夢からさめたような感じもする。もっとこのごろ自分で油絵のようなものをかいているものだから、いろいろの人の絵を見ると、絵のがらの好き嫌いとは無関係ないろいろのテクニカルな興味があるのである。実際どれを見ても、当り前な事だが、みんな自分よりは上手な人ばかりである。しかしその上手な点を「頭」へ矢つぎ早に受け込んで、そしていちいち感服する方がとかく主になってしまって、何かしらしみじみと「胸」に滲(し)み込んでくるような感じが容易には起りにくい。

どうもみんな単にうまい絵を描く事ばかり骨を折っているのではないかという疑が起ってくる。それならば大概の絵はそれぞれの意味でうまいところがあるという事が自分のようなものでも分る。いったい自分の求めているようなしみじみとした絵はこういうところでは始めから得られないにきまっているのかもしれない。

おしまいの方の部屋の隅に、女の子の小さな像が一枚かかっていた。童女は黒地に赤い縞の洋服を着て、右の手に花を一輪もっている。一目見ただけで妙な気がした。これはこの会場にはふさわしくないほど、物静かな、しんみりとした気持のいい絵であると思った。

この絵には別にこれといって手っ取り早く感心しなければならないような、一口ですぐ云ってしまわれるような趣向やタッチが、少くも私には目に立たない。それだけ安易な心持で自然に額縁の中の世界へ這入っていけるように思う。じっと見ていると、何かしら嬉しいようなありがたいような気がしてくる。ほんとうに描いた人の心持が、見ている自分の心に滲み込んでくるように思う。

どういうわけだか分らないが、あの右の手のなんとも名状のできない活きた優雅な曲線と鮮かに紅い一輪の花が絵の全体に一種の宗教的な気分を与えている。少し短くつまった顔の特殊なポーズも、少しもことさららしくなくてただ気高いようなよい心持がするばかりである。何かしら人の子ではなくて何かの菩薩のような気がする。日本人としての自分にはベラスケズのインファンタ、マリア、マルゲリタよりも此方がいい。デュラアよりもホルバインよりも此方がいい。

専門家に云わせると、あるいは右の頰の色が落着かないとか、手が小さ過ぎるとか、いろいろの批評があるかもしれないが、私にはそんな事は問題にならない。何かなしにこれが本当の芸術というものだろうという気がする。

会場を出て、再び天幕張りの工事を仰ぎ見ながらこんな事を考えた。間に合せものばかりのこの竹の台に、あの童女像ばかりはどうも間に合せでない。時代や流行とは無関係に永遠に伝えらるべき性質のものではないだろうか。

谷中から駒込までぶらぶら歩いて帰る道すがら、八百屋の店先の果物や野菜などの美しい色が今日はいつもよりは特別に眼についた。骨董屋の店先にある陶器の光沢にもつい心を引かれて足をとめた。

とある店の棚の上に支那製らしい壺のようなものがいくつか並んでいるのをしばらく立止って眺めていた。その内の一つを取り下して値段をきいてみると六円だという。骨董品というほどでなくても、三越等の陳列棚で見る新出来の品などから比較して考えてみても、六円というのはおそらく多くの蒐集者にとっては安いかもしれない。

しかし私はなんだか自分などの手に触るべからざる贅沢なものに触れたような気がしたので、急いでもとの棚へ返した。

その下の棚に青い釉薬のかかった、きわめて粗製らしい壺が二つ三つ塵に埋れてころがっているのを拾い上げてみた。実に粗末なものではあるが、しかし釉の色がなんとなく美しく好もしいので試に値を聞くと五拾銭だという。それでは一つもらいましょうと云って、財布を取り出すために壺を一度棚に返そうとする時に、どうした拍子か誤ってその壺を取り落した。下には磁器の堅いものがゴタゴタ並んでいたので、元来脆いこの壺の口のところが少しばかり欠けてしまった。私は驚いて「どうもとんだ粗相をしました」と云うと、主人は、「いや、どう致しまして、いったいこの置き所も悪いものですから」と云った。そして、「このつれならまだいくらでもありますから、どうぞいいのをお持ち下さい」という。

いったい私がこの壺を買う事に決定してから取り落してこわしたのだから、別に私の方であやまる必要もなければ、主人も黙って破片を渡せばいいのではなかったかと、今になってみると考えられもする。これはどちらが正当だか私には分らない、とにかくその時は全く恥じ入って、つい無意識にあやまってしまったわけである。

ともかくも代価の五拾銭を払おうとすると、どうしても主人が受取ろうと云わない。困り入ってどうしたものかと考えながらその解釈を捜すような心持で棚の上を見ていると、そこに一つ白釉のかかった、少し大きい花瓶が目についた。これも粗末ではあるが、鼠色がかった白釉の肌合も、鈍重な下膨れの輪郭も、なんとなく落ちついていい気持がするるので、試しに代価を聞いてみると七拾銭だという。それを買う事にして、そして前の欠けた壺と二つを持って帰ろうとするが、主人はそれでも承知してくれない。もしその欠けたのの特別な色合でも何か調べる必要があるなら持っていってもいいが、もう一つ欠けないのもぜひ持っていけというのである。

それでは私が困るからと云ってみたが、「いえ、とんでもない事です」と云ってなかなか聞き入れてはくれない。

結局私は白い花瓶と、こわれない別の青い壺との二点をさげておめおめと帰ってきた。

主人は二つの品を丁寧に新聞紙で包んでくれて、そしてその安全な持ち方までちゃんと教えてくれた。私はすっかり弱ってしまって、ちょうど悪戯(いたずら)をしてつかまった子供のような意気地のない心持になって、主人の云うがままになって引き下がるほかはなかったのである。

帰る途中でなんだか少し落着かない妙な気がした。軽い負債でも背負わされたような気がしてあまり愉快でなかった。いったいこれはどうすれば善かったのだろう。代価を強いて取らせて破片だけを持って帰るのもあまりにぎごちない窮屈な気がする。

二個分の代価を払って、破片と、そうして破(わ)れないもう一つをさげてくるのもなんだかことさらで、そこに説明のできない無理があるように思われる。それかといって自分のした事はどうしても正当ではない。

仮りにこれが五拾銭でなくて五拾円か五百円の壺であったら、どうだろうという事を、いささか臆病な心持で考えてみた。理窟(りくつ)は同じでも、実際は少しちがうような気がした。この方だとかえって事柄がずっと簡単にはこびそうな気もした。正当不正当の問題が、他の利害の問題のために蝕(おか)されて変ってきそうに思われたのである。この現在の場合はどうでもいいとしたところで、逆に吾々が何か重大な問題にぶつかった場合に、それを、本質的にそれと同様な、しかし通例些細(ささい)なと考えられる問題に「翻訳」して考えてみなければならない場合もずいぶんありはしまいか、そうしてみて始めて問題が正当な光に照らされるような事がありはしまいか。こんな事も思ってみたのである。

ドイツの下宿屋で、室に備え付けの洗面鉢を過(あやま)ってこわしたある日本人が、主婦に対していろいろ詫言(わびごと)を云うのを、主婦の方ではきわめて機嫌よく「いやなんでもありません、ビッテ、シェーン」を繰返していた。そうしてその人が永い滞在の後に、なつかしい想いを残してその下宿を去る日になって、主婦の方から差出した勘定書を見ると、毀(こわ)れた洗面鉢の代価がちゃんとついていたという話がある。

　またある留学生の仲間がベルリンのTという料理屋で食事をした時に、いつもするように一同で連名の絵葉書をかいた。その時誰かの万年筆のインキがほんの少しばかり卓布を汚したのに対して、オーバーケルナーが五マルクとかの賠償金を請求した。血気な連中のうちの一人の江戸っ子が、「それじゃインキがどれだけ多くついてもやはり同じ事か」と聞いた。そうだという返答をたしかめてから後に悠々と卓布いっぱいにさんざん楽書をし散らして、そうして苦い顔をしているオーバーを残してゆるゆる引上げたという話もある。

　ドイツだとこれほど簡単に数学的に始末のできる事が、我が駒込辺ではそう簡単でないようである。

　どちらがいいか悪いか、それは分らない。ある解釈に従えば、私の偶然に関係した店の主人の仕打や、それに対する私のした事や考えた事なんかは、すべてがただ小さな愚かな、時代おくれの「虚栄心」の変種かもしれない。

　しかしともかくも私はちょっと意外な事に出逢った（であ）ような気がしてならなかった。しかしてこういったような商人がそこらにいるという事がなんだかちょっと愉快なことのようにさえ思われたのである。

　宅へ帰って昼飯を食いながら、今日のアドヴェンチュアーを家人に話したが、誰も一向なんとも云ってくれなかった。

庭に下りて咲きおくれた金蓮花とコスモスを摘んだ。それをさっき買ってきた白釉の瓶に投げ込んで眺めているといい気持になった。これを眺めているうちにも、また展覧会の童女の像を思い出した。あれは実に美しい、なんとも云われないしみじみと美しい絵である。あれに比べると外の多くの騒がしい絵は、いわば腹のへっているのにむやみに大きな声を出しているような気のするものである。真に美しいものは大人しく黙っている。しかしそれはいつまでも見た人の心に美しい永遠の響を留める。そしてその余韻は、その人の生活をいくぶんでも浄化するだけの力をもっている。こういう美しいものを見たときと見なかった時とで、その後に来る吾人の経験には何らのちがった反響がないわけにはゆかない。

展覧会で童女像を見た事と壺のアドヴェンチュアーとは一見なんの関係もない事のようである。しかしこれを経験した私にとっては、どうしてもこれを二つの別々の経験に切り離して考える事が困難に思われる。切り離すと、もうそれは自分の活きた経験でなくなって、まるで影の薄い抽象的な「誰でも」の知識になってしまう。

吾々は学問というものの方法に馴れ過ぎて、あまりになんでも切り離し過ぎるために、あらゆる体験の中に含まれた一番大事なものをいつでも見失っている。肉は肉、骨は骨に切り離されて、骨と肉の間に潜む滋味はもう味わわれなくなる。これはあまりにもったいない事である。

（大正十年十二月『明星』）

夢

一

石の階段を上っていくと広い露台のようなところへ出た。白い大理石の欄干の四隅には大きな花鉢（ヴェース）が乗っかって、それに菓物やら花がいっぱい盛り上げてあった。

前面には湖水が遠く末広がりに開いて、かすかに夜霧の奥につづいていた。両側の岸には真黒な森が高く低く連なって、その上に橋をかけたように紫紺色の夜空がかかっていた。夥（おびただ）しい星が白熱した花火のように輝いていた。

やがて森の上から月が上ってきた。それがちょうど石鹼球のような虹（にじ）の色をして、そして驚くような速さで上っていくのであった。

すぐ眼の下の汀（みぎわ）に葉蘭（ばらん）のような形をした草が一面に生えているが、その葉の色が血のように紅（あか）くて、蒼白（あおじろ）い月光を受けながら、あたかも自分で発光するもののように透明に紅く光っているのであった。

欄干の隅の花鉢に近づいてその中から一輪の薔薇を取り上げてみると、それはみんな硝子でできている造花であった。

湖水の面一面に細かくふるえきらめく漣を見つめているうちに私は驚くべき事実に気がついた。

湖水の水と思ったのはみんな水銀であった。

私は非常に淋しいような心持になってきた。そして再び汀の血紅色の草に眼を移すと、その葉が風もないのに動いている。しだいに強く揺れ動いては延び上ると思う間にいつかそれが本当の火焔に変っていた。

空が急に真赤になったと思うと、私は大きな熔鉱炉の真唯中に突立っていた。

二

私は桟橋の上に立っていた。向側には途方もない大きな汽船の剝げ汚れた船腹が横づけになっている。傘のように開いた荷揚器械が間断なく働いて大きな函のようなものを吊り揚げ吊り降ろしている。

ドイツの兵隊が大勢急がしそうにそこらをあちこちしている。

不意に不思議な怪物が私の眼の前に現われてきた。それはちょうど鶴のような恰好をした自働器械である。その嘴が長いやっとこ鋏のようになって、その槓杆の支点に当るねじ鋲がちょうど眼玉のようになっている。鳥の身体や脚はただ鎚でたたいて鍛え上げたばかりの鉄片を組合せて作ったきわめて簡単なもののように見える。鉄はところどころ赤く錆びている。それにもかかわらずこの粗末な器械は不思議な精巧な仕掛けでもあるかのように全く自働的に活動している。ちょうど鶴のような足取りで二歩三歩あるくと、立止まって首を下げて嘴で桟橋の床板をゴトンゴトンと音を立ててつっついている。そういう挙動を繰返しながら一直線に進んでいくのである。

私はその器械の仕掛けを不思議に思うよりも、器械の目的がなんだろうと思い怪しんでみたが全く見当もつかなかった。

桟橋を往来している兵隊らはこの不思議な鉄の鳥に気がつかないのか、気がついていても珍らしくないのか、誰一人見向いてみるものもない。

それで鉄の鶴は無人の境を行くようにどこまでも単調な挙動を繰返しながら一直線に進んでいくのである。

そのうちに向うから大きな荷物自動車が来た。何かしら棍棒のようなものを数十ずつ一束にしたものを満載している。

近づいてみると、その棒のようなものはみんな人間の右の腕であった。

私は何故かそれを見るとすべての事が解ったような気がした。

鉄の鶴が向うの方で立ち止まって長い鉄の頸をねじ向けてじいっと私の顔を見つめていた。

三

高架鉄道から下りてトレプトゥの天文台へ行く真直な道路の傍に自分が立っている。道の両側には美しい芝生と森がある。銅色をした太陽が今ちょうど子午線を横切っているのだが、地平線からの高度が心細いように低い。

私はその時なんという理由なしに「もういよいよ世の終が近づいたのだ」と思う。向うの方から大勢の群集が不規則な縦隊を作って進んでくる。だんだん近づくのを見ると、行列の真先には牛や馬や驢馬や豚や鶏が来る。その後から人間の群がついてくる。四角な板に大きな文字で何かしら書いたのを旗のように押し立てている人もある。大きなボール紙のメガフォーンを脇の下にぶら下げているものもある。

豚や鶏は時々隊をはなれて道傍の芝生へそれようとするのを、小さな針金のような鞭でコツコツとつっついては列に追い返している男がいる。

避雷針のようなものの付いた兜形の帽子を着た巡査が、隊の両側を護衛している。

巡査がどれもこれも福々しい人のよさそうな顔をしているのに反して、行列に加わっている人達の顔はみんなたった今人殺しでもしてきたように凄い恐ろしい形相をしている。家畜の顔を見ていると、それがだんだんにいつかどこかで見た事のある人間の顔に似てくるような気がする。そしてそれがみんないかにも迷惑そうな倦怠しきった表情をしているのである。

広場のところまで来ると行列が止まった。そして家畜を中心にして行列の人と見物人とが円陣を作った。

行列の一人が中央に進み出て演説を始めた。私は一所懸命にその演説者の言葉の意味を拾おうと思って努力したが、悲しい事には少しもなんの事だか分らなかった。ただ時々イエネラールなんとかいう言葉を繰返すのがやっと聞きとれただけであった。演説者は脊の低い男で、顔が写真で見たトロッキーによく似ていた。右の手を空気を切るように縦横に打ち振っては信じられないほど大きな声でどなっていた。時々左の手を家畜の方に差し延べては一種特別な訴えるような表情をして見せた。

演説が終ったと見えて、ワーッという声がした。そして再び隊を作った行列は真直な大道をあちらの方へだんだんに遠ざかっていった。

銅色の太陽がもうよほど低く垂れ下って、葉をふるった白樺の梢にぐるりぐるりと廻っているように見えた。その廻転が見ているうちにだんだんに速くなるように思われるのであった。「もう少しこれが速くなるとあぶない」そう思って私は急いでベルリンの町の方へ帰っていった。

（大正十一年三月『明星』）

断片 I

一

　神保町から小川町の方へ行く途中で荷馬車のまわりに人だかりがしていた。馬が倒れたのを今引起こしたところであるらしい。馬の横腹から頬の辺まで、雨上りの泥濘(ぬかるみ)がべっとりついて塗り立ての泥壁を見るようである。あらわな肋骨の辺には皮が擦り剝(む)けて赤い血が泥ににじんでいるところがある。馬の腹は波を打つように大きくせわしなく動いている。堪えがたい苦痛があの大きな肉体の中一体に脈動しているように思われるが、物を云う事のできない馬は黙ってただ口を動かし唇をふるわしていた。唇からはいたましく血泡がはみ出していた。

　小川町で用を足して帰りにまたそこを通った。木材を満載したその荷馬車の車輪が道路の窪(くぼ)みの深い泥に喰(く)い込んで動かなくなったのを、通行人が二人手を貸して動かそうとしていた。やっと動き出したので手をはなすと、馬士一人の力ではやはりちょっとも動かない。「どうかもう少し願います。後生だから……」そう云って歎願しているが、さっきの人達はもう行ってしまって、それに代る助力者も急には出てこなかった。

馬はと見ると電柱につながれてじっとして立っていた。すぐその前に水を入れた飼葉槽が置いてあるが、中の水は真黄色な泥水である。こんなきたない水を飲んだのだろうかと思うと厭な心持がした。馬の唇にはやはり血泡がたまっていた。

私は平生アンチヴィヴィセクショニストなどという者に対して苦々しい感じを抱いている。また動物虐待防止という言葉からもあるあまり香ばしくない匂を感ずる。しかしこういう場合に出逢ってみるとやっぱり馬が可哀相になる。馬士も気の毒になってよさそうなわけだが、どうもこの場合馬の方に余計に心をひかれる。

つまり馬の方は物を云わないからじゃないかと思う。

二

頭が悪くて仕事ができなくなったから、絵具箱をさげて中野まで行った。

鉄道線路脇のちょっとした雑木林の陰に草を折り敷いて、向うの丘陵に二軒つづいた赤瓦屋根を入れたスケッチを始めた。

すぐ眼の前の道路を通行する人は多いが、一人も私の絵など覗(のぞ)きにくるものはない。おそらくこの辺では私のような素人絵かきはあまりに珍らしくなさ過ぎるのかもしれない。

　そのうちに一人物腰などからかなりの老人らしく思われるのがやって来て、私の右にしゃがんでしばらく黙って見ていたが、やがてこんな問答がはじまった。

「しょうべえに描くのですか、娯楽のために描くのですか。」

「養生のためにやっています。」

「肖像などは、あれはずいぶんかかるものでしょうね。」

「さあ。一時間でも二十日でも、切りはありますまいね。」

「小さいのよりも、やっぱり大きい絵の方が、なんだか知らねえが、ねうちがあるような気がするね。」

「そうですかね。」

　どんな人であったか、つい一度もその人の方を振向いて見なかったから分らない。

　電車や汽車がたびたびすぐうしろを通った。汽車が通ると地盤のはげしく振動するのが坐(すわ)っている私のからだには特にひどく感ぜられた。

　描いているうちにふいと妙な考えが浮んできた。それは地震の波が地殻を伝播(でんぱ)する時に、陸地を通る時と海底を通る時とでその速度に少しの相違がある、そういう事実を説明すべき一つの理論の糸口のようなものであった。

とにかく一生懸命で絵を描いている途中でどうしてこんな考が浮き上がってきたものか、自分でも到底分らない。

どうも自分というものが二人いて、絵を描いている自分のところへ、ひょっくりもう一人の自分が通りかかって、ちょうどさっきの老人のように話をしかけたのだという気がする。そうだとすると、まだ自分の知らない自分がどこかを歩いていていつひょっくり出くわすか分らないような気がする。

こんな他愛(たわい)もない事を考えてみたりした。

三

眼を煩らって入院している人に何か適当な見舞の品はないかと考えてみた。両眼に繃帯(ほうたい)をしているのだから、視覚に訴えるものは慰みにはならない。

しかし例えば香のよい花などはどんなものだろうと思った。

花屋の店先に立って色さまざまの美しい花を見ているうちにこんな事を考えた。

これほど美しいものを視(み)る事のできない人に、香だけ嗅(か)がせるのはあまりに残忍な所行である。

そう思ったので、つい花屋を通り過ぎてしまった。

（大正十一年八月『明星』）

雑記

一　日比谷から鶴見へ

夏のある朝築地(つきじ)まで用があって電車で出掛けた。日比谷で乗換える時に時計を見ると、まだ少し予定の時刻より早過ぎたから、ちょっと公園へはいってみた。秋草などのある広場へ出てみると、カンナや朝貌(あさがお)が咲きそろって綺麗(きれい)だった。いつもとはちがってその時は人影というものがほとんど見えなくて、ただ片隅のベンチに印半纏(しるしばんてん)の男が一人ねそべっているだけであった。木立の向うにはいろいろの色彩をした建築がまともに朝の光を浴びて華やかに輝いていた。

こんなに人出の少ないのは時刻のせいだろうが、これなら、いつかそのうちにスケッチでも描きに来るといいという気がした。

四、五日たってから、ある朝奮発して早起して、電車が通い始めると絵具箱を提げて出かけた。何年ぶりかで久し振りに割引電車の赤い切符を手にした時に、それが自分の健康の回復を意味するシンボルのような気がした。御堀端にかかった時に、桃色の曙光（しょこう）に染められた千代田（ちよだ）城の櫓（やぐら）の白壁を見てもそんな気がした。

日比谷で下りて公園の入口を見やった時に、これはいけないと思った。ねくたれた寝衣（ねまき）を着流したような人の行列がぞろぞろあの狭い入口を流れ込んでいた。草花のある広場へはいってみるといよいよ失望しなければならなかった。歯磨楊枝（ようじ）をくわえた人、犬をひっぱっている人、写真機をあちらこちらに持ち廻って勝手に苦しんでいる人、それらの人の観察を享楽しているらしい人、そういう人達でこの美しい朝の広場はすっかり占領されていた。真中の芝生に鶴が一羽歩いているのを小さな黒犬が一疋（ぴき）吠（ほ）えついていた。

最も呑気（のんき）そうに見えるべきはずのこれらの人達が今日の私の眼には妙にものものしい行列のように見えた。大劇場のプロムナードを練り歩く人の群のような気がした。そして世の中に「閑（ひま）な人」ほど恐ろしいものはないという気がした。自分がやはりその一人である事などは忘れてしまって。

裏の方の芝地へ廻ってみても同様であった。裁判所だか海軍省だかの煉瓦（れんが）を背景にした、まだ短夜の眠りのさめきらぬような柳の梢に強い画趣の誘惑を感じたので、よほど思いきって画架を立てようかと思っていると、もうそこらを歩いている人が意地悪く此方（こちら）へ足を向け始めるような気がする。ゴーゴルか誰かの小品で読んだ、パンの中から出た鼻の捨場所を捜してうろついて歩いている男の心持を想い出した。

あきらめて東京駅から鶴見行の切符を買った。この電車の乗客はわずかであったが、その中で一人かなりの老人で寝衣のようなものを着て風呂敷包をさげたのが、乗ったと思うともうすぐに有楽町で下りた。これはどういうわけだか私には不思議に思われた。事によるとこの人は東京駅員で昨夜当直をしたのが今朝有楽町辺の宿へ帰っていくのではないかという仮説をこしらえてみた。そういえば新橋で下りる人もかなりあった。これもどういう人達か見当がつかない。

汚ないなりをした、眼のしょぼしょぼした干からびた婆さんと、その孫かとも見える二十歳くらいの、大きな風呂敷包の荷をさげた、手拭浴衣の襦袢を着た男が乗っていた。話の様子で察してみると、誰かこの老婆の身近い人が、川崎辺の病院にでもはいっていて、それが危篤にでも迫っているらしい。間に合うかどうかを気にしているのを、男がいろいろに力をつけて慰めてでもいるらしかった。こういう老婆を見ると、いかにも弱々しく見える一方では、また永い間世の中のあらゆる辛苦に鍛え上げられて、自分などがとても脚下にもよりつかれないほど強い健気なところがあるように思われてくる。そしてそれが気の毒なというよりはむしろ羨ましいような気のする時がないでもない。

鶴見で下りたものの全くあてなしであった、うしろの丘へでも上ったらどこかものになるだろうと思って、いい加減に坂道を求めて登っていった。風が少しもなくて、薄い朝靄を透して横から照りつける日光には帽子の縁は役に立たぬものである。坂を上りつめると広い新開道があった。少しあるくと道は突然中断されて、深い掘割が道と直角に丘の胴中を切り抜いていた。向うに見える大きな寺がたぶん總持寺というのだろう。

松林の中に屋根だけ文化式の赤瓦の小さな家の群があった。そこらにおむつが干したりしてあるが、それでもどこかオルガンの音が聞えていた。

まだ見た事のない總持寺の境内へはいってみた。左の岡の中腹に妙な記念碑のようなものがいくつも立っているのが、どういう意味だか分らない。分らないが非常に変な気持を与えるものである。

暑くなったから門内の池の傍のベンチで休んだ。ベンチに大きな天保銭の形がくっつけてある。これはいわゆる天保銭主義と称する主義の宣伝のためにここに寄附されたものらしい。

絵でも描くような心持がさっぱりなくなってしまったので、總持寺見物のつもりで奥へはいっていった。花崗岩の板を贅沢に張りつめたゆるい傾斜を上りつめると、突きあたりに摺鉢のような池の岸に出た。そこに新聞縦覧所という札のかかった妙な家がある。一方には自動車道という大きな立札もある。そこに立って境内を見渡した時に私はかつて経験した覚えのない奇妙な感じに襲われた。

つい近ごろ友人のうちでケンプェルが日本の事を書いた書物の挿絵を見た中に、京都の清水（きよみず）かどこかの景と称するものがあった。その絵の景色には、普通日本人の頭にある京都というものは少しも出ていなくて、例えばチベットかトルキスタンあたりのどこかにありそうな、荒涼な、陰惨な、そして乾き切った土地の高みの一角に、「屋根のある棺柩（かんきゅう）」とでもいいたいような建物がぽつぽつ並んでいる。そしてやはり干からびた木乃伊（ミイラ）のような人物が点在している。なんと云っていいか分らないが、妙にきらきら明るくていて、それで陰気なおどろおどろしい景色である。dismal とか weird とか何かしらそんな言葉で、もっと適切な形容詞がありそうで想い出せない。

總持寺の厖大（ぼうだい）な建築や記念碑を見廻した時に私を襲った感じが、どういうものかこのケンプェルの挿絵の感じと非常によく似ていた。

摺鉢形の凹地（くぼち）の底に淀（よど）んだ池も私にはかなりグルーミーなものに見えた。池の中島にほうけ立った草もそうであった。汀（みぎわ）から岸の頂まで斜（はす）に渡したコンクリートの細長い建造物もなんの目的とも私には分らないだけにさらにそういう感じを助長した。

ずっと裏の松林の斜面を登っていくと、思いがけなく道路に出た。そこに名高い花月園というものの入口があった。どんなにか美しいはずのこんもりした渓間に、ゴタゴタと妙な家のこけら葺（ぶき）の屋根が窮屈そうに押しあっているのを見下（おろ）して、なるほどこうしたところかと思った。

西の方へ少し行くと、はじめて自然の野があって畑には農夫が働いていた。しかし一方を見ると、大きなペンキ塗の天狗の姿が崖の上に聳えているのに少からず脅かされた。

帰りの電車はノルマルに込んでいた。並んで立っていた若い会社員風の二人連が話しているのを、聞くともなく聞いていると、毎朝同じ時刻に乗る人がみんなそれぞれ乗り込む車の位置に自からきまりがあると見えて、同じ顔が同じところにいつでも寄り合うようだと云っていた。そうかもしれない。しかし同じ顔を見た時の印象が、見なかった時の印象を掩蔽してそう思わせるのかもしれない。

品川から上野行は嘘のように空いていた。向側に小間物でも行商するらしい中年女が乗って、大きな荷物にもたれて断えず居眠りをしていた。浴衣の膝頭に指頭大の穴があいたのを丹念に繕ったのが眼についた。汚れた白足袋の拇指の破れも同じ物語を語っていた。

相場師か請負師とでもいったような男が二人、云い合せたように同じ服装をして、同じ折かばんを膝の上に立てたり倒したりしながら大きな声で話していた。四万円とか、一万坪とか、青島とか、横須賀とかいう言葉が聞こえた時に私の頭にはどういうものかさっき見た總持寺の幻影がまた蘇ってきた。

兵隊が二、三人鉄砲を持ってはいってきた。銃口にはめた真鍮の蓋のようなものを注意して見ているうちに、自分が中学生のとき、エンピール銃に鉛玉を込めて射的をやった事を思い出した。単純に射的をやる道具として見た時に鉄砲は気持のいいものである。しかしこれが人を殺すための道具だと思って見ると、白昼これを電車の中に持ち込んで、誰も咎める人のないのみならず、なんの注意すらも牽かないのが不思議なようにも思われた。

結局絵は一枚も描かないで疲れきって帰ってきたのであった。しかしケンプェルの挿絵の中にある日本を思いがけないところで見つけ出しただけはこの日の拾い物であった。

二　雅楽

友人の紹介によって、始めて雅楽の演奏というものを見聞する機会を得た。

それは美しい秋晴の日であったが、ちょうど招魂社の祭礼か何かの当日で、牛込見附のあたりも人出が多く、なんとなしにうららかに賑わっていた。会場の入口には自動車や人力が群がって、西洋人や、立派な服装をした人達が流れ込んでいた。玄関から狭い廊下をくぐって案内された座席は舞台の真正面であった。知っている人の顔がそこらのあちこちに見えた。

　独立な屋根をもった舞台の三方を廻廊のような聴衆観客席が取り囲んで、それと舞台との間に溝渠のような白洲が、これもやはり客席になっている。廻廊の席と白洲との間に昔はかなり明白な階級の区別がたったものであろうと思われた。自分の案内されたのはおそらく昔ならば殿上人の席かもしれない。そういえばいちばん前列の椅子はことごとく西洋人が占めていて、その中の一人の婦人の大きな帽子が、私の席から見ると舞台の約三分の一くらいは蔽うのであった。これは世界中でいつも問題になる事であるが、ことにああいう窮屈な場所では断る事にした方が、第一その婦人の人柄のためにかえってよくはないかと思われる。

　一段高くなっている舞台は正方形であるらしい。四隅の柱をめぐって広い縁側のようなものがある。舞台の奥に奏楽者の席のあるのは能楽の場合も同様であるが、正面に立てた屏風は、あれが方式かもしれないが私の眼にはあまり渾然とした感じを与えない。むしろ借りてきたような気のするものである。

　烏帽子直垂とでもいったような服装をした楽人達がいろいろの楽器をもって出てきて、あぐらをかいて居ならんだ。昔明治音楽界などの演奏会で見覚えのある楽人達の顔を認める事ができたが、服装があまりにちがっているので不思議な気がするのであった。

始めに管絃の演奏があった。「春鶯囀」という大曲の一部だという「入破」、次が「胡飲酒」、三番目が朗詠の一つだという「新豊」、第四が漢の高祖の作だという「武徳楽」であった。

始めての私にはこれらの曲や旋律の和声がみんなほとんど同じもののように聞えた。物に滲み入るような簫の音、空へ舞い上るような篳篥の音、訴えるような横笛の音が、互に入り乱れ追い駆け合いながら、ゆるやかな水の流れ、静かな雲の歩みのようにつづいていく。その背景の前に時たま現われる鳥影かなんぞのように、琴や琵琶の絃音が投げ込まれる。そして花片の散り落ちるように、また漏刻の時を刻むように羯鼓の音が点々を打っていくのである。

ここが聞きどころつかまえどころと思われるような曲折は素人の私には分らない。しかしそこには確に楽の中から流れ出て地と空と人の胸とに滲透するある雰囲気のようなものがある。この雰囲気は今の文化的日本の中では容易に見出されないもので、ただ古い古い昔の物語でも読む時に、わずかにその匂だけを嗅ぐ事のできるものである。

始め西洋音楽でも聞くようなつもりで、やや緊張した心持で聴いているうちに、いつとなしにこの不思議な雰囲気に包み込まれて、珍らしくのんびりした心持になった。メロディなどはどうでもよかった。ただ春の日永の殿上の欄にもたれて花散る庭でも眺めているような陶然とした心持になった。

すべての音楽がそうであるか、どうか、私には分らない。しかし、どうもこの管絃楽というものは、客観的・分析的あるいは批評的に聴くべきものではなくて、ただこの音の醸し出す雰囲気の中に無意識に没入すべきもののような気がする。そうする事によってこの音楽が本当の意味をもつような気がする。

これが雰囲気である以上、それに一度没入してしまえば、もう自覚的にそれを聞いていなくてもいい。この空気の中で私は食事をし、書物をよみ、またむつかしい数学の問題を考える事すら可能なような気がする。

レオナルド・ダ・ヴィンチが画を描く時に隣室で音楽を奏でさせたという話があるが、これももちろんただ音楽の雰囲気だけを要求したものに相違ない。彼は恐ろしく多面的な忙がしい頭脳をもっていた人である。時としては彼の神経は千筋に分裂して、そのすべての末端がいら立って、とても落着いた心持になれなかったのではあるまいか。そういう時に彼は音楽の醸し出す天上界の雰囲気に包まれて、それで始めて心の集中を得たのではあるまいか。

これはただなんの典拠のない私だけの臆測(おくそく)である。しかしそれはいずれにしても、今の苛立(いらだ)たしい世の中を今少し落着けて、人の心を今少し純な集中に導くためには、このような音楽も存外有効ではないだろうか。

こんな事を考えるともなく考えながら、私の心はいつか遠い吾々の祖先の世に遊んでいた。

朗詠の歌の詞は「新豊の酒の色は鸚鵡盃の中に清冷たり、長楽の歌の声は鳳凰管の裏に幽咽す」というのだそうであるが、聞いていてもなかなかそうは聞きとれないほどにゆっくり音を引延ばして揺曳させて唱う。そしてその声が実際幽咽するとでもいうのか、どこか奥深い御殿のずっと奥の方から遥に響いてくるような籠った声である。これは歌う人が口をあまり十分に開かず、唇もそんなに動かさずに、口の中で歌っているせいかもしれない、始めの独唱のときは、どの人が歌っているか、ちょっと見ては分らないようであった。

これもおそらく多くの現代人にはあまりに消極的な唱歌のように思われるかもしれない。もしそうであれば、それだけかえって必要な解毒剤かもしれない。

管絃のプログラムが終ると、しばらくの休憩の後に舞楽が始まった。

一番目は「賀殿」というのであった。同じ衣裳をつけた舞人が四人出て、同じような舞をまうのであるが、これもちょうど管絃楽と全く同じようにやはり一種の雰囲気を醸出する「運動の音楽」であるように思われた。外の各種の舞踊に表われるような動的エネルギーの表出はなくて、すべてが静的な線と形の律動であるように思われた。

二番目の「地久」というのは、やはり四人で舞うのだが、この舞の舞人の着けている仮面の顔がよほど妙なものである。ちょっと恵比寿に似たようなところもあるが、鼻が烏天狗の嘴のように尖って突出ている。柿の熟したような色をしたその顔が、さもさも喜びに堪えないといったように、心の笑みを絞り出した表情をしている。これが生きている人の本当の顔ならば、おそらく一分間あるいは三十秒間もそのままに持続する事は困難だろうと思われる表情をいつまでも持続して舞うのである。これは舞楽に限らない事であろうが、これだけの事でもそこに一種の空気が出てくる。もっとも不思議な事に、仮面の顔というものは、永く見ていると、それがいろいろに動き変わるような錯覚を生じるものだが、この場合でもやはりそれがある。音楽と運動の律動につれて、この笑顔にも一種の律動的変化を感じる事ができる。

柿色の顔と萌黄色の衣装の配合も特殊な感じを与える。頭に冠った鳥冠の額に、前立のように着けた鳥の頭部のようなものも不思議な感じを高めた。私はこの面の顔の表情に、どこか西洋画で見るパンの神のそれに共通なものがあるような気がしてならなかった。

三番目は「蘇莫者」というのである。なんと読むのか、プログラムに仮名付けがないから分らない。説明書によるとこの曲は元と天竺の楽で、舞は本朝で作ったとのことである。蘇莫者の事は六波羅密経に詳しく書いてある。聖徳太子が四十三歳の時に信貴山で洞簫を吹いていたら、山神が感に堪えなくなって出現して舞うた、その姿によってこの舞を作って伶人(れいじん)に舞わしめたとある。

始めに、たぶん聖徳太子を代表しているらしい衣冠の人が出てきて、舞台の横に立って笛を吹く。しばらくすると山神が出てきて舞い始める。おどろな灰褐色の髪の下に真黒な小粒な顔がのぞいている。色があまりに黒いのと距離が遠いのとで、顔の表情などは遺憾ながら分らない。片手に何か短い棒のようなものを固く握っているが、これもなんであるか分らなかった。しかし私にはそれはどうでもよい。面白いのはその運動である。頭の上で近付けた両手を急速に左右に離して空中に円を描くような運動、何かものを跨(また)ぎ越えるような運動、何ものかに狙い寄るような運動、そういうような不思議な運動が幾遍となく繰り返された。

前の二種の舞がいかにもゆるやかな、のんびりとしたものであったのに反して、この蘇莫者にはどこかもう少し迫った感情のようなものが出ている。それは畢竟(ひっきょう)運動の速度、したがってエネルギーの差から起るものかもしれないが、そればかりでなく、この舞人の挙動自身に何かしらある感情の逼迫(ひっぱく)を暗示するものがあるのかもしれない。それがどういう感情であるかと問われると私にも分らないが、しかし例えばある神性と同時にある狂暴性を具(そな)えた半神半獣的のビーイングの歓喜の表現だと思ってみると、そう思えない事はない。

私は遠い神代の我が大八洲(おおやしま)の国々の山や森が、こういう神秘的なビーイングによって棲(すま)われていたと想像してみた。そうして自分がそれらのビーイングの正統な子孫であると考えてみた。そう思う事によってこの国土に対する自分の愛着の感情は増しても減りはしないような気がする。

最後に「長慶子」という曲を奏した。慶祝の意を表わしたもので、参会の諸員退出の時にこれを奏すと説明書にあったが、そのためか、奏楽中にがたがた席を立つ人が続々出てきた。

近ごろにない舒(の)びやかな心持になって門を出たら、長閑(のどか)な小春の日影がもうかなり西に傾いていていた。

三　ノーベル・プライズ

ある夜いつものように仕事をしていると電話がかかってきた。某新聞社からだという。何事かと思って出てみると、国際電報によって昨年度と今年度のノーベル賞金の受賞者の名前の報知が届いた、その一人はアインシュタインで、もう一人はコーペンハーゲンのニールス・ボーアという人だそうだが、このボーアという人はいったいどんな人でどういう仕事をした人かというのである。私はなるべく簡単に自分の知ってる要点だけを話して電話を切った。そしてやりかけた仕事にとりかかるとまた電話がかかった。今度は別の新聞社から同じ事の問合せであった。ボーアをまちがえてポールポーアと云っているのが気になるので、それだけは訂正しておいた。

ボーアの理論の始めて発表されたのは一九一三年であったから、もうちょうどひと昔前の事である。その説はすぐに我邦の専門家の間にも伝えられ、考究され、紹介され、応用もされていた。今日物理学に興味をもつ人でボーアの名前とその仕事の一般を知らない人はおそらく一人もないはずである。

ところがこれほど専門家の目には顕著な人物の名前が「世間」というものの人名簿には今日という今日までどこにもかいてなかった。それがノーベル賞の光環を頂いて突然天から降ってきた天使のように今「世間」の面前に立っている。十年前に出現した新星の光が今ようやく地球に届いたようなものである。

それほどに科学者の世界は世間を離れている。しかしそのおかげで学者は心静に落着いて各自の研究に没頭していられるのかもしれない。

近ごろ彼地でボーアに会って帰ってきた友人の話によると、このまだ若い学者は、どこか近い田舎に小さな別荘のようなものをもっていて、暇のあるごとにそこへ行く、そうして平和な周囲と新鮮な空気の中に想を練りペンを使う、どうかすると芝生の上に寝転がって他所目(よそめ)にはぼんやり雲を眺めているそうである。そういう時に彼の頭にはいろいろの独創的な考えの胚子(はいし)が浮んで来るのらしい。彼はそういう考(イデー)を書き止めておいては、それを丁寧に保存し整理しては追究していくそうである。いかにもこの人にふさわしいやり方だと思う。過去の仕事のカタログを製したりするよりは、むしろ未来の仕事の種子の整理に骨折っているらしいのが、常に進取的なこの人の面目をよく表わしていて面白いと思う。

このようにしてこそ、彼のような学者は本当の仕事というものができるのではあるまいか。実に羨(うらや)ましい境遇だと思わねばならない。

日本に限らずどこでもいったいに学者というものは世間から尊重されないものだという説がある。この尊重という文字の意味が問題になる。

昔はとにかく今日では我邦ですらも科学というものの功利的価値は、理解されたというよりむしろ無理解に世間で唱道されている。その当然の結果として科学者はそういう意味で尊重されている。したがって科学者は自分の研究以外の事で常に忙がしい想をするように余儀なくされる。

科学者としては、世間に対する自分の義務として、でき得る限りは、世間からの要求に応じなければならないと考える人は、むしろ多数であろう。そう考える以上は、場合によっては自分の大事な研究時間をずいぶん思いきって割いても世間の要求に応じるために忙がしい想をし、したがってそれだけの心のエネルギーを余計に消磨させなければならない。

これは止むを得ない事かもしれない。そして私はそういう学者の犠牲的精神に尊敬を払う事を忘れないつもりである。

しかし学者とこれに対する世間とから全く飛び離れた第三者の位置に立って見ると、これは世間というものが本当に学者を尊重し学術の進歩を期図する方法ではないような気がする。場合によってはむしろ学者を濫用し科学の進歩を妨げるような結果になる事がないとは限らないように思う。これはよほど慎重に考えてみなければならないかなり大事な問題である。

学者の中にも科学の応用に興味をもち、その方面に特別の天賦を具えている人がある。また一方では純理的の興味から原理や事実の探究にのみ耽る人もある。中には両方面を併せて豊富にもっている多能な人もないではない。

ボーアのごときはむしろこの第二のタイプの学者であるように思われる。したがって世間からうるさく取りすがられ駆使される事なしに、そっとして構わないでおいてもらう事に最大の幸福を感ずるたちの人ではなかろうかと想像される。こういう型の学者があるとすれば、それを世間が本当に尊重するつもりなら、やはりはたから構わないで自由に芝生に寝転がって雲を眺めさせておく方が一番いいだろうと思う。

そういえばアインシュタインなども本来はやはりそういう型の学者のように私には思われる。ところが幸か不幸か彼も数年前から世間の眼の前に押し出された。そのために人のよく知る通り恐ろしく忙がしいからだになってしまった。もっとも彼自身はそれを自分の楽しい義務のように考えているかのように見える。そして少しの厭な顔もしないで誰でもの要求を満足させるために忙殺されているように見える。これは美しい事である。

しかし純粋に科学の進歩という事だけを第一義とする立場からいうとこれは少しアインシュタインに気の毒なような気もする。もう少し心とからだの安息を与えて、思いのままに彼の欲する仕事に没頭させた方が、かえって本当にこの稀有な偉人を尊重するゆえんでもあり、同時に世界人類の真の利益を図るゆえんにもなりはしまいか。これも考えものである。

今度のノーベル・プライズのために不意打をくらった世間が例のように無遠慮に無作法に彼のボーアの静な別墅を襲撃して、カメラを向けたり、書斎の敷物をマグネシウムの灰で汚したり、美しい芝生を踏み暴したりして、たとえ一時なりともこの有為な頭の安静をかき乱すような事がありはしないかというような気がする。そんな事がありそうである。そしてそうあっては困ると思う。しかし当人は存外平気で笑っているかもしれない。

もし誰かがカントを引ぱり出して寄席の高座から彼のクリティクを講演させたとしたらどうであったろう。それは少しもおかしくはないかもしれない、非常に結構な事ではあろうが、しかしそれがカントに気の毒なような気のするだけは確である。

私はただなんという理窟なしにボーアの内面生活を想像して羨ましくまたゆかしく思っていた。そしてそのような生活がいつまでも妨げられずに平静に続いていって、その行末永い途上に美しい研究の花や実を齎す事を期望している。

（大正十二年一月『中央公論』）

四　切符の鋏穴

日比谷止まりの電車が帝劇の前で止まった。前の方の線路を見るとそこから日比谷まで十数台も続いて停車している。乗客はゾロゾロ下り始めたが、私はゆっくり腰をかけていた。すると私の眼の前で車掌が乗客の一人と何かしら押問答を始めた。切符の鋏穴がちがっているというのである。

この乗客は三十前後の色の白い立派な男である。パナマらしい帽子にアルパカの上衣を着て細身のステッキをさげている。小さな声で穏やかに何か云っていたが、結局別に新しい切符を出して車掌に渡そうとした。

二人の車掌が詰め寄るような勢を示して声高にものを云っていた。「ごまかそうと思ったんですか、そうじゃないですか。サア、どっちですか、ハッキリ云って下さい。」

若い男は存外顔色も変えないで、静かに伏目がちに何か云いながら、新しい切符を差し出していた。車掌はそれを受取ろうともしないで

「サア、どっちです。……車掌は馬鹿じゃありませんよ」と罵った。

私はなんだか不愉快であったからすぐに立って車を下りた。

あの若い立派な男がわずかに一枚の切符のために自分の魂を売ろうとは私には思いにくかった。しかしそれはどうだか分らない事である。

それにしても私はこの場面における車掌の態度をはなはだしく不愉快に感じた。たとえ相手の乗客が不正行為をあえてしたという証拠らしいものがよほどまでに具備していたにしても、人の弱点を捕えて勝ち誇ったような驕慢な獰悪な態度は醜い厭な感じしか傍観している私には与えなかった。ましてそれが万一不正でなくて何かの誤謬か過失から起った事であったら果してどうであろう。もしも時代と場所がちがっていて、人が自分の生命に賭けても Honour を守るような場合であったらこれはただではすみそうもない。

こんな事を考えて暑い日の暑苦しい心持をさらに増したのであった。

それから四、五日経っての事である。私はZ町まで用があって日盛りの時刻に出掛けていった。H町で乗った電車はほとんどがら明きのように空いていた。五十銭札を

出して往復を二枚買った。そしてパンチを入れた分を割(さ)き取って左手の指先でつまんだままで乗っていった。乗っていくうちに、その朝やりかけていた仕事のつづきを考えはじめて、頭の中はやがてそれでいっぱいになった。そういう時に私の悪い癖で、何かしら手に持っているものを無意識にいじる、この時は左の手の指先で切符の鋏穴のところをやはり無意識にいじっていたのである。これはどういうわけだか分らないが、例えば盲人が暗算をやる時に無意識に指先をふるわしているといくらか似た事かもしれない。

Z町の停留場で下りようとして切符を渡すと、それをあらためた車掌が、さらにもう一つパンチを入れてそれと見較べて「これはちがいます、私のよりは穴が大きい」と云った。私は当惑した。「でも、さっき君が自分で切ったばかりではないか」こんな証拠にもならない事を云ってみた。

切り立ての鋏穴は円形から直角の扇形(セクトル)を取りのけた恰好をしている。私の指先でもみ拡げられた穴にもその形の痕跡(こんせき)だけはちゃんと残っているが、穴の直径が二、三割くらいは大きくなって、穴の周辺が毛ば立ち汚れている。

もう一人の車掌もやってきて、同じ切符にもう一つの穴をあけた。「私のはこれですからね」と云って私の眼の前にそれを突きつけた。三つの穴が私を脅かすように見えた。

代りの切符をもう一枚出して下ろしてもらった方が簡単だとは思った。が、その時の私の腹の虫の居所がよほど悪かったと見えて、どうもそういうあっさりした気になれなかった。別の切符を出すのはつまり自分の無実の罪を承認する事になるような気がしたので、私はそのまま黙って車を下りてしまった。車掌は踏台から乗り出すようにして、ちょっと首をかしげて右の手でものを捧げるような手つきをしながら「もう一枚頂きましょう」と云ってニヤニヤした。

下り立った街路からの暑い反射光の影響もあったろうし、朝からの胃や頭の工合の効果もあったかもしれないが、とにかくこの車掌の特殊な笑顔を見た時に私の全身の血が一時に頭の方へ駆け上るような気がした。そして思い返す間のないうちに「それじゃあ、交番へ来てくれたまえ」とついこんな事を云ってしまった。交番はすぐ眼の前にあった。公平な第三者をかりなければ御互の水掛論ではとても始末が着かないと思ったのである。車掌は「エエ、参りますよ、参りますとも、いくらでも参りますよ」とそう云って私についてきた。

警官は私ら二人の簡単な陳述を聞いているうちに、交番に電話がかかってきた。警官はそれを聞きながら白墨で腰掛のようなところへ何か書き止めていた。なかなか忙がしそうである。私は少し気の毒になってきた。

警官は電車を待たさないために車掌の姓名を自署さしてすぐに帰えした。それから私に「貴方おいそぎですか」と聞いた。私はこの警官に対してなんとなくいい感じを懐くと同時に自分の軽率な行為を恥じる心がかなりに強く起った。

ここで自白しなければならない事は、私らが交番へはいると同時に、私は蟇口の中から自分の公用の名刺を出して警官に差出した事である。事柄の落着をできるだけ速にするにはその方がいいと思ってした事ではあるが、後で考えてみると、これは愚なそして卑怯な事に相違なかった。そしてこの上もない恥曝しな所行であったが。それだけ私の頭が均衡を失っていたという証拠にはなる。

警官の話によるとこのごろ電車では鋏穴の検査を特に厳重にしているらしいという事である。そして車掌の方では鋏穴ばかりを注目するのだから止むを得ないというのである。そう云われてみると私は一言もない。

そのうちに電車監督らしい人が来た。こういう事に馴れきっているらしい監督はきわめて愛想よく事件を処理した。「決して御客様方の人格を疑うようなわけではありませんが、これも職務で御座いますからどうか悪しからず御勘弁を願います」と云う。こう云われてみると私はますます弱ってしまうのであった。私は恐縮して監督と警官とに丁寧に挨拶して急いでそこを立去った。別の切符は結局渡さなかったのである。

仕合せな事には、こういう場合に必然な人だかりは少しもしなかった。それで私が今こんな事を書かなければ、私のこの過失は関係者の外には伝わらないで済むかもしれない。

私はその日宅へ帰ってから、私には珍らしいこの経験を家族に話した。すると家族の一人は次のような類例を持ち出してさらに空談に花を咲かせた。

この間子供ら大勢で電車に乗った時に回数切符を出して六枚とか七枚とかに鋏を入れさせた。そして下車する時にうっかり間違えて鋏を入れないのを二、三枚交ぜて切って渡したらしい。それで手許（てもと）にはそれだけ鋏の入ったのが残っていたわけである。そうとも知らず次に乗車した時にうっかり切符を渡すとこれは鋏が入っていますよと注意されてはなはだきまりの悪い思いをしたそうである。その時の車掌は事柄を全くビジネスとして取扱ったからまだよかったが、隣に坐っていた人が妙にニヤニヤしていたという事である。

この場合も全然乗客の方の不注意であって車掌に対しては一言の云い分もない。

電気局から鋏穴の検査を励行するように命令し奨励するとすれば、車掌がこれを遂行するのは当然の事である。そして車掌の人柄により乗客の種類によりそこにいろいろの場面が出現するのは当然の事である。

私は自分の落度を度外視して忠実な車掌を責めるような気もなければ、電気局に不平を持ち込もうというような考ももとよりない。

しかしこの自身のつまらぬ失敗は他人の参考になるかもしれない、少くも私のように切符の鋏穴をいじって拡げるような悪い癖のある人には参考になる。同時にまた電気局や車掌達にとっても、そういう厄介な癖を持った乗客が存在するという事実を知らせるだけの役には立つと思う。

　ついでながら、切り立ての鋏穴の縁辺は截然として角立っているが、揉んで拡がった穴の周囲は毛端立ってぼやけあるいは捲くれて、多少の手垢や脂汗に汚れている。それでも多くの場合に原形の跡形だけは止めている。それでもしこのように揉んだ痕跡があって、しかも穴の大きさが新しい穴と同じであったら、それはかえってもとの穴がちがった鋏によって穿たれたものだという証拠になる。

　私はそういう変形した鋏穴の「標本」を電気局で蒐集して、何かの機会に車掌達の参考に見せるのもいいかもしれないと思う。なんなら虫眼鏡で一遍ずつ覗かせるのもいいかもしれない。ついでにもう一歩を進めるならば、電車の切符について起り得る錯誤のあらゆる場合を調査しておくのもいいかと思う。不正な動機から起るもののほかに、どれだけいろいろの場合があるかを研究し列挙して車掌達の参考に教えておくのも悪くない。事柄が人の「顔」にかかる事であるから、このくらいの手を足すのも悪くはあるまい。

　車掌も乗客も全く事柄を物質的に考える事ができれば簡単であるが、そこに人間としての感情がはいるからどうも事がむつかしくなる。

物質だけを取扱う官衙とちがって、単なる物質でない市民乗客といったようなものを相手にする電気局は、乗客の感情まで考えなければならず、そして局の仕事が市民に及ぼす精神的効果までも問題にしなければならないから難儀であろう。

しかしこれは止むを得ない事である。事柄は小さなようでも電車切符の穴調べもやり方によっては市民の頭の中に或るものをつぎ込み、その中から或るものを取り去るような効果がないとは限らない。

例えば吾々が毎日電車に乗るたびに、私が日比谷で見たような場面を見せられるとしたらどうだろう。おそらく吾々の「感情美」に対する感覚は日に日に麻痺していきそうである。

百千年の後に軽率な史家が春秋の筆法を真似て、東京市民をニヒリストの思想に導いた責任者の一つとして電気局を数えるような事が全くないとは限らないような気もする。

十幾年前にフィンランドの都ヘルシングフォルスへ遊びに行った時に私を案内して歩いたあちらの人が、財布から白銅のような形をした切符を出して、車掌というもののいない車掌台の箱に投げ込むのを見た。つまらない事だが、私が今でもこの国この都を想い出す時に起るなんとなく美しい快い感じには、この些細な事もいくらかを寄与しているように思う。

諸国を旅してみても一旦(いったん)売った電車切符をまた取り戻すような国は稀(まれ)であった。それで私は国々で乗った電車切符を記念に集めて持ち帰る事ができた。この妙な機会に私はこれで張り交ぜの屏風でも作って「人を盗賊と思わない国々」の美しい想い出にしようかと思っている。

五　善行日と悪行日

ある日新聞を見ていると妙な広告が眼についた。「サーモンデー」と大きな字で印刷してある。何かの説教でもあるかと思ってよく見ると、それは **Sermon** でなくて **Salmon day** であった。鮭(さけ)の缶詰を食う日で、すなわちその缶詰の広告のようなものと判断された。そうしてそれが当日行われたいわゆる「節約デー」に因(ちな)んだものだという事に気がついた。

鮭と節約との関係は別問題として、私にはこの「節約デー」という文字自身がなんとなく妙な感じを与えた。その感じはちょっと簡単に説明しがたい種類のものである。それはつまりこれから以下に私が書こうとする事を煎(せん)じつめたような妙なものであった。

歳のうちのある特定の日を限って「節約デー」を設けるという事は、従来の多くの日には節約をしていないか、もしくは濫費をしていたという事である。同じような例を挙げると、年中怠けてばかりいる学生が、一年に一日「勉強デー」を設けるのや、あるいは平生悪い事ばかりしている男が、稀に「善行デー」を設けるのと同じような事で、それも一応は誠にいい事だと思われる。

しかし一日の善行で百日の悪行を償ってまだその上に釣銭を取るような心持が万一でもあってはかえって困る。いったいそういう心配は全然ないものだろうか。一般には云われないまでもそういう了簡の人もまるでないとは云われないようである。

そういう事のないように、その特別な一日を起点としてその後引続いて善い事をする習慣をつけるという目的で、少くも今度の「節約日」は宣伝され奨励されたものであろうと思われる。そうでなければ宣伝ビラの印刷費用だけでもかえって濫費になる勘定である。この度の節約日の効果は日が経ってみなければ分るまいが、私はこういう「日」の必要自身がすでに結果の失敗を保証するように思われて仕方がない。

それはとにかくこの種のいろいろの「善行デー」はどうもつい近ごろ西洋から輸入されたものらしく私には思われる。よく調べてみなければどうだか分らないが、なんとなくアメリカあたりからでも来たらしいような感じのするものである。少くともそういう匂いがある。

昔の事はよくは知らないが、ただ自分の狭い経験から考えても、以前にはこういう特別な「善行デー」などよりむしろ「悪行デー」とでも名づくべきものが多かったような気がする。

田舎の農夫らが年中大人しく真面目に働いているのが、鎮守の祭とか、虫送りとか、盆踊りとか、そういう機会に平生の箍をはずして、はしゃいだり怠け遊んだりした。近年は村々に青年会などという文化的なものがあるからおそらく昔のような事は見られまい。また私の郷里では昔天長節の日に市の公園で「お化」と称する仮装行列が行われた。これも真面目な勤勉な市民が羽目をはずして怠ける巫山戯る日であった。これは警察の方でとうに制限を加えたようである。

どんな勤倹な四民も年に一度のお花見には特定の「濫費デー」を設けた。ある地方の倹約な商家では平日雇人のみならず主人達も粗食をしていて、時々「贅沢デー」を設けて御馳走を食ったという話もある。もっともこれは全く算盤から割り出した方法だそうではあるが。

「無礼講」という言葉が残っており、西洋でも「エプリルフール」という事がある。あれほど常識的な英国にでも吾々に了解のできないほど馬鹿気た儀式が残っているようであるが、それが今日では単に国粋保存というような意味ばかりでなく、つまり、常に常識的であるための「非常識デー」として存在の価値を保っているらしく私には思われる。

「濫費日」や「嘘つき日」や「怠け日」はあまり聞えはよくないかもしれないが、実はこれらの特定日の存在は平日の節約勤勉真面目を表白するとすればめでたい事である。そしてそういう場合に行われるこれらの「デー」の効果は必しも悪いばかりとは思われない。たとえ今日のような世の中でも、場合によってはかえってこのごろのいろいろの人聞きのいいデーに勝る事がないとも限らない。今の人でもおそらく年中悪い事ばかりはしていまい。

危険な崖の上に立っている人を急に引止めようとするとかえって危険だという話がある。これと似た事がもし適用するとすれば、濫費に偏しているものを一日だけ引き戻すのはかえって危険な場合があるかもしれない。後に引いた弓を放てば矢は前に飛ぶ。しかしこの類推はこの場合にあてはまるかどうだかそれは分らない。

それにしても「節約デー」という言葉が私にはやはり不思議な感じを与える。もしこれが反対に「濫費デー」であったらその意味は私にはかえって呑み込みやすく、その効果も見当がつくような気がする。

世の中の人の心は緊張と弛緩の波の上に泛よっている。正と負の両極の間に振動している。

「善行日」ばかりを奨励するのも考え物ではあるまいか。少くも「悪行日」をこれと並行錯雑させて設けてみるのも一つの案ではあるまいか。昔の為政家は実際そういう事をしたもののように見える。

しかし私のこの案はやはり賛成してくれる人はなさそうである。私のいうような「悪行日」はだんだん廃止される。最近にはまた勉強の活勢力を得るための潜勢力を養うべき「怠け日」であった暑中休暇も廃止されるくらいであるから。

（大正十一年九月『中央公論』）

ある幻想曲の序

一

何もない空虚の闇の中に、急に小さな焔が燃え上る。墓原の草の葉末を照らす燐火のように、深い噴火口の底にひらめく硫火の舌のように、ゆらゆらと燃え上る。

焔の光に照らされて、大きな暖炉の煤けた空洞が現われる。焔は空洞の腹を嘗めて頂上の暗い穴に吸い込まれる。穴の奥でひとしきりゴオと風の音がすると、焔は急に大きくなって下の石炭が活きて輝き始める。

炉の前に、大きな肱掛椅子に埋もれた、一人の白髪の老人が現われる。身動き一つしないで、じっと焔を見つめている。焔の中を透して過去の幻影を見つめている。

焔の幕の向うに大きな舞踊の場が拡がっている。華やかな明るい楽の音につれて胡蝶のような人の群が動いている。

焔が暗くなる。

木深い庭園の噴水の側に薔薇(ばら)の咲き乱れたパアゴラがある。その蔭(かげ)に男女の姿が見える。どこかで夜の鶯(うぐいす)の声が聞える。

石炭がはじけて凄(すさま)じい爆音が聞えると、黒い煙がひとしきり渦巻いて立ち昇る。物恐ろしい戦場が現われる。鍋(なべ)の物のいりつくような音を立てて飛んでくる砲弾が眼の前に破裂する。白い煙の上にけし飛ぶ枯木の黒い影が見える。

戦場が消えると、町はずれの森蔭の草地が現われる。二人の男が遠くはなれて向い合って立っている。二人が同時に右手を挙げたと思うと手のさきからぱっと白い煙が出る。するとその一人は柱を倒すようにうつむきに倒れる。夜明の光が森の上に拡がって、露の草原に虫が鳴いている。

草原がいつともなく海に変る。果もない波の原を分けていく船の舷側(げんそく)にもたれて一人の男が立っている。今太陽の没したばかりの水平線の彼方(かなた)を眺めている。大きな涙の緒が頰を伝わって落ちる。夕映を受けた帆の色が血のように赤い。

夕映えの雲の形が崩れて金髪の女が現われる。乱れた金髪を双の手に掻(か)き乱して空を仰いだ顔には絶望の色がある。その上に青い星が輝いている。

炉の火が一時にくずれて、焔がぱったり消える。老人はさっきのままの姿勢でいつまでも炉の火を見つめている。

二

森の中に沼がある。大きな白樺が五、六本折れ重なって倒れたまま朽ちかかっている。朽木の香があたりに立ち籠めている。

遠くで角笛の音がする。やがて犬の吠声、駒の蹄の音が聞えて、それがだんだんに近づいてくる。汀の草の中から鳥が飛び立って樹立の闇へ消えていく。

猟の群が現われる。赤い服、白い袴、黒い長靴の騎手の姿が樹の間を縫うて嵐のように通り過ぎる。群を離れた犬が一疋汀へ飛んできて草の間を嗅いでいたが、笛の音が響くと弾かれたように駆け出して群の後を追う。

猟の群が通り過ぎると、ひっそりする。沼の面が鏡のように静まる。

いずこともなくニンフとパンの群が出てくる。眩しいような真昼の光の下に相角逐し、駈け狂うて汀をめぐる。汀の草が踏みしだかれて時々水のしぶきが立つ。やがて狂い疲れて樹蔭や草原に眠ってしまう。草原に花をたずねて迷う蜂の唸りが聞える。

日が陰って沼の面から薄糸のような靄が立ち始める。

再び遠くから角笛の音、犬の遠吠が聞えてくる。ニンフの群はもうどこへ行ったか影も見えない。

（大正十二年八月『明星』）

石油ランプ

（この一篇を書いたのは八月の末であった。九月一日の朝、最後の筆を加えた後に、これを状袋に入れて、某誌に送るつもりで服のかくしに入れて外出した。途中であの地震に会って急いで帰ったので、とうとう出さずにしまっておいた。今取出して読んでみると、今度の震災の予感とでもいったようなものが書いてある。それでわざとそのままに本誌にのせる事にした。）

生活上のある必要から、近い田舎の淋しいところに小さな隠れ家を設けた。大方は休日などの朝出かけていって、夕方はもう東京の家へ帰ってくる事にしてある。しかしどうかすると一晩くらいそこで泊るような必要が起るかもしれない。そうすると夜の灯火の用意が要る。

電灯はその村に来ているが、私の家は民家とかなりかけ離れたところに孤立しているから、架線工事が少し面倒であるのみならず、月に一度か二度くらいしか用のないのに、わざわざそれだけの手数と費用をかけるほどの事もない。やはり石油ランプの方が便利である。

それで家ができ上る少し前から、私はランプを売る店を注意して尋ねていた。散歩のついでに時々本郷神田辺のガラス屋などを聞いて歩いたが、どこの店にも持合せなかった。それらの店の店員や主人は「石油ランプはドーモ……」と、特に「は」の字にアクセントをおいて云って、当惑そうな、あるいは気の毒そうな表情をした。傍で聞いている小店員の中には顔を見合せてニヤニヤ笑っているのもあった。おそらくこれらの店の人にとって、今ごろ石油ランプの事などを顧客に聞かれるのは、とうの昔に死んだ祖父の事を、戸籍調べの巡査に聞かれるような気でもする事だろう。

ある店屋の主人は、銀座の十一屋にでも行ったらあるかもしれないと云って注意してくれた。散歩のついでに行ってみると、なるほどあるにはあった。米国製でなかなか丈夫にできていて、ちょっとくらい投(ほう)り出しても壊れそうもない、またどんな強い風にも消えそうもない、実用的には申分のなさそうな品である。それだけに、どうも座敷用または書卓用としては、あまりに殺風景なような気がした。

これは台所用としてともかくも一つ求める事にした。

蠟燭(ろうそく)にホヤをはめた燭台(しょくだい)や手燭(てしょく)もあったが、これは明るさが不充分なばかりでなく、なんとなく一時の間に合せの灯火だというような気がする。それにランプの焔はどこかしっかりした底力をもっているのに反して、蠟燭の焔はいわば根のない浮草のようにはかない弱い感じがある。その上にだんだんに燃え縮っていくという自覚はなんとないように思う。

しかし何かの場合の臨時の用にもと思ってこれも一つ買う事にはした。

肝心の石油ランプはなかなか見つからなかった。粗末なのでよければ田舎へ行けばあるだろうとおもっていたが、いよいよあたってみると、都に近い田舎で電灯のないところは今時もうどこにもなかった。したがってそういう淋しい村の雑貨店でも、神田本郷の店屋と全く同様な反応しか得られなかった。

だんだんに意外と当惑の心持が増すにつれて私は、東京というところは案外に不便なところだという気がしてきた。

もし万一の自然の災害か、あるいは人間の故障、例えば同盟罷業やなにかのために、電流の供給が中絶するような場合が起ったらどうだろうという気もした。そういう事は非常に稀な事とも思われなかった。一晩くらいなら蠟燭で間に合わせるにしても、もし数日も続いたら誰もランプが欲しくなりはしないだろうか。

これに限らずいったいに吾々は平生あまりに現在の脆弱な文明的設備に信頼し過ぎているような気がする。たまに地震のために水道が止まったり、暴風のために電流や瓦斯の供給が絶たれて狼狽する事はあっても、しばらくすれば忘れてしまう。そうしてもっとはなはだしい、もっと永続きのする断水や停電の可能性がいつでも目前にある事は考えない。

人間はいつ死ぬか分らぬように器械はいつ故障が起るか分らない。ことに日本でできた品物にはごまかしが多いからなおさらである。

ランプが見つからない不平から、ついこんな事まで考えたりした。

そのうちに偶然ある人から日本橋区のある町に石油ランプを売っている店があるという事を教えられた。やっぱり無いのではない、自分の捜し方が不充分なのであった。

ちょうど忙しい時であったから家族を見せにやった。

その店は卸し屋で小売はしないのであったが、強いて頼んで二つだけ売ってもらったそうである。どうやらランプの体裁だけはしている。しかし非常に粗末な薄っぺらな品である。店屋の人自身がこれはほんのその時きりのものですから永持ちはしませんよと云って断っていたそうである。

どうして、わざわざそんな一時限りの用にしか立たないランプを製造しているのか。そういう品物がどういう種類の需要者によって、どういう目的のために要求されているかという事を聞きただしてみたいような気がした。なぜもう少し、しっかりした、役に立つものを作らないのか要求しないのか。

この最後の疑問はしかしおそらく現在の我国の物質的のみならず精神的文化の種々の方面に当て嵌まるものかもしれない。この間に合わせのランプはただそれの一つの象徴であるかもしれない。

二つ買ってきたランプの一つは、石油を入れてみると底のハンダ付けの隙間から油が泌み出して用をなさない。これでは一時の用にも立ちかねる。これはランプではない。つまりランプの外観だけを備えた玩具か標本に過ぎない。

ランプの心は一把でなくては売らないというので、一把百何十本買ってきた。おそらく生涯使っても使いきれまい。自分の宅でこれだけ充実した未来への準備はほかにはないだろうと思っている。しかしランプの方の保存期限が心の一本の寿命よりも短いのだとすると心細い。

このランプに比べてみると、実際アメリカ出来の台所用ランプはよくできている。粗末なようでも、急所がしっかりしている。すべてが使用の目的を明確に眼前に置いて設計され製造されている。これに反して日本出来のは見掛けのニッケル鍍金などに無用な骨を折って、使用の方からは根本的な、油の漏れないという事の注意さえ忘れている。

ただアメリカ製のこの文化的ランプには、少くも自分にとっては、一つ欠けたものがある。それをなんと名づけていいか、今ちょっと適当な言葉が見つからない。しかしそれはただこのランプに限らず、近ごろの多くの文化的何々と称するものにも共通に欠けている物である。

それはいわゆる装飾でもない。例えば書物の頁の余白のようなものか。それとも人間のからだでいえば、例えば――まあ「耳たぶ」か何かのようなものかもしれない。耳たぶは、あってもなくても、別に差支えはない。しかしなくてはやっぱり物足りない。

その後軽井沢に避暑している友人の手紙の中に、彼地でランプを売っている店を見たと云ってわざわざ知らせてくれた。また郷里へ注文して取寄せてやろうかと云ってくれる人もあった。しかしせっかく遠方から取寄せても、それが私の要求に応じるものでなかったら困ると思って、そのままにしてある。どうせ取寄せるなら、どこか、イギリス辺の片田舎からでも取寄せたら、そうしたらあるいは私の思っているようなものが得られそうな気がする。

しかしそれも面倒である。結局私はこの油の漏れる和製の文化的ランプをハンダ付けでもして修繕して、どうにか間に合わせて、それで我慢するほかはなさそうである。

（大正十三年一月『文化生活の基礎』）

解かれた象

上野の動物園の象が花屋敷へ引越していって、そこで既往何十年とかの間縛られていた脚の鎖を解いてもらって、久し振りでのそのそと檻の内を散歩している、という事である。話を聞くだけでもなんだかいい気持ちである。肩の凝りが解けたような気がする。

事実はよく分らないが、伝うるところによるとこの象は若い時分に一度癇癪を起して乱暴をはたらいた事があるらしい。それがどういう動機でまたどういう種類の行為であったかを確める事ができないのであるが、ともかくも、普通の温順なるべき象としてあるまじき、常規を逸した不良な過激な行為であった事だけは疑いもない事であるらしい。そういう行為をあえてするという事は、すなわち彼が発狂している事の確な証拠であるとこういう至極もっともらしい理由から、彼は狂気しているという事に極めをつけられた。その結果として、それ以来はその前後の脚を、たしか一本ずつ重い冷たい鉄の鎖で縛られたままで、不自由な何十年かを送ってきたのである。

鎖は脚に喰い込んであの浅草紙で貼ったただんぶくろのような脚の皮は、そのために気味悪く引き釣って醜い皺ができていた。当人は存外馴れてしまったかもしれないが、はたで見る目には妙にいたいたしい想いをさせた。いったい夜寝る時には、あの脚をどういう風にして寝るのだろうという事が私にはいつでも起こる疑問であった。事によるとああやって立ったままで眠るのではないかとも考えられるのであった。

檻の前に集まる見物人の中には、この象の精神の異状を聞き知っているものも少なかった。「オイオイ、なるほど変な目つきをしてやあがるぜ」などと話し合っているのを聞いた事もあったが、そう云われればなるほど私にも多少そう思われない事もなかったが、その目つきが果して正常な正気の象の目つきとどれだけ違うかを確める事は私にはできなかった。

果もない広い森林と原野の間に自在に横行していたものが、ちょっとした身動きすら自由でない窮屈なこういう境遇に置かれて、そして、いくら気の永い、寿命の永い象にしても、十年以上もこうして縛られているのでは、そうそうよい目つきばかりもしていられないではないかという気もした。そしていったいなんのために縛られているのか象にはそれが分らない、たとえそれが分っても、それを云い解くべき言葉を持たないのである。あまり機嫌のよい顔もできない道理である。

動物園で永い間気違いとして取り扱われてきた象が、今度花屋敷へ嫁入りする事になった。そして花屋敷の人間が来て相手になってみると、どうも一向気違いらしくなくて普通の常識的な象であるという事になったそうである。これは新聞で見た事であるから事実はどうだか分らない。しかしそういう事は事実有り得べき事だろうと思われる。もし事実だとすると、これはどう解釈さるべきものだろう。実際昔発狂していたのがいつの間にか直っていたのであるか、あるいは今でもやはり気違いであるけれどもその時に発作が起らなかったというだけであるのか、それもあるいはそうかもしれない。しかしまた元来少しも狂気でないものを、誤って狂気と認定されて今日に至ったものかもしれない。万一そうであったとすると象にとってははなはだしき迷惑な事であったと云わなければならない。

　この問題に対してなんらかの判断を下し得るためにはまず第一に動物特に象の精神病に関する充分な学識が必要であり、第二にはこの象が狂気と認められるに至った狂暴な行為に関する正確な記録の知識が必要である。第三には彼がそういう行為に出ずるに至った動機といきさつについて充分な参考材料が必要である。

　不幸にして私にはこれらの必要条件のどれもが具備していないから、したがって私はこの具体的の場合についてなんらのもっともらしい想像すら下すだけの資格もない。

　しかし私はただ一つの有り得べき場合として次のような仮想的の事件を想像してみた。

　この象は始めから狂気でもなんでもなかったのである。至極お心よしの純良な性質であった。ただあまりに世間見ずのわがままなおぼっちゃんの象であった。それでこの見知らぬ国へ連れられてきて、わずかの間に、相手になる日本人の気心を呑み込んで卑屈な妥協を見出すにはあまりに純良高尚過ぎた性質をもっていたのである。ところがまたこの象を取り扱う人間もまたあいにくきわめて純良で正直であって、この異郷の動物の気持などをいろいろと推測してそれに適合する事をあえてするにはあまりに高い人格を持っていたのである。こうした二つのものが相接触すればいつかは喧嘩になる事が当然過ぎるほど当然な帰結である。

それでとうとう感情の背反が起ってきた時に、これが両方とも人間であるか、あるいはいっその事両方とも象である場合にはかえって始末がいいかもしれないが、困った事には一方が人間で一方が象であったのである。一方は口が利けてそして仲間が大勢いるのに、一方は全く口が利けなくてそしてただの一人ぼっちであった。これが大なる不幸の主なる原因であったのである。

喧嘩をする時には誰でも少しぐらいは気が狂っている。そしてお互に相手の事を、あいつは気違いだと触れ廻ってもたいてい聞く人の方で相手にしないから、結果はそれきりでなんらの後難を惹起す恐がない。

ところが現在の仮想的事件の場合においては、象が人間の云う事を聞かないから人間が怒った、それから象が怒ったのであっても、その人間が仲間の人間にこの事件の顛末(てんまつ)を話して聞かす時には、きっと象が怒った事実の記述の方に念が入り過ぎて、つい象が怒るに到った原因の方の説明を忘れがちになるのである。これを聞く人の方でももちろん象の恐るべき行為で頭の中がいっぱいになってしまって、象を怒らせた人間の行為などはとても考えている余裕のないのが普通であろう。たまにはそこまで立入って考え得るだけの能力をもった人があっても、直接なんら利害の関係のない象のためにそれを考えてやるだけの暇をもたないのが通例であろう。

それで結局、なんらの異議もなくこの象は狂気しているという事が人間の仲間から仲間へと伝えられる。その間に象の狂暴な行為はいろいろに誤り伝えられるが、そのたびごとに少しずつ悪い方へ悪い方へと変化していくのが通則である。

この善良な人間達は暇に任せて象のその後の行動に注目する。そうして彼らの期待に合うような象の行為を発見する事の満足を求めようとするのである。その満足が得られない場合には、それが得られそうな機会を積極的に作る事さえ厭(いと)わない。なるほどこいつは気違いだという事が腑(ふ)に落ちるまでは安心ができないのである。考えてみるとはなはだ不可思議な心理ではあるが、畢竟(ひっきょう)は人間がその所信に対する確証を求めようとする真面目な欲求にほかならないかもしれない。

それはどうでも宜いが、この場合迷惑至極なのは象である。腹が立っても、どうする事もできないところへ、こういう境遇に置かれてプレジュディスの眼鏡の焦点になっては全くやるせがない。もしも一つ処に象の仲間が大勢いて、そして仲間同志で話をする事ができたらそれならなんでもない。そうなれば象仲間で人間の方を気違いにしてしまって、そして象同志で仲よくしていればよいのであるが、悲しい事には、この象にはそういう自分の世界が恵まれていなかった。

この場合象が気違い扱いを免れる方法はただ一つしかなかった。すなわち多数者たる人間と妥協する事であった。不幸にしてこの象はそれをあえてするにはあまりに正直で善良であったのである。その結果はあのとおりである。

これはただ一つの有り得べき場合の想像に過ぎない。しかしもしこの想像が本当であったとしたら、今度思わぬ機会で今までとはちがった人間の群れの中に迎えられて、そうして、気違いでない当り前の象として見られ取扱われるようになった事はこの象にとってどんなに嬉しい事であったろう。想像するだけでも私は胸の奥底まで晴れ晴れとするようないい心持がする。

事実は全くどうだか分らない、ただ以上のような場合が今後にもあり得るものとすれば、私は多くの善良な象のためにまたその善良な飼養者のために、これだけの事を参考のために書いておくのも無駄な事ではあるまいと思ったのである。

（大正十三年二月『女性改造』）

鑢屑

一

ある忙しい男の話である。

朝は暗いうちに家を出て、夜は日が暮れてしまってから帰ってくる。それで自分の宅の便所へはいるのはほとんど夜のうちにきまっている。

たまたま祭日などに昼間宅にいることがある。そうして便所へはいろうとする時に、そこの開き戸を明ける前に、柱に取付けてある便所の電灯のスウィッチをひねる。

それが冬だと何事もないが、夏だと白日の下に電灯の点(とも)った便所の戸をあけて自分で驚くのである。

習慣が行為の目的を忘れさせるという事の一例になる。

二

雨上りに錦町河岸を通った。電車線路のすぐ脇の泥濘の上に、何かしら青い粉のようなものがこぼれている。よく見ると、たぶん、ついそこの荷揚場から揚げる時にこぼれたものだろう、一握りばかりの豌豆がこぼれている。それが適当な湿度と温度に会って発芽しているのであった。

植物の発育は過去と現在の環境で決定される。しかし未来に対する考慮はなんの影響ももたない。もしそれがあるのだったら、今にも人の下駄の歯に踏みにじられるようなこんな道路の上に、このような美しい緑の芽を出すはずはない。

三

○○町の停留場に新聞売の子供が立っていた。学校帽をかぶって、汚れた袖無しを着ていたが、はいている靴を見ると、それはなかなか立派なものだった。踵にゴムの着いた、編上げの恰好のいい美事なのであった。少くも私の知っている知識階級の家庭の子供の七十プロセント以上はこれよりもずっと悪いか、あるいは古ぼけた靴をはいているような気がする。

四

馬が日射病にかかって倒れる、それを無理に引ずり起して頭と腹と尻尾を麻縄で高く吊るし上げて、水を呑ませたり、背中から水をぶっかけたりしている。人が大勢たかってそれを見物している。こういう光景を何遍となく街頭で見かけた。

この場合において馬方は資本家であり、馬は労働者である。ただ人間の労働者とちがうのは、口が利けない事である。プロパガンダのできない事である。

馬と人間と一つにはならないという人があるだろう。

そんな理窟がどこから出てくるかを聞きたい。

五

日本中の大工業家が寄り合って飯を食ったり相談をする建物がある。その建物の正面の屋根の上に一組の彫像のようなものが立っている。中央に何かしら盾のようなものがあってその両脇に男と女の立像がある。

これはたぶん商工業の繁昌（はんじょう）を象徴する、例えば西洋の恵比須大黒（えびすだいこく）とでもいったような神様の像だろうと想像していたが、近ごろある人から聞くと、あれは男女の労働者を象（かたど）ったものだそうである。これを聞いた時に私は微笑を禁ずる事ができなかった。

六

田舎道の道端に、牛が一匹つながれていた。そこへ十歳前後くらいの女の児が二、三人つれだって通りかかった。都会の小学校へ通っての帰途らしい。突然女の児の一人が「牛は、わりに横眼がうまいわねえ」と云った。

近ごろしだいに露骨になりつつある都会のある階級の女のコケトリーについて、人からいろいろの話を聞かされていた私は、この無心の子供のこの非凡な註説（リマーク）を無意味には聞き逃す事ができなかった。

七

知名の人の葬式に出た。

荘厳な祭式の後に、いろいろな弔詞が読み上げられた。ある人は朗々と大きな声で面白いような抑揚をつけて読んだが、むつかしい漢文だから意味はよく分らなかった。またある人は口の中でぼしゃぼしゃと、誰にも聞こえないように読んでしまった。後にはただ弔詞を包紙に包んだままで柩の前に差し出すのもたくさんにあった。

いったい弔詞というものは、あれは誰にアドレッスされたものだろう。死んだ人を目当てにしたものか、遺族ないしは会葬者に対して読まれるものだろうか、それとも死者に呼びかける形式で会葬者に話しかけるものだろうか。あるいは読む人の心持だけのものであるか。

いずれにしてもあれはもう少しなんとかならないものだろうか。むしろ故人と親しかった二、三の人が、故人のいろいろな方面に関する略歴や逸事のようなものを、誰にも分る普通の言葉で話して、そうして故人の追憶を新に喚び起すようにした方がもう少し意味がありはしないか。

八

道路の真中に煉瓦の欠けらが転がっていた。そこへ重い荷物を積んだ自動荷車が来かかって、その一つの車輪をこの煉瓦に乗り上げた。煉瓦はちょうど落雁か何かででもできてでもいるようにぼろぼろに砕けてしまった。

この瞬間に、私の頭の中には「煉瓦が砕けるだろうか、砕けないだろうか」という疑問と「砕けるだろう」という答とが、ほとんど同時に電光のように閃いた。しかしその声が煉瓦のまだ砕けない前に完了したのであったか、それとも砕けるのを見てから後であったのか、事柄の経過したすぐ後で考えてみても、どうしてもよくわからない。しかしたぶんそれは後の方であったらしい。

実際吾々の感覚する生理的の時間は無限に小さな点の連続ではなくて、有限な拡がりをもった要素の連鎖だという事、それから、その有限な少時間内では時の前後が区別できないという学説は本当らしい。

このようにして生じた時間の前後の転倒は、吾々の記憶として保存されている間にその間隔を延長するのが通例である。その結果として後日私がこの経験を人に話す場合に「煉瓦が砕けるだろうと思って見ていたら、果して砕けた」と云ってしまう恐れがある。これは無意識ではあるがやはり一種の嘘であるに相違ない。

九

ある偏屈だと人から云われている男が、飼猫に対する扱い方が悪いといってその夫人を離縁した。そういう噂話をして面白がって笑っている者があった。

表面に現われたそれだけの事実を聞けば、なるほどおかしく聞こえる。しかし、その男が元来どうしてそれほどまでに猫を可愛がるようになったかという過程を考えてみる、そうすると彼の周囲の人間が、少くも彼の目から見て、彼の人間らしい暖かい心を引出す能力を欠いていたのではないかという疑が起る。もしそうだとすると彼は淋しい人である。

こういう男にとって、その飼猫に対する細君の待遇は、そのままに彼自身に対する待遇である。猫に対する冷酷はすなわち夫に対する冷酷ではあるまいか。

こう考えると私はこの男を笑う気にはどうしてもなれなくなった。

（大正十二年十月『週刊朝日』）

十

芝生に水をやるのに、十分に、たっぷり、土の底深く浸み込むまでやることにしなければいけない。もし、ほんの表面の薄い層だけ湿るようなやり方をしていると、芝の根がついつい欺されて甘やかされて、浅い上層だけに発達してくる。そうして大旱に逢った時に、深層の水分を取ることができなくなって、枯死してしまう。

少し唐突な話ではあるが、これと同じように、目前の利用のみを目当てにするような、いわゆる職業的の科学教育は結局基礎科学の根を枯死させることになりはしないか。これは、深く考えてみなければならない刻下の重大な問題である。

十一

日本人のした学芸上の仕事で、相当に立派なものがあっても、日本人の間では、その価値は容易に認められない。たまたま認めている人はあっても、たいてい黙っている。認めない人は、たいてい軽々にくさしてしまう。ところがその仕事が、偶然にでも、西洋で認められて、あちらの雑誌にでも紹介される。すると、その仕事の本国における価値が急に高まるのである。ちょうど反古(ほご)同様の浮世絵が、一枚何千円にもなると同様である。それと反対に、もし外国の雑誌にでも、ちょっとした、いい加減な悪口でも出ると、それがあたかも非常な国辱ででもあるように感ぜらるる。

こんな心細い状態が、いつまでつづくのだろう。

十二

日本橋その他の石橋の花崗石(みかげいし)が、大正十二年の震火災に焼けてボロボロにはじけた痕（あと）が、今日でも歴然と残っている。河の上にあって、近所の建物からかなり遠く離れていて、それでどうしてこんなにひどく焼かれたか不思議なようである。これはもちろん、避難者の荷物が豊富な焚付け（たきつけ）を供給したためである。火災後、橋々の上には、簞笥（たんす）やカバンの金具が一面にちらばっていたのでも、おおよそ想像ができる。

永くこの経験と教訓を忘れないために、主な橋々に、この焼けこぼれた石の柱や板の一部を保存し、その脇に、銅版にでも、その由来を刻したものを張り付けておきたいような気がする。

徳川時代に、大火の後ごとに幕府から出したいろいろの禁令や心得が、半分でも今の市民の頭に保存されていたら、去年のあの大火は、おそらくあれほどにならなかったに相違ない。

江戸の文化は、日本の文化の一つである。馬鹿にすると罰が当る。

十三

大正十二年のような地震が、いつかは、おそらく数十年の後には、再び東京を見舞うだろうということは、これを期待する方が、しないよりも、より多く合理的である。その日が来た時に、東京はどうなるだろう。おそらく今度と同じか、むしろもっとはなはだしい災害に襲われそうである。被服廠跡でも、今度は一箇所ですんだが、この次には、これが何箇所にもなるだろう。それから、今度の地震にはなかった新しい仕掛けの集団殺人設備が、いろいろできているだろう。たとえ高圧水道ができていようが、消防船が幾台できていようが、おそらくそんなものはなんにもなるまい。それが役に立つくらいなら、今度だって、何かあったはずである。

もし百年の後のためを考えるなら、去年くらいの地震が、三年か五年に一度ぐらいあった方がいいかもしれない。そうしたら、家屋は、みんな、いやでも完全な耐震火構造になるだろうし、危険な設備は一切影をかくすだろうし、そして市民は、いつでも狼狽しないだけの訓練を持続する事ができるだろう。そうすれば、あのくらいの地震などは、大風の吹いたくらいのものにしか当るまい。

十四

科学を奨励する目的で、吾々が誠心誠意でやっている事が、事実上の結果において、かえって正しく科学の進歩を妨害しているような悲しむべき場合が、全くないとは言われない。これは、注意していなければならないことである。

浅薄な通俗書籍雑誌の濫出、新聞紙上に時々現われるいかがわしいいわゆる「世界そうである。

演や、科学の宣伝や、その他何々会議や何々委員や顧問にむやみに引っぱり出すのも

的大発見」の紹介などは、もちろんそうである。研究に忙しかるべき学者を、通俗講演や、科学の宣伝や、その他何々会議や何々委員や顧問にむやみに引っぱり出すのもそうである。

そんなことで科学は奨励されるものではない。唯一の奨励法は、日本にアインシュタインや、ボーアのような学者を輩出させることである。もし、どうかしてそれができたら、いかに妨害しようと骨折ってももう駄目である。日本の科学は、ひとりで勃興するだろう。百の騒がしい宣伝よりは、一の黙った実例が必要である。

アインシュタインや、ボーアは、おそらく通俗講演や宣伝の産物ではなかった。天才の芽が、静かな寂しい環境のうちに、順当に発育したに過ぎないように思われる。

現在の高等学校や大学の学生のうちにだって、そういう天才の芽生えがいないとは限らない。そういう芽を、狭い偏見で押しつぶさないことが大切である。そういうものがいよいよ芽を出し始めた時に、新聞で書き立てたり講演に引っぱり出したりしないことが肝要である。

十五

自分の周囲のものは大きく見えて、遠いものほど小さく見える。これは分りきった

透視画法の原理である。

専門学者から見ると、自分の専門に関する事柄が、目の前に大きく拡がって、それに直接関しない事柄は、きわめて小さく見え、あるいはまるで眼につかなかったりする事がある。これも分りきった事である。そして、それはそれで、差しつかえない。

しかし、後進を誘掖（ゆうえき）する地位にいる時には、この事は注意しなければならない。自分が重要と考える問題は、必ずしも唯一の重要問題ではない。自分が見て軽小に見える事柄のうちに、他人が見た時に、同じくらい重大なものが含まれているかもしれないということを忘れてはならない。

恐ろしくつまらないと思われる事柄の中から、非常に重大なものの出現する例は基礎科学の世界にはいくらでもある。

「つまる」と「つまらない」とは、物に属しないで人に属する。つまらない事から、つまる事を掘り出すこともあればつまる問題からつまらない事のみ拾い出すこともしばしばである。

科学の教育に当るものは、この一事を忘れてはならない。そして、後進の興味の赴くところに従って、自由な発育を遂げさせなければならない。

十六

入歯をこしらえた。

何年来食ったことのなかった漬物などを、ばりばり音を立てて食うことができる。はなはだ不思議な心持がする。パンの皮や、らっきょうや、サラダや、独活や、そんなものでも、音を立てて食うことに異常な幸福を感じる。

歯のいい人は、おそらく、この卑近な幸福を自覚する僥倖を持たないに相違ない。

この幸福がいつまで持続するか疑問である。たぶん一種の指数曲線か何かに従って、漸近的にゼロに向っていくだろう。

こんな幸福があまり永続しては、困る事だろう。幸福も不幸福も、変化の瞬間が最高点で、それからあとは、大地震の余震のように消えていく。

そのおかげで、吾々は、こうやって生きていかれるのかもしれない。

十七

入歯は、やはり西洋人のこしらえ始めたものだろうと思う。

西洋食を食っている間は、めったに入歯の困難は起らない。ところが、茶漬をかきこんだり、味噌汁を吸ったりすることになると、とかく故障が起りがちである。いわんや、餅や、飴などは論外である。

これは何事を意味するか。

入歯を、発明し、改良してきた西洋人が、もし吾々と同じ食物を食って生きているのだったら、そうしたら、餅を食っても、飴を食っても、故障の起らないような入歯が、今ごろはできているのではあるまいか。

そうではないか、と思わせるだけの根拠は、外の方面にいくらでもありはしないか。日本人は、日本人の生活を基礎にした文化をこしらえなければならない。地震のある国は、地震のあるだけの建築をしなければならないし、餅をかじる人間は、餅をかじるような入歯をこしらえなければならないように、日本人は日本人の文化を組立てていかなければならないのではないか。

餅は食わないことにすればいいかもしれないが、地震をなくすることは困難である。いかにアメリカ人になりたがっても、過去二千余年の歴史は消されない。

（大正十三年七月『週刊朝日』）

流言蜚語

長い管の中へ、水素と酸素とを適当な割合に混合したものを入れておく、そうしてその管の一端に近いところで、小さな電気の火花を瓦斯の中で飛ばせる、するとその火花のところで始まった燃焼が、次へ次へと伝播していく、伝播の速度が急激に増加し、ついにいわゆる爆発の波となって、驚くべき速度で進行していく。これはよく知られた事である。

ところが水素の混合の割合があまり少な過ぎるか、あるいは多過ぎると、たとえ火花を飛ばせても燃焼が起らない。もっとも火花のすぐそばでは、火花のために化学作用が起るが、そういう作用が、四方へ伝播しないで、そこ限りですんでしまう。

流言蜚語の伝播の状況には、前記の燃焼の伝播の状況と、形式の上から見て幾分か類似した点がある。

最初の火花に相当する流言の「源」がなければ、流言蜚語は成立しない事はもちろんであるが、もしもそれを次へ次へと受け次ぎ取り次ぐべき媒質が存在しなければ「伝播」は起らない。したがっていわゆる流言が流言として成立し得ないで、その場限りに立ち消えになってしまう事も明白である。

それで、もし、ある機会に、東京市中に、ある流言蜚語の現象が行われたとすれば、その責任の少くも半分は市民自身が負わなければならない。事によるとその九割以上も負わなければならないかもしれない。なんとならば、ある特別な機会には、流言の源となり得べき小さな火花が、故意にも偶然にも到るところに発生するという事は、ほとんど必然な、不可抗的な自然現象であるとも考えられるから。そしてそういう場合にもし市民自身が伝播の媒質とならなければ流言は決して有効に成立し得ないのだから。

「今夜の三時に大地震がある」という流言を発したものがあったと仮定する。もしもその町内の親爺株の人の例えば三割でもが、そんな精密な地震予知の不可能だという現在の事実を確実に知っていたなら、そのような流言の卵は孵化らないで腐ってしまうだろう。これに反して、もしそういう流言が、有効に伝播したとしたら、どうだろう。それは、このような明白な事実を確実に知っている人がいかに少数であるかという事を示す証拠と見られても仕方がない。

大地震、大火事の最中に、暴徒が起って東京中の井戸に毒薬を投じ、主要な建物に爆弾を投じつつあるという流言が放たれたとする。その場合に、市民の大多数が、仮りに次のような事を考えてみたとしたら、どうだろう。

例えば市中の井戸の一割に毒薬を投ずると仮定する。そうして、その井戸水を一人の人間が一度飲んだ時に、その人を殺すか、ひどい目に逢わせるに充分なだけの濃度にその毒薬を混ずるとする。そうした時に果してどれだけの分量の毒薬を要するだろうか。この問題に的確に答えるためには、もちろんまず毒薬の種類を仮定した上で、その極量を推定し、また一人が一日に飲む水の量や、井戸水の平均全量や、市中の井戸の総数や、そういうものの概略な数値を知らなければならない。しかし、いわゆる科学的常識というものからくる漠然とした概念的の推算をしてみただけでも、それがいかに多大な分量を要するだろうかという想像ぐらいはつくだろうと思われる。いずれにしても、暴徒は、地震前からかなり大きな毒薬のストックをもっていたと考えなければならない。そういう事は有り得ない事ではないかもしれないが、少しおかしい事である。

仮りにそれだけの用意があったと仮定したところで、それからさきがなかなか大変である。何百人、あるいは何千人の暴徒にいちいち部署を定めて、毒薬を渡して、各方面に派遣しなければならない。これがなかなか時間を要する仕事である。さてそれができたとする。そうして一人一人に授けられた缶を背負って出掛けた上で、自分の受持方面の井戸の在所(ありか)を捜して歩かなければならない。井戸を見つけて、それから人の見ない機会をねらって、いよいよ投下する。しかし有効にやるためにはおおよその井戸水の分量を見積ってその上で投入の分量を加減しなければならない。そうして、それを投入した上で、よく溶解し混和するようにかき交ぜなければならない。考えてみるとこれはなかなか大変な仕事である。

こんな事を考えてみれば、毒薬の流言を、全然信じないとまではいかなくとも、少くもめいめいの自宅の井戸についての恐ろしさはいくらか減じはしないだろうか。爆弾の話にしても同様である。市中の目ぼしい建物に片ッぱしから投げ込んであるくために必要な爆弾の数量や人手を考えてみたら、少くも山の手の貧しい屋敷町の人々の軒並に破裂しでもするような過度の恐慌を惹き起さなくてもすむ事である。もっとも、非常な天災などの場合にそんな気楽な胸算用などをやる余裕があるものではないといわれるかもしれない。それはそうかもしれない。そうだとすれば、それはその市民に、本当の意味での活きた科学的常識が欠乏しているという事を示すものではあるまいか。

科学的常識というのは、何も、天王星の距離を暗記していたり、ヴィタミンのいろいろな種類を心得ていたりするだけではないだろうと思う。もう少し手近なところに活きて働くべき、判断の標準になるべきものでなければなるまいと思う。

もちろん、常識の判断はあてにならない事が多い。科学的常識はなおさらである。しかし適当な科学的常識は、事に臨んで吾々に「科学的な省察の機会と余裕」を与える。そういう省察の行われるところにはいわゆる流言蜚語のごときものは著るしくその熱度と伝播能力を弱められなければならない。たとえ省察の結果が誤っていて、そのために流言が実現されるような事があっても、少くも文化的市民としてのはなはだしい恥辱を曝(さら)す事なくて済みはしないかと思われるのである。

（大正十三年九月『東京日日新聞』）

議会の印象

去年の十月だったか、十一月だったか、それさえどうしても思い出せないほどにぼんやりした薄暗がりの記憶の中から、やっと手探りに拾い出した、きれぎれの印象を書くのであるから、これを事実といえば、ある意味では、やはり一種の事実であるが、またある意味では、いつか見た事のある悪夢の記録と同じ種類のものであって、決して厳密な意味の事実ではない。

ある朝の事である。起きた時からなんとなく頭の工合(ぐあい)がよくなくって、軽い一種の不満のようなものの塊が、からだの中のどこかに潜んでいるような心持であった。後になって考えてみると、これは、全くその日の天気のせいであったらしい。

そこへ、NT君が訪ねてきた。議会の傍聴に連れていってやろうというのである。自動車をそこに待たしてあるという。

あまり自慢にならない事であるが、自分は未(いま)だこの年までつい一度も帝国議会というものを見た事がなかった。別に見たくないという格段の理由があるわけでもなんでもないが、またわざわざ手数をして見にいきたいと思うほどの特別な衝動に接する機会もなかったために、——いわば、あまり興味のない親類に無沙汰をすると同様な経過で、ついつい今まで折々は出逢いもした機会を、大して惜しいとも思わずに取外してきたのである。それが、どうした拍子であったか、とにかくN君とのある日の会話の経過で、いつか一度議会傍聴に案内してもらうという約束が出来上ってしまった、その約束がいよいよ履行される日が思ったよりも実はあまりに早く来たのであった。

実は、どうもあまり気がすすまなかったのであるが、せっかくわざわざ傍聴券を手に入れて、そうしてはるばる迎えにまで来てくれたのだから、勉強してともかくも出掛ける事にした。

雨上りの、それはひどい震災後の道路を、自動車で残酷に揺られていくうちに、朝から身体のどこかに隠れていた、名状のできないものの塊が、だんだんにからだ中に拡がってくるようであった。その日は実際、荒れ果てた東京の街の上に、一面に灰色の霧のようなものが、重く蔽いかぶさったような天気であった。

自動車が玄関のようなところへついて、そこからN君の後へついて上っていこうとすると、玄関にいる人達が、そこからはいけないからあちらへ廻れという。それで停車場の改札口のようなところを通り抜けて、恐ろしく長い廊下のようなところに出た。それからその廊下の横の一室へ案内されて、そこで外套と帽子を置いた。室には、人はたった一人いたきりであるが、壁には数えきれないほどたくさんの外套と帽子が掛け列ねてあった。その帽子外套の列が、どういうものか自分にはよほど遠い世界の帽子外套の列であるような気がして、軽い圧迫を感じさせられた。

廊下から階段へ上ろうとすると、そこに立っていた制服着用の役人が、私の胸の辺を指さして、何か云うようである。何かしら自分が非難されている事は分った。しかしN君が一言二言問答したら、それでよかったと見えてそのまま階段を上っていった。それそしてある室の入口に控えていた同じような制服の役人に傍聴券を差し出して、それでもういいのかと思っていると、まだ必要な手続が完了していなかったと見えてそこへはいる事を許されない。それで再びまた同じ階段を下りて、方角のわからぬ廊下をぐるぐる廻っていった。階段も廊下もがらんとして寒かった。初め這入ったとは別の改札口へ出て、そこでN君が何かしら交渉を始めていた。外から改札口をいろいろな人が這入ってくる。若いオールバックの男が這入ろうとすると、役人が二、三人寄っていって、その男の洋服のかくしを一つ一つ外から撫で廻していた。それを見ているうちに、妙な気持になってきた。

理由の分らなかった朝からの不満が、いつの間にかだんだんに具体的な形を具えて現われてくる事が自覚された。それがちょうどレンズの焦点を合わせるように、だんだんにはっきりしてくるのであった。

そういう心持を懐いて、もう一度がらんとした寒い廊下と階段を上って、そうしてようやく目的の関門を通過して傍聴席の入口を這入った。

這入ったところは薄暗い桟敷(さじき)のようなところで、それにいっぱいに人がいるようであった。桟敷の前には、明るくて広い空間が大きな口を開いていた。始めてこの桟敷から見下(みおろ)した瞬間の心持は、ちょっとした劇場の安席から下を見下した時のような心持であった。

場内の通風はあまり良好でないのか、傍聴席の空気ははなはだ不純なようであった。傍聴者は、みんな非常に真面目に黙って一心に下を覗(のぞ)き込んでいた。そういう人達の顔を見ると、下にはかなり真面目な重大な事柄が進行しているという事が分るような気がした。

入口を這入る時から、下の方でなんだか恐ろしく大きな声で咆哮(ほうこう)している人がある事に気がついていたが、席が定まってからよく見ると、それは正面の高い壇の中壇のようなところに立って何事か演説している人の声であった。どういう事が問題になっているのか、肝心の事は分らなかったが、なんでも議長が何かをどうかして、それからどうとかすべきはずなのを、そうしなかったのが不都合だといって攻撃しているようであった。この人の出し得る極度の大きな声を出しているという事は、その顔色が紫がかるほどに赤く光沢を帯びて、眼球が飛び出しそうなほどに眼を見開いている事からもおおよそ察せられた。

壇に向って後上りに何列となく並んだ椅子の列には、いろいろの服装をした、いろいろの年輩の議員達のいろいろの頭顱が並んでいた。私は意外に空席がかなりに多い事を不思議に思った。

壇上の人が何かいうたびに、向かって右の方と左の方の椅子の列から拍手をしたり、何か分らぬ事を云ってはやし立てる人がいた。左右の席の人々がなんとなく緊張しているに反して中央の席の人々は、まるで別の国の人のように気楽そうに見えた。その中のある人は、演説のある最中に呑気相に席を立ってどこかへ出ていったりした。その時に始めて気がついたが、椅子が扉のように後方へ開いて、そこから人が出入する仕掛けになっている。

壇上の人が下りると、上壇に椅子へ腰かけた人、これが議長だそうであるが、この人が何か一言二言述べると、左の方の議員席からいきなり一人立上って大きな声でわめき立てた。片手を高く打ち振りながら早口に短い言葉を連発していた。今にも席から飛び出すかと思われたが、そうもしなかった。右の方の席からも騒がしい声が聞こえた。

議長が、それではただ今のなんとかを取消します、というたようであった。すると、また隅々からわあっという歓声とも怒号とも分らぬ声が聞こえた。

和服を着た肥った老人が登壇した。何か書類のようなものを鷲握みにして読みはじめたと思ったらすぐ終った。右報告、と捨てぜりふのように、さも苦々しく言いきって壇を下りると、またがやがやと騒ぐ声がひとしきりした。

それから、入れ代っていろいろの演説があった。そのうちのある人は若々しい色艶と漆黒の毛髪の持主で、女のようなやさしい声で永々と陳述した。その後で立った人は、短い顔と多角的な顎骨とに精悍の気を溢らせて、身振交りに前の人の説を駁しているようであった。

ただでさえ耳の悪いのが、桟敷の不良な空気を吸って逆上してきたために、なおさら聞こえが悪くなったのか、それとも云っている事が、よほど自分の頭に這入りにくい事柄であるせいか、かなり骨を折ったにもかかわらず、これらの演説がどれもよく聞き取れなかった。ましてや議員席から時々空発する短い捨て言葉などは一つも聞き取れなかった。

そのうちに、始めに出た極度の大声を出す人が壇上に立ってまた何事か述べはじめた。

朝からだんだんに醱酵していた私の不満は、この苦しげな大声を再び聞く事によって、とうとう頂点まで進んだものと見える。私は到底堪えきれなくなって席を立った。N君がこれからもう一つの議場へ行こうというのを振りきって出口へ出た。N君が帽子と外套を取ってきてくれる間を出口でうろうろして、寒い空気に逆上した頭を冷やしていた。

このようにして、私の議会訪問は意外の失敗に終ってしまった。これはしかし、決して私を案内したN君の悪いわけでもなく、いわんや議会そのものの罪でもなくて、全くその日の天気のせいとしかして通風のよくない傍聴席の不良な空気のせいである事は明かである。

そういう特殊な条件の下に置かれた、特殊な人間の頭に映じた議会の第一印象が、かくのごとく特殊なものであり得るという事実だけは、ともかくも一つの記録としてここに誌しておくのもあながち無益の業ではあるまいと思う。

（大正十三年）

路傍の草

一　車上

「三上」という言葉がある。枕上鞍上厠上合わせて三上の意だという。「いい考を発酵させるに適した三つの環境」を対立させたものとも解釈される。なかなかうまい事を云ったものだと思う。しかしこれは昔の支那人かよほど暇人でないと、現代では言葉どおりには適用しがたい。

三上の三上たるゆえんを考えてみる。まずこの三つの境地はいずれも肉体的には不自由な拘束された余儀ない境地である事に気がつく。この三上にある間は吾々は他の仕事をしたくてもできない。しかしまた一方から見ると非常に自由な解放されたありがたい境地である。なんとならばこれらの場合に吾々は外からいろいろの用事を持ちかけられる心配から免かれている。肉体が束縛されているかわりに精神が解放されている。頭脳の働きが外方へ向くのを止められているので自然に内側へ向っていくせいだと云われる。

現代の一般の人について考えてみるとこの三上には多少の変更を要する。まず「枕上」であるが、毎日の仕事に追われた上に、夜なべ仕事でくたびれて、やっと床につく多くの人には枕上は眠る事が第一義である。それで眠られないという場合は病気なのだからろくな考えは出ないのが普通である。

「厠上」の方は人によると現在でも適用するかもしれない。自分の知っている人のうちでも、たぶんそうらしいと思われるほどの長時間をこの境地に安住している人はある。しかし寝坊をして出勤時間に後(おく)れないように急いで用を足す習慣のものには、これもまた瞑想(めいそう)に適した環境ではない。

残る一つの「鞍上」はちょっと吾々に縁が遠い。これに代わるべき人力や自動車も少くも東京市中ではあまり落着いた気分を養うには適しないようである。自用車のある場合はあるいはどうかもしれないが、それのない者にとっては残る一つの問題は電車の「車上」である。

電車の中では普通の意味での閑寂は味わわれない。しかしその代りに極度の混雑から来て捨鉢の落着きといったようなものがないでもない。乗客はみんな石ころであって自分もその中の一つの石ころになって周囲の石ころの束縛をあきらめているところに自ら「三上」の境地と相通ずる点が生じてくる。したがって満員電車の内は存外瞑想に適している。机の前や実験室では浮かばないようないいアイディアが電車の内でひょっくり浮き上る場合をしばしば経験する。

「三上」の三上たるゆえんの要素には、肉体の拘束から来る精神の解放というもののほかにもう一つの要件があると思われる。それはある適当な感覚的の刺戟(しげき)である。鞍上と廁上の場合にはこれが明白であるが枕上ではこれが明白でないように見える。しかしよく考えてみると枕や寝床の触感のほかに横臥(おうが)のために起る全身の血圧分布の変化はまさにこれに当るものであると考えられる。問題の「車上」の場合にはこの条件が充分に満足されている事が明白である。ただむしろ刺戟があり過ぎるので、病弱なものや馴(な)れないものには「車上」の効力を生じ得ない。この刺戟に適当に麻痺(まひ)したものが最もよく「車上」の能率を上げる事ができるものらしい。

二　卓上演説

近年いろいろの種類の宴会で、いわゆるデザートコースに入って卓上の演説がはやるようである。あれは演説の嫌いな人間には迷惑至極なものである。せっかく食慾(しょくよく)を満足したあとでアイスやコーヒーを味わいかけていい心持になっている時分に、これが始まるのである。あまり面白くもないあるいはむしろ不愉快な演説を我慢して聞くのはまだいいとしても、時によると幹事とか世話人から「指名」などと云って無理やりに何かしゃべる事を強要される。それでも頑強に応じないと、後から立つ人の演説の中で鎗玉にあげられる。迷惑な事である。

あれはともかくもやはり西洋人の真似から起った事には相違ない。不幸にして西洋の社交界へ顔を出した事がないし、出たところで言語がよく分らないから、西洋の卓上演説がどんなにあくどいものか馬鹿らしいものかを承知しない、したがって日本の卓上演説との比較も何もできない。

一番最初にああいう事を始めた人はどういう人か知らないが面白い事を発明したものである。饒舌る事の好きな人が、ごちそうを食っていい気持になった時分に立って何かしら警句でも吐いてお客さん達をあっと云わせたりくすぐって笑わせたりするのはかなりな享楽であろうと想像する事ができる。それにはいわゆるデザートコースに入ってからがきわめて適当な時機であろうという事も了解される。つまり一種の生理的の要求を満足させるための、御馳走の献立の一つだと思えばいいのだろうと思う。ただ一つ問題になるのは、料理の方だと嫌なものは食わないで済むのに、この演説だけは無理強いに強いられるという事である。

もう一つ問題になるのは、卓上演説があまりはやると、ついつい卓上気分を卓上以外に拡張するような習慣を助長して、卓上思想や卓上芸術の流行を見るようになりはしないかという事である。識者の一考を望みたい。

三　ラディオフォビア

初めてラディオを聞いたのは上野のＳ軒であったと思う。四、五人で食事をしたあと、客室でのんきに面白く話をしていると、突然頭の上でギアーギアーギアーギアーと四つ続けて妙な声がした。ちょうど鶏の咽喉（のど）でもしめられているかというような不愉快な声がした。それから同じ声で何かしら続けて物を云っているようであったが、何を云っているか自分には分らないので同行者に聞いてみると「ＪＯＡＫ、こちらは東京放送局であります」と云ったのだそうである。それから長唄（ながうた）か何からしいものが始まって、ガーガーいう唄の声とビンビン響く三味線の音で、すっかり吾々の談話は擾乱（じょうらん）されてしまった。

それから後も時々いろいろな場所でこのＪＯＡＫに襲われた。馴れてくると、なるほどＪＯＡＫと聞こえる。ジェーエ、オーオ、エーエ、ケーエイッと妙に押しつけて、そして無理に西洋人らしくこしらえた声でどなるのがどういうものかあまりいい心持がしない。この四つのアルファベットの組合せ自身に何かしら不快な暗示を含んでいるのか、それともいちばん初めに聞かされた音の不快な印象が、この音を聞くたびに新しく呼び返されるのかもしれない。

　オーケストラも聞いたが、楽器の音色というものが少しも現わされない、木管でも金属管でも絃でもみんな一様な蛙の声のようなものになって、騒々しくて聞いていられない。

　此方の玄人に聞いてみると、飲食店や店頭にある拡声器が不完全なためにそういう事になるので、よく調節された器械で鉱石検波器を使ってそして耳にあてる受話器を使えばそんなことはないそうである。しかし頭へ金属の鉢巻をしてまでも聞きたいと思うものはめったにないようである。

　夏休みのある日M君と二人で下高井戸のY園というところへ行って半日をはなはだしくのんきに遊んで夕飯を食った。ちょうど他には一人も客がなくて無月の暗夜はこの上もなく閑寂であった。飯がすんでそろそろ帰ろうかと思っていると、突然階下でJOAKが始まった。こんな郊外までJOAKが追駆けてこようとは思わなかったのであった。その晩はちょうどトリオでチャイコフスキーの秋の歌などもあった。周囲が静かであるためか、それとも器械がいいのか、こちらの頭がどうかしていたのか、そのトリオだけはちょっと面白く聞かれたので、階段の上に腰かけておしまいまで聞いた。この分ならラディオもそれほど恐ろしいものではないと思った。

　その後ある休日の午後、第Xシンフォニーの放送があったとき、銀座のある喫茶店へはいってみた。やはり駄目であった。すべての楽器はただ一色の雑音の塊になって、表を走る電車の響と対抗しているばかりである。でも曲の体裁を知るためと思って我慢して聞いていると、店員が何か工合でも直すためか、プラグを勝手に抜いたりまた挿したりするのでせっかくのシンフォニーは無残にもぶつ切れになってしまった。

こんな行きがかりで自然ラディオというものに対する一種の恐れを懐くようになってみると、あの家々の屋上に引き散らしたアンテナに対しても同情しにくい心持になる。しかしそういう偏見なしにでもおそらくあれはあまり美くしいものではない。物干し竿のようなものにひょろひょろ曲った針金を張り渡したのは妙に「物ほしそう」な感じのするものだと思う。あんなことをしないでもすむ方法はありそうである。

ラディオをいじくっているうちに自分で放送がしたくなってきて、とうとういたずらの放送をはじめ、見つかって叱られた人がある。しかしこういう人はたのもしいところがある。

現象の本性に関する十分な知識なしに、ただ電気のテクニックの上皮だけをひとわたり承知しただけで、すっかりラディオ通になってしまったいわゆるファンが、電波伝播の現象を少しも不思議と思ってみる事もなしに、万事を呑込んだ顔をしているのがおかしいと云った理学者がある。しかし考えてみると理学者自身もうっかりすると同じような理学ファンになってしまう。相対性理論ファン、素量説ファンになる恐れがたぶんにある。これは警戒すべきことである。

四　侵入者

郊外の田舎にわずかな地面を求めて、休日ごとにいい空気を吸って頭を養うための隠れ家を作った。空地には草花でも作って一面の花園にしてみようという美しい夢を見ていたが、これは本当の夢である事がじきに分った。せっかく草花の芽が出るころになると、たぶん村の子供らであろうが、留守番も何もない屋敷内へ自由にやって来て、一つ残らずむしり取り、引っこ抜いてしまう。いろいろの球根などは取るのにも取りやすいわけだが、小さな芽ばえでも丹念に抜いてそこらに捨ててある。どうかすると細かく密生した苗床を草履か何かですりつぶしたりする。すっかり失敗した翌年は特別な花壇を作る代わりにところどころ雑草の間の気のつきにくそうな処へ種を撒いたり苗を植えたりしてみたがやはり駄目であった。誰とも知れぬ侵入者は驚くべき鋭敏な感覚で、宝探しでもするような気で探し出すと見えて、ほとんど残りなしに抜取ってしまうのである。例えば向日葵や松葉牡丹のまだ小さな時分、撒いた当人でも見つけるのに骨の折れるような物影にかくれているのでさえ、いつの間にか抜かれているのに驚いた。これほど細かい仕事をするのはたぶん女の子供らしい。ある時一人で行っていた時、庭の方で子供の声がするので硝子越しに見ると十二、三歳ぐらいをかしらに四、五人の女の子が来て竹切れで雑草の中をつついている。自分のいるのに気がつくとお互に顔を見合せたきりで、別に驚いた風も困った様子もなくどこかへ行ってしまった。

ところが面白い事にはこれらの侵入者が手をつけないで見逃す幾種類かの草花がある事を発見した。それはコスモスと虞美人草とそうして小桜草である。立葵や朝顔などが小さな双葉のうちに捜し出されて抜かれるのにこの三種のものだけは、どういうわけか略奪を免れて勢よく繁殖する。二、三年の間にはすっかり一面に拡がって、もうとても数人の子供の手にはおえないようになってしまった。これらの花が土地の子供に珍らしくないせいかとも思ってみたが、事実はこれに相当しない。少くも虞美人草はこの辺の民家の庭にあまり見受けなかった。そしてこの土地に珍らしくない日々草などがかえって丹念に抜き去られた。また一方珍らしくないコスモスは取られない方に属していた。

あるいはこの三つの植物の繁殖力の旺盛な事に関する侵入者の知識がこの現象の原因になるかと思ってみたが、それもあまりに附会に過ぎた説明としか思われない。

いろいろの花がいろいろの蝶や虫を引きつける能力についてはまだおそらく人間の知らない不思議な理由があるだろうと思うが、同様にいろいろの草花が子供の略奪趣味を刺戟する効果の差別についてもまだ簡単な説明を許さない秘密な方則が伏在しているのではないかと思う。

昆虫の研究者が蝶や蟻でも研究するように、この小略奪者達の習性を研究する目的でいろいろの実験をしてみればきっと面白くまた有益だろうと思うが、自分にそれほどの暇も熱心もない。ただもう一、二年たって、吾々「東京者」に対する子供らの好奇心と反感のずっと減少した時分にもう一遍「花園の夢」を見るのもいいかと考えている。

五　草刈

屋敷内に草一本ないという自覚を享楽するために、わざわざ人を雇ってまでも裏庭の隈々まで綺麗に草を取ってしまう人がある。こういう人の心持が少くも子供の時分には分らなかった。なぜ草が生えていてはいけないかどうしても了解できなかった。およそ地から生え出る植物に美しくないと思うものは一つもなかった。せっかく生えたものをむざむざむしり取るのが惜しいと思われた。旧城趾やその他の荒地に勢よく繁った雑草は見るから気持がよかった。そういう所にねころんで鳥の歌、蜂のうなりを聞くのは愉快であった。油絵の風景画などでも、破れた木柵、果樹などの前景に雑草の乱れたような題材は今でも一番に心を引かれる。

東京に家を持ってからの事である。ある日巡査がやって来て、表の塀の下にひどく草が生えているから抜くようにと注意していった。見るとなるほど、黒い朽ちかかった板塀の根にいろいろの草が青々と茂って、中には小さな花をさかせているものもあって、別にきたならしくもなんともなかった。おそらく板塀よりもその前のどぶよりもこの草が一番美しいものとしか思われなかったが警察官のいう事であるからそのとおりにむしり取ってしまった。

人並に草花などの種を自分でまいてみると、はじめて雑草の不都合な事が少し分ってくるような気がした。打っちゃっておくと、せっかく生長させようと思う草花がすっかり負かされてしまうので、こうなると気の毒でも雑草の方はむしるよりほかはない事になる。雑草という言葉の意味が始めて分ってくる。

郊外に家をこしらえた。春さきから一面にいろいろの草が生え出る。中には花が咲きそろうとかなり美しいのもある。しかしまた途方もなく延びてしまって歩く事の邪魔になるのもある。構わず打っちゃっておくとおしまいには家の内までも侵入しそうな勢を示してくる。こうなるとさすがに雑草の脅威といったようなものを感じて、とうとう草刈をはじめる決心をした。

草刈鎌（がま）にいろいろの種類のある事を知ったのはその時である。鎌の使い方、鎌のとぎ方も百姓に伝授を受けていよいよ取りかかった。

刈り始めてみるとなかなか骨が折れる。よっぽど刈ったつもりでも、立ち上って見ると手の平ぐらいしか進行していないのにがっかりした。しかしやっているうちにだんだん草を刈っている事自身の興味が分ってきて、刈ってしまう結果をあせる気がなくなってくるのを感じた。

よく切れる鎌で薙(な)いでいくのは爽快(そうかい)なものである。また草の根をぶりぶり掻(か)き切るのも痛快なものである。痒(かゆ)い処をかくような気がする。

いろいろの草の根の張り方にそれぞれ相違のある事にも気がつく。それらの目的論的の意義を考えてみるのもなかなか面白い。同じ面積を、時季によってちがった雑草が交代して占有する順序も面白く、歳によって最もよく繁殖する草の種類を異にする事や、それが人間の干渉によって影響される模様や、少し立ち入って研究したら一種の「雑草学」が成り立ちそうである。それを書くときりがなくなるからここには略する。ただ一つ頭に刻まれた問題だけを簡単に書き止めておく。

雑草の内には吾々の栽培している五穀や野菜や観賞植物とよく似通ったものがはなはだ多い。もしこれらの雑草を特に可愛がって培養し教育していったら、何代かの後にはかえって現在の有用植物よりももっと有用なものができ得る可能性はないものだろうか。

永い間人間の眼の敵にされて虐待されながら頑強な抵抗力で生存を続けてきた猫草相撲取草などを急に温室内の沃土に移してあらゆる有効な肥料を施したらその結果はどうなるであろう。事によると肥料に食傷して衰滅するかもしれない。貧乏のうちは硬骨なのが金持になって急に軟化するようにともかくも軟化しそうである。その代りそれらの草の実がだんだん発育進化して米や麦よりもいいか、あるいは少くも同等な穀物になりはしないか。

もし培養の仕方によって、頑強な抵抗力は保存し、しかも実の充実を遂げる事ができればなおさら都合がいい。そういう事は望まれない事であろうか。

誰か、欺される気でこの実験に取りかかってみる人はないものであろうか。

六　藁が真綿になる話

藁にある薬品を加えて煮るだけでこれを真綿に変ずる方法を発明したと称して、若干の資本家達に金を出させた人がある。ところがそれが詐偽だという事になって検挙され、警視庁のお役人達の前で「実験」をやってみせる事になった。半日とか煮てパルプのようなものができた。翌朝になったら真綿になるはずのがとうとうならなくて詐偽だと決定した。こんな話が新聞に出ていたそうである。新聞記事の事だから事柄の真相はよく分らない。ただこれに似た事があったらしい。

こういう現象は古今東西を問わずよくある事である。何かしらうまい神秘的な金儲(かねもう)けはないかと思って捜している資本家の前に、その要求に応じて出現するものである。悪魔でも呼び出さない人の前にはそう無作法には現われない。

欺く方もあまりよくはないが、欺かれる方もこの現象の第一原因としての責任はある。もし現代の科学を一通り心得た大岡越前守(おおおかえちぜんのかみ)がこの事件を裁(さば)くとしたら、欺された方も譴責(けんせき)ぐらいは受けそうな気がする。

しかしそんな事は自分の問題ではない。ただちょっと考えてみたくなる事が一つある。

警視庁で実験をやり始め、やりつつある間のその人の頭の中にどんな考が動いていたかという事である。たとえそれまではパルプと真綿をすりかえる手品をやっていたに相違なくとも、その時には、やっているうちに、もしかすると本当にパルプが真綿に変るかもしれないという不可思議な心持を、自らつとめて鼓舞しつつ、ビーカーの中をかき廻していたのではないかという疑である。

やっているうちに立会役人の目を盗んですりかえようと思ったのだというのは最も常識的な解釈で、それを否定する事はむつかしい。しかしただそれだけであったかどうかが問題である。

嘘もしょっちゅうついているとおしまいには自分でもそれを「信じる」ようになるというのは、よく知られた現象である。いろいろな「奇蹟」例えば千里眼透視術などをやる人でも、影にかくれた助手の存在を忘れて、本当に自分が奇蹟を行っているような気のする瞬間があり、それが高じると、自分ひとりでもそれができるような気になる瞬間もあり得るものらしい。幾年もつづけてジグスとマギーを描いている画家は、おしまいには生きたジグスとマギーの存在を信じて疑わなくなるだろうが、それと似た頭の迷いが起りはしないか。

ビーカーのパルプが真綿に変わるまでの途中の肝心の経路も考え方によっては、ほんのちょっとした事のように思われるかもしれない。そのちょっとのところに目を塞いでみれば、確に藁が真綿になるに相違ないのである。山の芋が鰻になったりする「事実」も同様である。だんだんにこの「事実」に馴れてくると、おしまいには、そのいわゆる「ちょっとした」経路を省略しても同じ事になりそうな気がするものではあるまいか。頭の冷静な場合にはそんな事はないとしても、切迫した事態の下に頭が少し不透明になった場合には存外ありそうな事だと思う。

この事件は見方によっては頭のよくない茶目の悪戯とも見られる。しかしまた犯罪心理学者の研究資料ともなれば、科学的認識論の先生が因果律の講釈をする時の材料にもなり得る。

因果をつなぐ鍵の環はただ一つ欠けても縁が切れる。この明白な事を吾々はつい忘れたりごまかしたりする事がある。吾々の過失の多くはここから来る。鉄道や飛行機の故障などもこういう種類に属するのが多い。綱紀紊乱風俗廃頽などという現象も多くはこれに似た事に帰因する。うっかりこの下手な手品師を笑われない。

（大正十四年十一月『中央公論』）

断片 Ⅱ

一

連句で附句をする妙趣は自己を捨てて自己を活かし他を活かす事にあると思う。前句の世界へすっかり身を沈めてその底から何物かを握んで浮上ってくるとそこに自分自身の世界が開けている。

前句の表面に現われただけのものから得た聯想に執着していてはいい附句はできない。

前句がそれ自身には平凡でも附句がいいと前句がぐっと活きて引立ってくる。どんな平凡な句でもその奥底にはいろいろないいものの可能性が含まれている。それを握んで明るみへ引出して展開させるとそこからまた次に来る世界の胚子が生れる。

それをするにはやはり前句に対する同情がなければできない。どんな句にでも、云い換えるとどんな「人間」にでも同情し得るだけの心の広さがなくてはいい俳諧はできない。

二

九月二十四日の暴風雨に庭の桜の樹が一本折れた。今年の春、勝手口にあった藤を移植して桜にからませた、その葉が大変に茂っていたので、これに当たる風の力が過大になって、細い樹幹の弾力では持ちきれなくなったものと思われる。

これで見ても樹木などの枝葉の量と樹幹の大きさとが、いかによく釣合が取れて、無駄がなくできているかが分る。それを人間がいい加減な無理をするものだから、少しの嵐にでも折れてしまうのである。

三

いわゆる頭脳のいい人はどうも研究家や思索家にはなれないらしい。むつかしい事がすぐに分るものだから、つい分らない事までも分ったつもりになってしまうようである。

頭の悪いものは、分りやすい事でも分りにくい代りにまたほんとうに分らない事を分らせ得る可能性をもっているようである。

この事が哲学やその他文科方面の研究思索について真実である事はむしろよく知られた事であると思うが、理化学の方面でもやはりそうだという事はあまりよく知られていないようである。

四

ストウピンのセロの演奏を聞いた。近来にない面白い音楽を聞いた。

吾々素人の楽器を弄するのは、いわば、楽譜の中から切れ切れの音を拾い出しては楽器にこすりつけ、たたきつけているようなもので、これは問題にならない。しかし相当な音楽家といわれる人の演奏でも、どうもただ楽器から美しい旋律や和絃を引出しているというだけの感じしかしない場合が多いようである。こういう演奏には、感心はしても、感動し酔わされる事はない。いつでも楽器というものの意識が離れ得ない。

ストウピンがセロを弾いているのを聞いており見ていると、いつの間にか楽器が消えてしまう。演奏者の胸の中に鳴っている音楽が、きわめて自由になんの障害もなく流れ出しているので、楽器はただほんの一つの窓のようなものに過ぎないのである。

五

ヴィオリンをやっていて、始めてセロを手にしてみると、楽器の大きさを感じるのはもちろんであるが、指頭に感じる絃の大きさ、指の開きの広さなどが、かなり不思議な心持を起させる。それでひと月ふた月ヴィオリンを手にしないでいた後に、久し振りで取出して持ってみるとそれがいかにも小さくて軽くて、とてももとのヴィオリンだとは思われないのでちょっと驚かされる。一音程に対する指頭間の距離でもまるで指と指とをくっつけなければならないように感じる。

それでヴィオリンをやったり、またセロをやったり、数回繰返しているうちに、だんだんにヴィオリンはヴィオリン、セロはセロの正当な大きさや重さやその他の特徴がはっきり認識されてくるのである。

西洋から帰って銀座通が狭く低く感じるのも同じような事で別に珍らしい事でもないかもしれないが、ともかくも一つの世界に常住しているものが、一度そこをはなれてその外の世界を見る事無しに自分の世界を正当に認識する事のいかに困難であるかという事実の一例にはなると思う。

六

司馬江漢の随筆というのを古本屋の店頭で見つけたので、買ってきて読んでみた。こういう書物は縁のない方であるが、何か理化学方面に関する掘出物でもあるかと思ったからである。

春信の贋物をかいたという事で評判のよくない人ではあるが、随筆を読んでみるといろいろ面白い事が書いてある。ともかくも「頭の自由な人」ではあったらしい。日本人の理化学思想に乏しい事を罵ったり、オリジナリティのない事またそれを尊重しない事を誹ったりしているが、大正の現在でも同じような事を云っている人が多いから面白い。

朝顔の色を見て、それから金山から出る緑砂紺砂の色、銅板の表面の色などの事を綜合して「誠に青色は日輪の空気なる（？）色なるを知る」などと帰納を試みたりしているのもちょっと面白かった。

新らしもの好き、珍しいもの好きで、そしてそれを得るためには、昔の不便な時代にはるばる長崎まで行くだけの熱心があったから、今の世に生れたら、あるいは相当な科学者になったかもしれない。そして結局何かしら不祥な問題でも起してやはり汚名を後世に残したかもしれない。

　こういう点でどこかスパランツァニに似ている。優れた自由な頭脳と強烈な盲目の功名心の結合した場合に起りやすい現象であると思う。

　この随筆中に仏書の悪口をいうた条がある。釈迦が譬喩に云った事を出家が真に受けているのが可笑しいというのである。そして経文を引用してある中に、海水の鹹苦な理由を説明する阿含経の文句が挙げてある。ところがその説明が現在の科学の与えている海水塩分起原説とあるたびまでよく一致しているから面白い。

　また河水が流れ込んでも海が溢れないわけを説明する華厳経の文句がある。大海有四熾燃光明大宝。其性極熱。常能飲縮。百川所流無量大水。故大海無有増減。とある。大洋特に赤道下の大洋における蒸発作用の旺盛な有様を「詩」で云い現わしたと思えば、うまい云い方である。

（昭和二年一月『明星』）

備忘録

仰臥漫録

何度読んでも面白く、読めば読むほど面白さの泌み出してくるものは夏目先生の『修善寺日記』と子規の『仰臥漫録』とである。いかなる戯曲や小説にも到底見出されない面白味がある。何故これほど面白いのかよく分らないがただどちらもあらゆる創作の中で最も作為の痕の少ないものであって、拘わりのない叙述の奥に隠れた純真なものがあらゆる批判や估価を超越して直接に人を動かすのではないかと思う。そしてそれは死生の境に出入する大患と、なんらかの点において非凡な人間との偶然な結合によってのみ始めて生じ得る文辞の宝玉であるからであろう。

岩波文庫の「仰臥漫録」を夏服のかくしに入れてある。電車の中でも時々読む。腰掛けられない時は立ったままで読む。これを読んでいると暑さを忘れ距離を忘れる事ができる。

「朝　ヌク飯三ワン　佃煮　梅干　牛乳一合ココア入リ　菓子パン　塩センベイ　……」こういう記事が毎日毎日繰り返される。それが少しも無駄にもうるさくも感ぜられない。読んでいる自分はそのたびごとに一つ一つの新しき朝を体験し、ヌク飯のヌク味とその香を実感する。そして著者と共に貴重な残り少ない生の一日一日を迎えるのである。牛乳一合がココア入りであるか紅茶入りであるかが重大な問題である。それは政友会が内閣をとるか憲政会が内閣をとるかよりは遥かに重大な問題である。

　昼飯に食った「サシミノ残リ」を晩飯に食ったという記事がしばしば繰返されている。この残りの刺身の幾片かのイメージがこの詩人の午後の半日の精神生活の上に投げた影は吾々がその文字の表面から軽々に読過するほどに稀薄なものではなく、卑近なものでもなかったであろう。

　この病詩人を慰めるためにいろいろのものを贈ってきていた人々の心持の中にもさまざまな複雑な心理が読み取られる。頭の鋭い子規はそれに無感覚ではなかったろう。しかし子規は習慣の力でいろいろの人からいろいろのものをもらうのをあたかも当然の権利でもあるかのようにきわめて事務的に記載している。この事務的散文的記事の紙背には涙がある。

　頭が変になって「サアタマランサアタマラン」「ドーシヨウドーシヨウ」と連呼し始めるところがある。あれを読むと自分は妙に滑稽を感じる。絶体絶命の苦悶でついに自殺を思うまでに立ち至る記事が何故に可笑しいのか不思議である。「マグロノサシミ」に悲劇を感じる私はこの自殺の一幕に一種の喜劇を感得する。しかし、もしかするとその場合の子規の絶叫はやはりある意味での「笑」ではなかったか。これを演出しこれを書いた後の子規はおそらく最も晴れ晴れとした心持を味わったのではないか。

夏目先生の『修善寺日記』には生まれ返った喜びと同時に遥かな彼方の世界への憧憬が強く印せられていて、それはある日記の中に珠玉のごとく鏤められた俳句と漢詩の中に凝結している。子規の『仰臥漫録』には免れがたい死に当面したあの子規の此方の世界に対する執着が生々しいリアルな姿で表現されている。そしてその表現の効果の最も強烈なものは毎日の三度の食事と間食との克明な記録である。「仰臥漫録」から「ヌク飯」や「菓子パン」や「マグロノサシミ」やいろいろの、さも楽しそうに並べ誌した御馳走を除去して考える事は不可能である。

『仰臥漫録』の中の日々の献立表は、この生命がけで書き残された稀有の美しい一大詩篇の各章ごとに規則正しく繰返されるリフレインでありトニカでなければならない。

近年になって、たぶん大正八年の病気以来の事と思うが、毎年夏の来るのが一年中の一番の楽しみである。朝起きると寒暖計が八十度近くに来ているようになると、もう水で顔や頭髪を洗っても悪寒を感ぜず、足袋をはかなくても足が冷えない。これだけでもありがたい事である。自分のからだ中の血液ははじめてどこにも停滞する事なしに毛細管の末梢までも自由に循環する。たぶんそのためであろう、脳の方が軽い貧血を起して頭が少しぼんやりする。聴覚も平生より一層鈍感になる。この上もなく静寂で平和な心持である。

昼間暑い盛りに軽い機械的な調べ仕事をするのも気持がいい。あまり頭を使わないで、そしてすればするだけ少しずつ結果があがっていくから知らず識らず時を忘れ暑さを忘れる。

陶然として酔うという心持はどんなものだか下戸の自分にはよく分らない。少くも酒によっては味わえない。しかし暑い盛りに軽い仕事をして頭のぼうっとした時の快感がちょうどこの陶然たる微酔の感と同様なものではないかと思われる。そんなとき蟬でもたくさん来て鳴いてくれるといいのであろうが、この辺にはこの夏のオーケストラがいないで残念である。

喫茶店の清潔なテーブルへ坐って熱いコーヒーを呑むのも盛夏の候にしくものはない。銀器の光り、ガラス器のきらめき、一輪ざしの草花、それに蜜蜂のうなりに似たファンの楽音、ちょうどそれは「フォーヌの午後」に表わされた心持である。ドビュッシーはおそらく貧血性の冷え症ではないかと想像される。

夜も夏は楽しい。中庭へ籐椅子を出して星を眺める。スコルピオン座や蟹座が隣の栗の梢に輝く。今年は花壇の向日葵が途方もなく生長して軒よりも高くなった。夜目にも明るい大きな花が涼風にうなずく。

人のいやがる蚊も自分にはあまり苦にならない。中学時代にひと夏裏の離れ屋の椅子に腰かけて読書に耽り両脚を言葉どおりに隙間なく蚊に食わせてから以来蚊の毒に免疫となったせいか、涼み台で手足を少しぐらい食われてもほとんど無感覚である。蚊のいない夏は山葵のつかない鯛の刺身のようなものかもしれない。

夕立の来そうな晩独り二階の窓に腰かけて雲の変化を見るのも楽しいものである。そういう時の雲の運動はきわめて複雑である。方向も速度も急激に変化する。稲妻でもすればさらに面白い。いかなる花火もこの天工のものには及ばない。

来そうな夕立がいつまでも来ない。十二時も過ぎて床にはいって眠る。夜中に沛然たる雨の音で眼がさめる。およそこの人生に一文も金がかからず、無条件に理窟なしに楽しいものがあるとすれば、おそらくこの時の雨の音などがその一つでなければならない。これは夏の嫌いな人にとってもたぶん同じであろうと思う。

冬を享楽するのには健康な金持でなければできない、それに文化的の設備が入用である。これに反して夏は貧血症の貧乏人の楽園であり自然の子の天地である。

涼味

涼しいという言葉の意味は存外複雑である。もちろん単に気温の低い事を意味するのではない。継続する暑さが短時間減退する場合の感覚をさしていうものとも一応は解釈される。しかし盛夏の候に涼味として享楽されるものはむしろ高温度と低温度の急激な交錯であるように見える。例えば暑中氷倉の中に一時間も這入っているのは涼しさでなくて無気味な寒さである。扇風機の間断なき風は決して涼しいものではない。

夏の山路を歩いていると暑い空気のかたまりと冷たい空気のかたまりとが複雑に混合しているのを感じる。そのかたまりの一つ一つの粒が大きい事もあるし小さい事もある。この粒の大きさの適当である時に最大の涼味を感じさせるようである。しかしまだこの意味での涼味の定量的研究をした学者はない。これは気象学者と生理学者の共同研究題目として興味あるものであろう。

倉庫や地下室の中の空気は温度がほとんど均等でこのような寒暑の粒の交錯がない、つまり空気が死んでいる。これに反して山中の空気は生きている。温度の不均等から複雑な熱の交換が行われている。吾々の皮膚の神経は時間的にも空間的にも複雑な刺戟を受ける。その刺戟のために生ずる特殊の感覚がいわゆる涼しさであろう。

暑中に灸をすえる感覚には涼しさに似たものがある。暑い盛りに熱い湯を背中へかける感じも同様である。これから考えられる一つの科学的の納涼法は、皮膚のうちの若干の選ばれた局部に適当な高温度と低温度とを同時に与えれば吾々はそれだけで涼味の最大なるものを感じ得るのではないか。あるいは一局部に適当な週期で交互に熱さと寒さを与えるのがいいかもしれない。これは実験生理学者にとって好箇の研究題目となりそうなものである。

この仮説を敷衍すれば、熱い酒に冷たい豆腐のひややっこ、アイスクリームの直後のホットカフェーの賞美されるのもやはり一種の涼味の享楽だという事になる。

皮膚の感覚についてのみいわれるこの涼味の解釈を移して精神的の涼味の感じに転用する事はできないか、これもまた心理学者の一問題となり得るであろう。

向日葵

中庭の籐椅子に寝て夕映えの空にかがやく向日葵の花を見る。勢よく咲き盛る花の側にはもう萎びかかって真黒な大きな芯の周囲に干からびた花弁をわずかにとどめたのがある。大きくなり損なって真似事のように、それでもこの花の形だけは備えて咲いているのもある。大きな葉にも完全なのは少く、虫の喰ったのや、半分黒くなって枯れ萎んだのもある。そういう不揃なものを引くるめたすべてが生きたリアルな向日葵の姿である。萎れた花、虫喰み枯れかかった葉を故意にあさはかな了簡で除いて写した向日葵の絵は到底リアルな向日葵の絵ではあり得ない。

　精巧をきわめたガラス細工の花と真実の花との本質的な相違はこういう点にもある。写実を貴んで理想を一概に排斥する極端論者の説にも一理はある。実際ある浅薄な理想主義の芸術はまさにしんこ細工の花のようなものである。しかしそうかといって虫喰いや黴菌のために変色した葉ばかりを強調した表現主義にも困る、ドイツあたりの近ごろの絵画にはそんな傾向が見えるのもありはしないか。

　物理学上の文献の中でも浅薄な理論物理学者の理論的論文ほど自分にとってつまらないものはない。論理には五分もすきはなく、数学の運算に一点の誤謬はなくても、そこに取扱われている「天然」はしんこ細工の「天然」である。友禅の裾模様に現われたネチュアーである。底の知れない「真」の本体はかえってこのために蔽われ隠される。こういう、例えば花を包んだ千代紙のような論文がドイツあたりのドクトル論文には折々見受けられる。

　本当に優れた理論物理学者の論文の中には、真に東洋画特に南画中の神品を聯想させるものがある。一見いかに粗略でしかも天然を勝手にゆがめて描いてあるようでも、そこに握まれてあり表現されてあるものは生きた天然の奥底に隠れた生きた魂である。こういう理論はいわゆる fecund な理論でありそれに花が咲き実を結んで人間の文化に何物かを寄与する。

理想芸術でも優れた南画まで行けば科学的にも立派であるように理論物理学もいいものになるとやはり芸術的にも美しい。

純粋な実験物理学者は写実主義の芸術家と似通った点がある。自分の眼で自分の前のむき出しの天然を観察しなければならない。それが第一義でありまた最大の難事であるのに、吾々の眼は伝統に目かくしされ、オーソリティの光に眩惑されて、天然のありのままの姿を見失いやすい。現在眼の前に非常に面白い現象が現われていても、それが権威の文献に現われてない事であると、それはたぶんはつまらない第二義の事柄のように思われて永久に見逃がされてしまう。吾々の眼はただ西洋のえらい大家の持ち扱い古した、黴の生えた月並の現象にのみ眼を奪われる。そして征服者の大軍の通り去った野に落ちちらばった弾殻を拾うような仕事に甘んじると同じような事になりがちである。

写実画派の後裔の多数はただ祖先の眼を通して以外に天然を見ない。元祖の選んだ題材以外の天然を写すものは異端者であり反逆者である。

向日葵の花を見ようとすると吾々の眼にはすぐにヴァン・ゴーホの投げた強い伝統

の光の眼つぶしが飛んでくる。この光を青白くさせるだけの強い光を自分自身の内部から発射して、そうして自分自身の向日葵を創造する事の困難を思うてみる。それはまさにおそらくあらゆる科学の探究に従事するものの感ずる困難と同種類のものでなければならない。

線香花火

夏の夜に小庭の縁台で子供らの弄ぶ線香花火には大人の自分にも強い誘惑を感じる。これによって自分の子供時代の夢が甦ってくる。今はこの世にない親しかった人々の記憶が喚び返される。

はじめ先端に点火されてただかすかに燻っている間の沈黙が、これを見守る人々の心をまさに来たるべき現象の期待によって緊張させるにちょうど適当な時間だけ継続する。次には火薬の燃焼がはじまって小さな焔が牡丹の花弁のように放出され、その反動で全体は振子のように揺動する。同時に灼熱された熔融塊の球がだんだんに生長していく。焔がやんで次の火花のフェーズに移るまでの短かい休止期がまた名状しがたい心持を与えるものである。火の球は、かすかな、ものの沸えたぎるような音を立てながら細かく震動している。それは今にも迸ばしり出ようとする勢力が内部に渦巻いている事を感じさせる。突然火花の放出が始まる。眼に止まらぬ速度で発射される微細な火弾が、眼に見えぬ空中の何物かに衝突して砕けでもするように、無数の光の矢束となって放散する、その中の一片はまたさらに砕けて第二の松葉、第三、第四の松葉を展開する。この火花の時間的ならびに空間的の分布が、あれよりもっと疎であってもあるいは密であってもいけないであろう。実に適当な歩調と配置で、しかも充分な変化をもって火花の音楽が進行する。この音楽のテンポはだんだんに早くなり、密度は増加し、同時に一つ一つの火花は短かくなり、火の箭の先端は力弱く垂れ曲る。もはや爆裂するだけの勢力のない火弾が、空気の抵抗のためにその速度を失って、重力のために抛物線を画いて垂れ落ちるのである。荘重なラルゴで始まったのが、アンダンテ、アレグロを経て、プレスティシモになったと思うと、急激なデクレスセンドで、哀れに淋しいフィナーレに移っていく。私の母はこの最後のフェーズを「散り菊」と名づけていた。本当に単弁の菊の萎れかかったような形である。「チリギクチリギクチリギクチリギク」こう云ってはやして聞かせた母の声を思い出すと、自分の故郷における幼時の追憶が鮮明に喚び返されるのである。あらゆる火花のエネルギーを吐き尽した火球は、脆く力なくポトリと落ちる、そしてこの火花のソナタの一曲が終るのである。あとに残されるものは淡くはかない夏の宵闇である。私はなんとなくチャイコフスキーのパセティクシンフォニーを想い出す。

実際この線香花火の一本の燃え方には、「序破急」があり「起承転結」があり、詩があり音楽がある。

ところが近代になってはやり出した電気花火とかなんとか花火とか称するものはどうであろう。なるほどアルミニウムだかマグネシウムだかの閃光は光度において大きく、ストロンチウムだか、リチウムだかの焔の色は美しいかもしれないが、始めからおしまいまでただぼうぼうと無作法に燃えるばかりで、タクトもなければリズムもない。それでまたあの燃え終わりのきたなさ、曲のなさはどうであろう。線香花火がベートーヴェンのソナタであれば、これはじゃかじゃかのジャズ音楽である。これも日本固有文化の精粋がアメリカの香のする近代文化に押しのけられていく世相の一つであるとも云いたくなるくらいのものである。

線香花火の灼熱した球の中から火花が飛び出し、それがまた二段三段に破裂する、あの現象がいかなる作用によるものであるかという事は興味ある物理学上ならびに化学上の問題であって、もし詳しくこれを研究すればその結果は自然にこれらの科学の最も重要な基礎問題に触れて、その解釈はなんらかの有益な貢献となり得る見込がかなりに多くあるだろうと考えられる。それで私は十余年前の昔から多くの人にこれの研究を勧誘してきた。特に地方の学校にでも奉職していて充分な研究設備をもたない人で、何かしらオリジナルな仕事がしてみたいというような人には、いつでもこの線香花火の問題を提供した。しかし今日までまだ誰もこの仕事に着手したという報告に接しない。結局自分の手もとでやるほかはないと思って二年ばかり前に少しばかり手を着けはじめてみた。ほんの少しやってみただけで得られたわずかな結果でも、それははなはだ不思議なものである。少くもこれが将来一つの重要な研究題目になり得るであろうという事を認めさせるには充分であった。

この面白く有益な問題が従来誰も手を着けずに放棄されてある理由が自分には分りかねる。おそらく「文献中に見当らない」、すなわち誰もまだ手を着けなかったという事自身以外に理由は見当らないように思われる。しかし人が顧みなかったという事はこの問題のつまらないという事には決してならない。

もし西洋の物理学者の間に吾々の線香花火というものが普通に知られていたら、おそらくとうの昔に誰か一人や二人はこれを研究したものがあったろうと想像される。そしてその結果がもし何か面白いものを生み出していたら、我国でも今ごろ線香花火に関する学位論文の一つや二つはできたであろう。こういう自分自身も今日まで棄てておかなかったであろう。

近ごろフランス人で刃物を丸砥石(まるといし)で砥ぐ時に出る火花を研究して、その火花の形状からその刃物の鋼鉄の種類を見分ける事を考えたものがある。この人にでも提出したら線香花火の問題も案外早く進行するかもしれない。しかしできる事なら線香花火はやはり日本人の手で研究したいものだと思う。

西洋の学者の掘り散らした跡へはるばる後れ(おく)ばせに鉱石の欠けらを捜しにいくもいいが、吾々の脚元に埋もれている宝をも忘れてはならないと思う。しかしそれを掘り出すには人から笑われ狂人扱いにされる事を覚悟するだけの勇気が入用である。

金米糖

金米糖という菓子は今日ではちょっと普通の菓子屋駄菓子屋には見当らない。聞いてみるとキャラメルやチョコレートにだんだん圧迫されて、今ではこれを製造するものがきわめて稀(まれ)になったそうである。もっとも小粒で青黄赤などに着色して小さなガラス瓶に入れて売っているのがあるが、あれは少し製法がちがうそうである。

この金米糖の出来上る過程が実に不思議なものである。私の聞いたところでは、純良な砂糖に少量の水を加えて鍋(なべ)の中で溶かしてどろどろした液体とする。それに金米糖の心核となるべき芥子粒(けしつぶ)を入れて杓子(しゃくし)で攪拌(かくはん)し、しゃくい上げしゃくい上げしていると自然にああいう形に出来上るのだそうである。

中に心核があってその周囲に砂糖が凝固してだんだんに生長する事には大した不思議はない。しかし何故あのように角を出して生長するかが問題である。

物理学では、すべての方向が均等な可能性をもっていると考えられる場合には、対称（シンメトリー）の考からすべての方面に同一の数量を附与するを常とする。現在の場合に金米糖が生長する際、特にどの方向に多く生長しなければならぬという理由が考えられない、それゆえに金米糖は完全な球状に生長すべきであると結論したとする。しかるに金米糖の方では、そういう論理などには頓着（とんちゃく）なく、にょきにょきと角を出して生長するのである。

これはもちろん論理の誤謬（ごびゅう）ではない。誤った仮定から出発したために当然に生まれた誤った結論である。このパラドックスを解く鍵（かぎ）はどこにあるかというと、これは畢竟（ひっきょう）、統計的平均についてはじめて云われ得るすべての方向の均等性という事を、具体的に個体にそのまま適用した事が第一の誤であり、次には平均からの離背（りはん）が一度でき始めるとそれがますます助長されるいわゆる不安定の場合のある事を忘れたのが第二の誤である。

平均の球形からの偶然な統計的異同 fluctuation が、一度少しでもできて、そうしてそのためにできた高い処が低い処よりも生長する割合が大きくなるという物理的条件さえあればよい。現在の場合にこの条件がなんであるかはまだよく分らないが、そのような可能性はいくらも考え得られる。

面白い事には金米糖の角の数がほぼ一定している、その数を決定する因子がなんであるか、これは一つのきわめて興味ある問題である。

従来の物理学ではこの金米糖の場合に問題となってくるような個体のフラクチュエーションの問題が多くは閑却されてきた。その異同がいつも自働的に打消されるような条件の具わった場合だけが主として取扱われてきた。そうでない不安定の場合は、いわば見ても見ぬふりをして過ぎてきた。畢竟はそういうものをいかにして取扱ってよいかという見当がつかなかったせいもあろうが、一つにはまた物理学がその「伝統の岩窟」にはまり込んで安きを偸んでいたためともいわれ得る。

物理学上における偶然異同の現象の研究は近年になっていくらか新しい進展の曙光を漏らし始めたように見えるが、今のところまだまだその研究の方法も幼稚で範囲もはなはだ狭い。

そういう意味から、金米糖の生成に関する物理学的研究は、その根本において、将来物理学全般に亙っての基礎問題として重要なるべきあるものに必然に本質的に聯関してくるものといってもよい。

同じ意味で将来の研究問題と考えられる数々の現象の一つは、リヒテンベルクの放電図形である。これも従来はほとんど骨董的題目として閑却され、たまたまこれを研究する好事家は多くの学者の嘲笑を買ったくらいである。ところが皮肉な事には最近に至ってこの現象が電気工学で高圧の測定に応用される可能性が認められるようになって、だんだんこの研究に従事する人の数を増すように見える。しかし今までのところまだだれもこの現象の成因について説明を試みた人はない。しかるにこの現象はその根本の性質上自ら金米糖の生成とある点まで共通な因子をもっている。そしておそらく将来ある「一つの石によって落とさるべき二つの鳥」である。

生物学上の「生命」の問題に対しては、今のところ物理学はなんら容喙(ようかい)の権利をもたない。ロード・ケルヴィンは地球上の生命の種子が光圧によって星の世界から運ばれたという想像を述べた。しかしそれは生命そのものの起原に対しては枝葉の問題である。今のままの物理学ではおそらく永久に無力であろうが、もし物理学上の統計的異同の研究が今後しだいに進歩していけばこの方面から意外の鍵が授けられて物質と生命との間に橋を架ける日が到着するかもしれないという空想が起る。

街上を往来している人間の数についてある統計を取ってみると、その結果は、個々の人間もあたかも無生の瓦斯(ガス)分子ででもあると同様な統計的分布を示す事が証明される。もし人間以外のあるものが他の世界からこれら街上の人間についてただこのような統計的分布に関係した事柄のみを観察していたならば、そのものの眼には、人間は無生の微分子としか見えないであろう。そうして、その同じ微分子が、一方で有機的な国家社会的の機関を構成しているのを見てその有機体の生命の起原を疑い怪しむに相違ない。

このアナロジーから喚起される一つの空想は、もしや生命の究極の種が一つ一つの物質分子の中にすでに備わっているのではないかという事である。物理学者はおそらくただその統計的の現われのみを観察しているのではないだろうか、そうして無生の微粒と思っているものが生物という国家を作り社会を組織しているのに逢って驚き怪しんでいるのではないだろうか。

同一元素の分子の個々のものに個性の可能性を認めようとした人は前にもあった。ついでに原子個々にそれぞれ生命を附与する事によって科学の根本に横たわる生命と物質の二元をひと纏めにする事はできないものだろうか。

金米糖の物理から出発したのが、だんだんに空想の梯子を攀じ登って、とうとう千古の秘密の謎である生命の起原にまでも立入る事になったのは吾ながら少しく脱線であると思う。近年の記録を破った今年の夏の暑さに酔わされた痴人の酔中語のようなものであると見てもらう方が適当かもしれない。

それにしてもこの面白い金米糖が千島アイヌかなんぞのように亡びていくのは惜しい。天然物保存に骨を折る人達は、ついでにこういうものの保存も考えてもらいたいものである。

風呂の流し

風呂の流しいわゆる三助というものはいつの世に始まったものか知らないが考えてみると妙な職業である。大きな宿屋などの三助ででもあれば、あたりまえなら接近する事も困難なような貴顕の方々を丸裸にしてその肢体を大根かすりこぎででもあるように自由に取扱って、そうしておしまいには肩や背中をなぐりつけ、ひねくり廻すのである。また昔西洋の森の中に棲んでいたサティールででもなければ見られなかったはずの美しいニンフ達の姿を、なんら罰せらるる事なしに日常に鑑賞し讃美する特権をもっているわけである。

西洋にも同じような職業があったと見えて、古い木版画でその例を見た事がある。大きな青龍刀の柄を切ったようなものを提げていて、これでごしごし垢でもこするのではないかと思われた。やはり褌のようなものをしているのが面白かった。

私は銭湯へ通っていた時代にも、かってこの流しをつけた事がない。自分でも洗えば洗われる自分の五体を、どこのだれだか分らぬ男に渡してしまって物品のように取扱われる気にどうしてもなれなかったのである。

しかし、困った事には旅行をして少し宿屋らしい宿屋に泊ると、きっと強制的にこの流しをつけられる。これは断われればいいのかもしれないが、わざわざ断わるのも工合が悪いので観念して流させる事にしている。非常に気持が悪い。ことに一番困るのは、按摩のつもりで痩せた肩をなぐりつけ捻りつけられる事である。頭や腹へ響いて苦痛を感じる。もうたくさんであると云っても存外すぐには止めてくれない。誠に迷惑である。丁寧なのになると、流しが終ってもいつまでも傍についていて、最後にタオルまで濯いでくれる。監視されながらの入浴はなんとなく気づまりでこれも迷惑である。

友人達にこの事を話してみるに、自分に同情する人はまだない。ある人は流しがなるべく念入りで按摩も十二分にやらないと不愉快であるという。また一人は旅行中宿屋の風呂の流しで三助からその土地の一般的知識を聞き出すのが最も有効でまた最も興味があるというのである。

そうしてみると、世の中には、多くの人に喜ばれる流しをはなはだしく嫌忌する人間も稀にはあるという事実を一つの事実として記録しておく事も無駄ではないかもしれない。

ついでながら精神的の方面でこの風呂の三助に相当する職業もあるようである。心の垢を落すのも、からだの垢を落すのも、商売となれば似たものではないだろうか。この心の三助に対しても私は取捨の自由を与えらるる事を希望するものである。

調律師

種々な職業のうちでピアノの調律師などは、当人にはとにかく、はたから見て比較的綺麗で品の悪くないものである。だんだん西洋音楽の普及するにしたがってこの仕事に対する要求が増加するので、従業者の数もこれに応じて増加しつつあるにかかわらず、いつも商売が忙しそうである。

ピアノでも据えてあろうという室ならばたいていあまり不愉快でないだけの部屋ではあるだろうと思う。そうして応接する人間もたぶんはそれほど無作法に無礼でもなさそうに想像される。

たくさんな絃線の少しずつ調子の狂ったのを、一定の方式にしたがって順々に調節していく。鍵盤のアクションの工合の悪いのを一つ一つ丹念に検査していく。これは見ていても気持のいいものである。痒い処を掻くに類した感じがある。すっかり調律を終ってから、塵埃を払い、蓋をして、念のために音階とコードを叩いてみていよいよこれで仕事を果したという瞬間はやはり悪い気持はしないであろうと想像される。

夏目先生の『草枕』の主人公である、あの画家のような心の眼をもった調律師になって、旅から旅へと日本国中を廻って歩いたら面白かろうと考えてみた事もある。

狂ったピアノのように狂っている世道人心を調律する偉大な調律師は現われてくれないものであろうか。せめては骨肉相食む（あいはむ）ような不幸な家庭、儕輩相鬩ぐ（さいはいあいせめ）ようなあさましい人間の寄り合いを尋ね歩いて、ちぐはぐな心の調律をして廻るような人はないものであろうか。

物語りに伝えられた最明寺時頼（さいみょうじときより）や講談に読まれる水戸黄門（みとこうもん）は、おそらく自分では一種の調律師のようなつもりで遍歴したものであったかもしれない。しかしおそらくこの二人は調律もしたと同時にまたかなりにいい楽器を毀（こわ）すような事もして歩いたかもしれない。

調律師の職業の一つの特徴として、それが尊い職業であるゆえんは、その仕事の上に少しの「我」を持出さない事である。音と音とは元来調和すべき自然の方則をもっている、調律師はただそれが調和するところまで手を仮して導くにすぎない。

いわゆるえらい思想家も宗教家もいらない。欲しいものはただ人間の心の調律師であると思う時もある。その調律師に似たものがあるとすればそれはいい詩人、いい音楽者、いい画家のようなものではないだろうか。

しかし世の中にはあらゆる芸術に無感覚なように見える人があり、またこれを嫌悪する人さえあるように見える。こういう人達は「心のピアノ」を所有しない人達である。したがって調律師などには用のない人である。そういう人はいわゆる「人格者」

と称せられる部類の人種の中に多いように見受けられる。これはむしろ当然の事であろう。もたないピアノに狂いようはない。咲かない花に散りようはないと同じわけである。

芥川龍之介君

芥川龍之介君が自殺した。

私が同君の顔を見たのはわずかに三度か四度くらいのものである。そのうちの一度は夏目先生のたしか七回忌に雑司ヶ谷の墓地でである。大概洋服でなければ羽織袴を着た人達のなかで芥川君の着流しの姿が目に立った。ひどく憔悴した艶のない蒼白い顔色をしてほかの人の群から少し離れて立っていた姿が思い出される。唇の色が著しく紅く見えた事、長い髪を手で撫で上げるかたちがこの人の印象を一層憂鬱にした事などが眼に浮んでくる。参拝を終ってみんなが帰る時にK君が「どうだ、あとで来ないか」と云った時に黙ってただ軽く目礼をしただけであったと覚えている。そんな事まで覚えているのは、その日の同君が私の頭に何か特別な印象を刻みつけたためかと思われる。

もう一度はK社の主催でA派の歌人の歌集刊行記念会といったようなものを芝公園

のレストーランで開いた時の事である。食卓で幹事の指名かなんかでテーブルスピーチがあった。正客の歌人の右翼に坐っていた芥川君が沈痛な顔をして立上って、自分は何もここで述べるような感想を持ち合わさない。ただもし強いて何か感じた事を述べよとならば、それは消化器の弱い自分にとって今夜の食卓に出されたパンが恐るべき硬いパンであったという事であると云って席についた。その夜の芥川君には先年雑司ヶ谷の墓地で見た時のような心弱さといったようなものは見えなかった。若々しさと鋭さに緊張した顔容と話しぶりであった。しかし何かしら重い病気がこの人の肉体を内側から虫喰んでいる事は誰の眼にもあまりに明白であった。「恐るべき硬いパン」、この言葉が今この追憶を書いている私の耳の底にありあり響いて聞こえる。そしてそれが今度の不慮の死に関する一つの暗示ででもあったような気がしてならない。

あの時同じ列に坐った四、五人の中でもう二人は故人となった。そのもう一人は歌人のS・A氏である。

過去帳

丑女が死んだというしらせが来た。彼女は郷里の父の家に前後十五年近く勤めた老婢である。自分の高等学校在学中に初めて奉公に来て、当時から病弱であった母を助けて一家の庶務を処理した。自分が父の没後郷里の家をたたんでこの地へ引越す際に彼女はその郷里の海浜の村へ帰っていった。彼女の家を立てるべき弟は日露戦争で戦死したために彼女は本当の一人ぽっちであったので、他家に嫁した姉の女の子を養女にしてその世話をしているという事であった。

母の存命中は時々手紙をよこしていたが、母の没後は自然と疎遠になっていたのでであるから、たぶんはそのうちのどれかのために倒れたものであろう。今度の病気の事も知らないでいた。年とってからはいろいろの病気をもっていたそう

彼女はあらゆる意味で忠実な女であった。物事を中途半端にすることのできないたちであった。その性質は自然に往々「我」の強さの形をとって現われた。また一方無学ではあるが女には珍らしい明晰(めいせき)なあたまと鋭い観察の眼をもっていた。誰でも構わず無作法にじっと人の顔を見つめる癖があった、その様子が対手(あいて)の眼の中からその人の心の奥の奥まで見通そうとするようであった。実際彼女にはそういう不思議な能力がたぶんにあったように見える。人間の技巧の影に隠れた本性がそのままに見えるらしかった。そういう点で彼女は多くの人からはむしろ憚(はばか)られあるいは憎まれたようである。ただ さすがに女であるだけに自分自身の内部を直視する事はできなかったらしい。

ある時ある高い階級の婦人が衆人環視の中で人力車を降りる一瞬時の観察から、そ

それが一つ話になった。

彼女は日本の女には珍らしい立派な体格の所有者であった。容貌も醜くないルーベンス型に属していた。挙動は敏活でなくてむしろ鈍重な方であったが、それでいて仕事はなんでも早く進行した。頭がいいから無駄な事に時を費やさないのである。そうして骨身を惜しむ事を知らないし、油を売る事をしらなかったせいであろう。

自分は彼女の忠実さに迷惑を感ずる事も少くなかった。構わないで打捨っておいてもらいたい事を決してそうはしてくれなかった。つまり二つの種類のちがったエゴイストはこの点で到底相容れる事ができなかったのであろう。

妙な事を思い出す。父の最後の病床にその枕元近く氷柱を置いて扇風器がかけてあった。寒暖計は九十余度を超して忘れがたい暑い日であった。丑女はその氷柱をのせたトタン張の箱の中にとけてたまった水を小皿でしゃくっては飲んでいた。そんなものを飲んではいけないと云って制したが、聞かないで何杯となくしゃくっては飲んでいた。彼女の眼の周囲には紫色の輪ができていた事をはっきり思い出す事ができる。

昨年母の遺骨を守って帰省した時に、丑女はわざわざ十里の道を会いにきてくれた。その時彼女の髪の毛に著しく白いものが見えてきたのに気がついた。自分の年老いた事を半分自慢らしく半分心細そうに話した。たぶん今年で五十二、三歳であったろうと思う。

自分の若かった郷里の思い出の中にまざまざと織り込まれている親しい人達の現実の存在がだんだんに消えて亡くなっていくのはやはり淋しい。たとえ生きていてももう再び逢う事があるかどうかも分らず、通り一遍の年賀や暑中見舞以外に交通もない人は、結局は思い出の国の人々であるにもかかわらず、その死のしらせはやはり桐の一葉の淋しさをもつものである。

雑記帳の終りの頁に書き止めてある心覚えの過去帳を開けて見るとごく身近いものだけでも、故人となったものがもう十余人になる。そのうちで半分は自分より年下の者である。これらの人々の追憶をいつかは書いておきたい気がする、しかしそれをいちいち書けば限りはなく、それを書くという事はつまり自分の生涯の自叙伝を書く事になる。これは容易には思い立てない仕事である。そうしておそらくそれを書き終るより前に自分自身がまた誰かの過去帳中の人になるであろう。

身近い人であればあるほどその追憶の荷はあまりに重くて取り上げようとする筆の運びを鈍らせる。ただ思い出の国の国境に近く住むような人達の事だけが比較的やすらかな記録の資料となり得るようである。

自分の過去帳に載せらるべくしてまだ載せられてないものには三匹の飼猫がある。不思議な事には追懐の国におけるこれらの家畜は人間と少しも変らないものになってしまっている。口もきけば物もいう。こちらの心もそのままによく通ずる。そうして死んだ人間の追憶には美しさの中にも何かしら多少の苦味を伴わない事は稀であるのに、これらの家畜の思い出にはいささかも苦々しさの後味がない。それはやはり彼らが生きている間に物を云わなかったためであろう。

猫の死

「玉」は黄色に褐色の虎斑（とらふ）をもった雄猫であった。粗野にして滑稽（こっけい）なる相貌（そうぼう）をもち、遅鈍にして大食である、あらゆるデリカシーというものを完全に欠如した性格であった。したがって家内中の誰にも格別に愛せられなかった。小さい時分は一家中の寵児（ちょうじ）である「三毛」の遊戯の相手としての「道化師（クラウン）」として存在の意義を認められていたのが、三毛も玉も年を取って、もうそう活潑（かっぱつ）な遊戯を演ずる事がなくなってからは、彼は全く用のない冗員として取扱われていた。もちろんそれに不平らしい顔もなく、空々寂々として天命を楽しんでいるかのようにも思われた。

ただ一つ困った事にはこの僧侶（そうりょ）のような玉にもやはり春の目さめる日はあった。さかりがつくと彼は所構わず尿水を飛ばして襖（ふすま）や器具を汚した。あまり厄介をかけるから家族の方から玉を追放したいという動議が出た。そうしないでこの悪癖を直す方法

とうとう入院させて手術を受けさせた。くらい猫でもそれは残酷な事で不愉快であったが、追放の衆議の圧迫に負けてしまって

手術後目立って大人しく上品にはなったが、なんとなく影の薄い存在となったようである。それから間もなくある日縁側で倒れて気息の絶え絶えになっているのを発見して水やまたたびを飲ませたら一時は恢復した。しかしそれから二、三日とたたないある朝、庭の青草の上に長く冷たくなっているのを子供が見つけてきて報告した。その日自分は感冒で発熱して寝ていたが、その死骸をわざわざ見る気がしなかったから、ただそのままに裏の桃の木の根方に埋めさせた。眼で見なかった代りに、自分の想像のカンヴァスの上には、美しい青草の毛氈の上に安らかに長く手足を延ばして寝ている黄金色の猫の姿が、輝くような強い色彩で描かれている。その想像の画が実際に眼で見たであろうよりも遥かに強い現実さをもって記憶に残っている。

「三毛」はいろいろの点において「玉」とはまさに対蹠的の性質をもった雌猫であった。誰からも綺麗と賞められる容貌と毛皮をもって、敏捷で典雅な挙止を示すと同時に、神経質な気むずかしさをもっていた。もちろん家族の皆から可愛がられ、あらゆる猫への御馳走といえばこの三毛のためにのみ設けられた。せっかく与える魚肉でも少し古ければ香をかいだままで口をつけない。そのお流れをみんな健啖な道化師の玉

が頂戴するのであった。

満七年の間に三十四ほどの子猫の母となった。最後の産のあとで目立って毛が脱けた。しだいに食欲がなくなり元気がなくなった。医師に見てもらうとこれは胸に水を持ったので治療の方法がないとの事であった。この宣告は自分達の心を暗くした。そのころはもう一日ほとんど動かずに行儀よく坐っていて、人が呼ぶと眩しそうな目をしばたたいて呼ぶ人の顔を見た。そうしていつものように返事を鳴こうとするが声が出なかった。

最後の近くなったころ妻が側へ行って呼ぶと、わずかに這い寄ろうとする努力を見せたが、もう首がぐらぐらしていた。しだいに死の迫ってくる事を知らせる息遣いは人間の場合に非常によく似ていた。

遺骸は有合せのうちで一番綺麗なチョコレートの空函を選んでそれに収め、庭の奥の楓樹の蔭に埋めて形ばかりの墓石をのせた。

玉が死んだ時は、自分が病気で弱っていたせいかなんとなく感傷的な心持がした。誰にも可愛がられずに生きてきて誰にも惜しまれずに死んでいくのが可哀相であった。しかし三毛の死はみんなが惜しんでいるという自覚が自分の心の負担を幾分軽くするように思われるのであった。三毛の死後数日たって後のある朝、研究所を出て深川へ向う途中の電車で、ふいと三毛の事を考えた。そして自然にこんな童謡のようなものが口吟まれた。「三毛のお墓に花が散る。こんこんこごめの花が散る。芝にはかげろう鳥の影。小鳥の夢でも見ているか。」それからあとで同じようなものをもう三つ作って、それに勝手な譜をつけていい加減の伴奏をもつけてみた。こんな子供らしい甘い感傷を享楽し得るのは対象が猫であるからであろう。

ひと月ぐらいたって塩原へ行ったら、そこの宿屋の縁側へ出てきた猫が死んだ三毛にそっくりであるのに驚いた。だんだん見馴れるにしたがって頭の中の三毛の記憶の影像が変化して眼前の生きたものに吸収され同化されていく不思議な心理過程に興味を感じた。吾々が過去の記憶の重荷に押しつぶされずに今日を享楽していけるのは単に忘れるという事のおかげばかりではなくまた半ばはこれと同じ作用のおかげであろうと思われた。

その後妻が近所で捨てられていた子猫を拾ってきた。大部分真黒でそれに少しの白を交えた雌猫であった。額から鼻へかけての対称的な白斑が彼女の容貌に一種のチャームを与えていた。著しく長くてしなやかな尻尾もその特徴であった。相当大きくなっていながら通りがかりの人に捕えられるくらいであるから鷹揚というよりはむしろ愚鈍であるかと思われた。しかしまた今までうちにいたどの猫にもできなかった自分で襖を明けて出はいりするという術を心得ていた。尻尾を支柱にして後脚で長く立っていられるのもまたその特技であった。この「チビ」は最初の産褥で脆く死んでしまった。その後仙台へ行ってK君を訪問すると、そこにいた仔猫がこれと全く生写しなのでまた驚かされた。

今では「三毛」の孫に当る仔猫の雌を親類からもらってきてある。容貌のみならずいろいろの性格に祖母の隔世遺伝がありあり認められるのに驚かされる事がしばしばある。

自分はこれまでにもうたびたび猫の事を書いてきた。これからもまだ幾度となくそれをかくかもしれない。自分には猫の事をかくのがこの上もない慰藉であり安全弁であり心の糧であるような気がする。

Miserable misanthrope。この言葉が時々自分を脅かす。人間を愛したいと思う希望だけは充分にもっていながら、あさはかな「私」に遮られてそれができないで苦しんでいる吾々が、小動物に対してはじめて純粋な愛情を傾け得るのは、これも畢竟は吾々のわがままの一つの現われであろう。自分は猫を愛するように人間を愛したいとは思わない。またそれは自分が人間より一段高い存在とならない限り到底不可能な事であろう。しかしそういう意味で、小動物を愛するという事は、不幸な弱い人間をして「神」の心をたとえ少しでも味わわしめ得る唯一の手段であるかもしれない。

死んだ「玉」は一つの不思議な特性をもっていた。自分が風呂場へはいる時によく一緒にくっついてくる。そして自分が裸になるのを見てそこに脱ぎすてた着物の上にあがって前脚を交互にあげて足踏みをする、のみならず、その爪で着物を引掻きまた揉むような挙動をする。そして裸体の主人を一心に見つめながら咽喉をゴロゴロ鳴らし、短かい尻尾を立てて振動させるのであった。

この不思議な挙動の意味がどうしても分らなかった。いかなる working hypothesis すらも思いつかれなかった。むしろ一種の神秘的といったような心持をさえ誘われた。遠い昔の猫の祖先が原始林の中に彷徨していた際に起った原始人との交渉のあるシーンといったようなものを空想させた。丸裸のアダムに飼いならされた太古の野猫のある場合の挙動の遠い遠い反響が今目前に現われているのではないかという幻想の起ることもあった。

猫が人間の喜びに相当するらしい感情の表現として、前脚で足踏みをするのは、食肉獣の祖先がいい獲物を見つけてそれを引きむしる事をやったのとある関係があるのではないかという荒唐な空想が起る。また一方原始的の食人種が敵人を屠ってその屍の前に勇躍するグロテスクな光景とのある関係も示唆される。空想の翼はさらに自分を駆って人間に共通な舞踊のインスティンクトの起原という事までもこの猫の足踏みによって与えられたヒントの光で解釈されそうな妄想に導くのであった。

赤ん坊の胴を持ってつるし上げると、赤ん坊はその下垂した足の蹠を内側に向い合せるようにする。これは人間の祖先の猿が手で樹枝からぶら下る時にその足で樹幹を押さえようとした習性の遺伝であろうと云った学者があるくらいであるから、猫の足踏みと文明人のダンスとの間の関係を考えてみるのも一つの空想としては許されるべきものであろう。

（昭和二年九月『思想』）

二科狂想行進曲

一

古い伝統の床板を踏み抜いて、落ち込んだやっぱり中古の伝統長屋。今度の借家は少し安普請で、家具は仕入れ。ボールの机にブリキの時計、時計はいつでも三十度くらい傾いて、そして二十五時の処で止っている。いつまでも止っている、今度の大地震の来る日までは。

二

大掃除の午後の路地の交叉点、こわれたおもちゃに葱大根の尻尾、空瓶空ボールの交響楽、マルクス、ムッソリニの赤ん坊の夢を買わないか。汚ないものは美しく、美しいものはきたなく。のっぺりの中へ少しこまこまと金銀紫銅のモール。昼食か、そこへおきな。

三

黄は睨み朱は吼える、プルシアンブルーはうめく。鏝で勢よくきゅうとなでて、ちりちりぱっとくくりをつけて、パイプをくわえて考え込んで、モンパリー、チッペラリー、ラタ、パン。そこでノアルで細筆のフランス文字、ブルバールデトセトラ。

四

脚は一八〇プロセントくらいに、眼と眼はうんとくっつけるが、思い切り開いて、さてこの腕をどうやろう。寛永寺の鴉より近い処にビッシェール、ロート。顔のここらへちょっと一刷毛、どうですこの色は新しいね。トラ、イラ、ララー、絵具の払いはいつでもよい。

五

地獄変相図の世界国ノアの洪水、ソファの下から這出(はいだ)した蜘蛛蟹(くもがに)のお化け。熱(あ)つや苦しや、通風の悪い残暑の人いきれ。観音様がはやらないから、モガの一人も張り飛ばして、食堂でアイスカフェーの食券一枚。

六

大家は大家で小家は小家、そして中家は中家で世紀はめぐる。鯛の頭に孔雀(くじやく)の尻尾。動物園には象がいるよ。植物園は涼しいね。マルクスがなんと云っても絵画は絵画で科学は科学です。ヴォアラ、ネスパ、セッサ、ムシュー、アラマディ、プレンプアン、ラタ、パン。

同じ人間が同じ会の展覧会批評を毎年つづけて書けば、結局同じような事を繰返すことになりそうですから、少し趣向を変えてと思ったのがちょうどその時の気分でこんなものになってしまいました。しかしとにかくこのために一日わざわざ見にいったのでしたが、その日はまた特別に蒸暑い日だったので頭がぼんやりして、そして気分が悪くなって帰ってきて、すぐに机に向っていたら自然にこんな「詩」が生れました。自分でもなんの事だか分らないが、しかしその日のその時刻の私のある感じだけは出ているようだから、ともかくも御目にかけます。御取捨御自由に願います。

（昭和三年十一月『霊山美術』）

化物の進化

人間文化の進歩の道程において発明され創作されたいろいろの作品の中でも「化物」などは最も優れた傑作と云わなければなるまい。化物もやはり人間と自然の接触から生まれた正嫡子であって、その出入する世界は一面には宗教の世界であり、また一面には科学の世界である。同時にまた芸術の世界ででもある。

いかなる宗教でもその教典の中に「化物」の活躍しないものはあるまい。化物なしにはおそらく宗教なるものは成立しないであろう。もっとも時代の推移に応じて化物の表象は変化するであろうが、その心的内容においては永久に同一であるべきだと思われる。

昔の人は多くの自然界の不可解な現象を化物の所業として説明した。やはり一種の作業仮説である。雷電の現象は虎の皮の褌（ふんどし）を着けた鬼の悪ふざけとして説明されたが、今日では空中電気と称する怪物の活動だと言われている。空中電気というと分ったような顔をする人は多いがしかし雨滴の生成分裂によっていかに電気の分離蓄積が起り、いかにして放電が起るかは専門家にもまだよくは分らない。今年のグラスゴーの科学者の大会でシンプソンとウィルソンと二人の学者が大議論をやったそうであるが、これはまさにこの化物の正体に関する問題についてであった。結局はただ昔の化物が名前と姿を変えただけの事である。

自然界の不思議さは原始人類にとっても、二十世紀の科学者にとっても同じくらいに不思議である。その不思議を昔我らの先祖が化物へ帰納したのを、今の科学者は分子原子電子へ持っていくだけの事である。昔の人でもおそらく当時彼らの身辺の石器土器を「見る」と同じ意味で化物を見たものはあるまい。それと同じように、いかなる科学者でもまだ天秤（てんびん）や試験管を「見る」ように原子や電子を見た人はないのである。それで、もし昔の化物が実在でないとすれば今の電子や原子も実在ではなくて結局一種の化物であるといわれる。原子電子の存在を仮定する事によって物理界の現象が遺憾なく説明し得られるからこれらが物理的実在であると主張するならば、雷神の存在を仮定する事によって雷電風雨の現象を説明するのとどこがちがうかという疑問が出るであろう。もっとも、これには明かな相違の点がある事はここで改まって云うまでもないが、しかしまた共通なところもかなりにある事は争われない。ともかくもこの二つのものの比較は吾々（われわれ）の科学なるものの本質に関する省察の一つの方面を示唆する。

雷電の怪物が分解して一半は科学の方へ入り一半は宗教の方へ走っていった。すべての怪異も同様である。前者は集積し凝縮し電子となりプロトーンとなり、後者は一つにかたまり合って全能の神様になり天地の大道となった。そうして両者共に人間の創作であり芸術である。流派がちがうだけである。

それゆえに化物の歴史は人間文化の一面の歴史であり、時と場所との環境の変化がこれに如実に反映している。鎌倉時代の化物と江戸時代の化物を比較し、江戸の化物とロンドンの化物を比較してみればこの事はよく分る。

前年誰か八頭の大蛇とヒドラのお化けとを比較した人があった。近ごろにはインドのヴィシヌとギリシャのポセイドンの関係を論じている学者もある。またガニミード神話の反映をガンダラのある彫刻に求めたある学者の考えでは、鷲がガルダに化けた事になっている。そして面白い事にはその彫刻に現わされたガルダの顔貌が、我邦の天狗大和尚の顔によほど似たところがあり、また一方ではジャヴァのある魔神によく似ている。また吾々の子供の時からお馴染の「赤鬼」の顔がジャヴァ、インド、東トルキスタンからギリシャへかけて、いろいろの名前と表情とをもって横行している。また大江山の酒顛童子の話とよく似た話が支那にもあるそうであるが、またこの話はユリシースのサイクロップス退治の話とよほど似たところがある、のみならずこのシュテンドウシがアラビアから来たマレイ語で「恐ろしき悪魔」という意味の言葉に似ており、もう一つ脱線すると源 頼光の音読がヘラクレースとどこか似通ってたり、もちろん暗合として一笑に附すればそれまでであるが、さればと云って暗合であるという科学的証明もむつかしいような事例はいくらでもある。ともかくも世界中の化物達の系図調べをする事によって古代民族間の交渉を探知する一つの手掛りとなり得る事はむしろ既知の事実である。そうして言語や文字や美術品を手掛りとするこれと同様な研究よりも一層有力であり得る見込がある。何故かといえば各民族の化物にはその民族の宗教と科学と芸術とが綜合されているからである。

しかし不幸にして科学が進歩すると共に科学というものの真価が誤解され、買いかぶられた結果として、化物に対する世人の興味が不正当に稀薄になった、今どき本気になって化物の研究でも始めようという人はかなり気が引けるであろうと思う時代の形勢である。

全くこのごろは化物どもがあまりにいなくなり過ぎた感がある。今の子供らが御伽噺の中の化物に対する感じはほとんどただ空想的な滑稽味あるいは怪奇味だけであって、吾々の子供時代に感じさせられたように頭の頂上から足の爪先まで突き抜けるような鋭い神秘の感じはなくなったらしく見える。これはいったいどちらが子供らにとって幸福であるか、どちらが子供らの教育上有利であるか、これも存外多くの学校の先生の信ずるごとくに簡単な問題ではないかもしれない。西洋の御伽噺に「ゾッとする」とはどんな事か知りたいという馬鹿者があってわざわざ化物屋敷へ探険に出かける話があるが、あの話を聞いてあの豪傑を羨しいと感ずべきか、あるいは可哀相と感ずべきか、これも疑問である。ともかくも「ゾッとする事」を知らないような豪傑が、仮りに科学者になったとしたら、まずあまり大した仕事はできそうにも思われない。

仕合せな事に吾々の少年時代の田舎にはまだまだ化物がたくさんに生き残っていて、そしてそのおかげで吾々は十分な「化物教育」を受ける事ができたのである。郷里の家の長屋に重兵衛さんという老人がいて、毎晩晩酌の肴に近所の子供らを膳の向いに坐らせて、生のにんにくをぼりぼりかじりながらうまそうに熱い杯を嘗めては数限りもない化物の話をして聞かせた。想うにこの老人は一千一夜物語の著者のごとき創作的天才であったらしい。そうして伝説の化物新作の化物どもを随意に眼前に躍らせた。吾々の臆病なる小さな心臓は老人の意のままに高く低く鼓動した。夜更けて帰るおのおのの家路には樹の蔭、河の岸、路地の奥の到る処にさまざまな化物の幻影が待ち伏せて動いていた。化物は実際に当時の吾々の世界にのびのびと生活していたのである。中学時代になってもまだ吾々と化物との交渉は続いていた。友人で禿のNというのが化物の創作家として衆に秀でていた。彼は近所のあらゆる曲がり角や芝地や、橋の袂や、大樹の梢やに一つずつきわめて恰好な妖怪を創造して配置した。例えば「三角芝の足舐り」とか「T橋の袂の腕真砂」などという類である。前者は河沿のある芝地を空風の吹く夜中に通っていると、何者かが来て不意にべろりと足を嘗める、すると急に発熱して三日のうちに死ぬかもしれないという。後者は、城山の麓の橋の袂に人の腕が真砂のように一面に散布していて、通行人の裾(すそ)を引き止め足をつかんで歩かせない、これに会うとたいていはその場で死ぬというのである。もちろんもう「中学教育」を受けているそのころの吾々は、誰もそれらの化物を吾々の五官に触れ得べき物理的実在としては信じなかった。それにかかわらずこの創作家Nの芸術的に描き出した立派な妖怪の「詩」は吾々のうら若い頭に何かしら神秘な雰囲気のようなものを吹き込んだ、あるいは神秘な存在、不可思議な世界への憧憬(しょうけい)に似たものを鼓吹したように思われる。日常茶飯(にちじょうさはん)の世界の彼方(かなた)に、常識では測り知りがたい世界がありはしないかと思う事だけでも、その心は知らず知らず自然の表面の諸相の奥に隠れたある物への省察へ導かれるのである。

このような化物教育は、少年時代の吾々の科学知識に対する興味を阻害しなかったのみならず、かえってむしろますますそれを鼓舞したようにも思われる。これは一見奇妙なようではあるが、よく考えてみるとむしろ当然な事でもある。皮肉なようであるが吾々に本当の科学教育を与えたものは、数々の立派な中等教科書よりは、むしろ長屋の重兵衛さんと友人のNであったかもしれない。これは必ずしも無用の変痴奇論(へんちきろん)ではない。

不幸にして科学の中等教科書は往々にしてそれ自身の本来の目的を裏切って被教育者の中に芽生えつつある科学者の胚芽(はいが)を殺す場合がありはしないかと思われる。実はり進歩を止めてしまうに相違ない。

通俗科学などと称するものがやはり同様である。「科学ファン」を喜ばすだけであって、本当の科学者を培養するものとしては、どれだけの効果が果してその弊害を償い得るか問題である。特にそれが科学者としての体験をもたないほんとうのジャーナリストの手によって行われる場合にはなおさらの考えものである。

こういう皮相的科学教育が普及した結果として、あらゆる化物どもは箱根はもちろん日本の国境から追放された。あらゆる化物に関する貴重な「事実」をすべて迷信という言葉で抹殺する事がすなわち科学の目的であり手柄ででもあるかのような誤解を生ずるようになった。これこそ「科学に対する迷信」でなくてなんであろう。科学の目的はじつに化物を捜し出す事なのである。この世界がいかに多くの化物によって充たされているかを教える事である。

昔の化物は昔の人にはちゃんとした事実であったのである。一世紀以前の科学者に事実であった事柄が今では事実でなくなった例はいくらもある。例えば電気や光熱や物質に関する我々の考でも昔と今とはまるで変ったと云ってもよい。しかし昔の学者の信じた事実は昔の学者にはやはり事実であったのである。神鳴の正体を鬼だと思った先祖を笑う科学者が、百年後の科学者に同じように笑われないと誰が保証し得るであろう。

古人の書き残した多くの化物の記録は、昔の人に不思議と思われた事実の記録と見る事ができる。今日の意味での科学的事実では到底有り得ない事はもちろんであるが、しかしそれらの記録の中から今日の科学的事実を掘り出し得る見込のある事はたしかである。

そのような化物の一例として私は前に「提馬風」のお化けの正体を論じた事がある。その後に私の問題となった他の例は「鎌鼬」と称する化物の事である。

鎌鼬の事はいろいろの書物にあるが、『伽婢子』という書物によると、関東地方にこの現象が多いらしい、旋風が吹きおこって「通行人の身にものあらくあたれば股のあたり竪さまにさけて、剃刀にて切たるごとく口ひらけ、しかも痛みははなはだしくもなし、また血は少しも出ず、云々」とあり、また名字正しき侍にはこの害なく卑賤の者は金持ちでもあてられるなどと書いてある。ここにも時代の反映が出ていて面白い。雲萍雑誌には「西国方に風鎌というものあり」としてある。この現象については先年我邦のある学術雑誌で気象学上から論じた人があって、その所説によると旋風の中では気圧がはなはだしく低下するために皮膚が裂けるのであろうと説明してあったように記憶するが、この説は物理学者には少し腑に落ちない。たとえかなりな真空になってもゴム球か膀胱か何かのように脚部の破裂する事はありそうもない。これは明かに強風のために途上の木竹片あるいは砂粒のごときものが高速度で衝突するために皮膚が截断されるのである。旋風内の最高風速はよくは分らないが毎秒七、八十メートルを超える事も珍しくはないらしい。弾丸の速度に比べれば問題にならぬが、玩具の弓で射た矢よりは速いかもしれない。数年前アメリカの気象学雑誌に出ていた一例によると、麦藁の茎が大旋風に吹きつけられて堅い板戸に突きささって、ちょうど矢の立ったようになったのが写真で示されていた。麦藁が板戸に穿入するくらいなら、竹片が人間の肉を破っても大して不都合はあるまいと思われる。下賤の者にこの災が多いというのは統計の結果でもないから問題にならないが、しかし下賤の者の総数が高貴な者の総数より多いとすれば、それだけでもこの事は当然である。その上にまた下賤のものが脚部を露出して歩く機会が多いとすればなおさらの事である。また関東に特別に旋風が多いかどうかはこれも十分な統計的資料がないから分らないが、小規模のいわゆる「塵旋風」は武蔵野のような平野に多いらしいから、この事も全く無根ではないかもしれない。

怪異を科学的に説明する事に対して反感を懐く人もあるようである。それはせっかくの神秘なものを浅薄なる唯物論者の土足に踏みにじられるといったような不快を感じるからであるらしい。しかしそれは僻見であり誤解である。いわゆる科学的説明が一通りできたとしても実はその現象の神秘は少しも減じないばかりでなくむしろますます深刻になるだけの事である。例えば鎌鼬の現象が仮りに前記のような事であるとすれば、本当の科学的研究は実はそこから始まるので、前に述べた事はただ問題の構成であって解決ではない。またこの現象が多くの実験的数理的研究によって、いくらか詳しく分ったとしたところで、それからさきの問題は無限である。そして何の何某が何日にどこでこれに遭遇するかを予言する事はいかなる科学者にも永久に不可能である。これをなし得るものは「神様」だけである。

「鸚鵡石」という不思議な現象の記事を、輶軒小録、提醒紀談、笈埃随筆等で散見する。これは山腹に露出した平滑な岩盤が適当な場所から発する音波を反響させるのだという事は今日では小学児童にでも分る事である。岩面に草木があっては音波を擾乱するから反響が十分でなくなる事も多くの物理学生には明かである。しかしこれらの記録中で面白いと思わるるのは、ある書では笛の音がよく反響しないとあり、他書には鉦鼓鈴のごときものがよく響かないとある事である。笈埃随筆では「この地は神跡だから仏具を忌むので、それで鉦や鈴は響かぬ」という説に対し、そんな馬鹿な事はないと抗弁し「それならば念仏や題目を唱えても反響しないはずだのに、反響するではないか」などという議論があり、結局五行説（ごぎょうせつ）か何かへ持っていって無理に故事つけているところが面白い。五行説は物理学の卵子であるともいわれる。これについて思出すのは十余年前の夏大島三原（みはら）火山を調べるために、あの火口原の一隅に数日間の天幕生活をした事がある。風のない穏かなある日あの火口丘の頂に立って大きな声を立てると前面の火口壁から非常に明瞭（めいりょう）な反響が聞えた。面白いので試にアー、イー、ウー、エー、オーと五つの母音を交互に出してみると、ア、オなどは強く反響するのにイやエは弱く短くしか反響しない。これはたぶん後の母音は振動数の多い上音（オバートーン）に富むため、またそういう上音（オバートーン）はその波長の短いために吸収分散が多く結局全体としての反響の度が弱くなるからではないかと考えてみた事がある。ともかくもこの事と、鸚鵡石で鉦や鈴や調子の高い笛の音の反響しないという記事とは相照応する点がある。しかしこれも本式に研究してみなければよくは分らない。

近ごろは海の深さを測定するために高周波の音波を船底から海水中に送り、それが海底で反響するのを利用する事が実行されるようになった。これを研究した学者達が、どの程度まで上記の問題に立入ったか私は知らない。しかしこの鸚鵡石で問題になった事はこの場合当面の問題となって再燃しなければならないのである。伊勢（いせ）の鸚鵡石にしても今の物理学者が実地に出張して研究しようと思えばいくらでも研究する問題はある。そしてその結果はたとえば大講堂や劇場の設計などに何かの有益な応用を見いだすに相違ない。

余談ではあるが、二十年ほど前にアメリカの役者が来て、たしか歌舞伎座であったかと思うが、「リップ・ヴァン・ウィンクル」の芝居をした事がある。山の中でリップ・ヴァン・ウィンクルが元気よく自分の名を叫ぶと、反響が大勢の声として「リーッウ・ウァーン・ウィーンウール」と調子の低い空虚な気味の悪い声で嘲るように答えるのが、いかにも真に迫って面白かったのを記憶する。これは前述のような理由で音声の音色が変る事と、反射面に段階のあるために音が引延ばされまた幾人もの声になって聞える事と、この二つの要素がちゃんとつかまれていたからである。想うにこの役者は「木魂」のお化けをかなりに深く研究したに相違ないのである。

『伽婢子』巻の十二に「大石相戦」と題して、上杉謙信の春日山の城で大石が二つある日の夕方しきりに躍り動いて相衝突し夜半過まで喧嘩をして結局互に砕けてしまった。それから間もなく謙信が病死したとある。これももちろんあまり当にならない話であるが、しかし作りごとにしてもなんらかの自然現象から暗示された作りごとであるかもしれない。私の調べたところでは、北陸道一帯にかけて昔も今も山崩れ地辷りの現象が特に著しい。これについては故神保博士その他の詳しい調査もあり、今でも時々新聞で報道される。地辷りのあるものでは地盤の運動は割合に緩徐で、辷っている地盤の上に建った家などぐらぐらしながらもそのままで運ばれていく場合もある。

したがって岩などでもぐらぐら動き、また互に衝突しながら全体として移動する事もありそうである。そういう実際の現象から「石と石が喧嘩する」というアイデアが生れたかもしれないと思われる。それで、もし、この謙信居城の地の地辷りに関する史料を捜索して何か獲物でも見つかれば少しは話が物になるが、今のところではただの空想にすぎない。しかしこの話がともかくもそういう学問上の問題の導火線となり得る事だけは事実である。

　地変に関係のある怪異では空中から毛の降る現象がある。これについては古来記録が少くない。これは多くの場合にたぶん「火山毛」すなわち「ペレ女神の髪毛」と称するものに相違ない。江戸でも慶長寛永寛政文政のころの記録がある。耽奇漫録によると文政七年の秋降ったものは、長さの長いのは一尺七寸もあったとある。この前後伊豆大島火山が活動していた事が記録されているが、この時ちょうど江戸近くを通った台風のために工合よく大島の空から江戸の空へ運ばれてきて落下したものだという事が分る。したがってそれから判断してその日の低気圧の進路のおおよその見当をつける事が可能になるのである。

　気象に関係のありそうなのでは「狸の腹鼓」がある。この現象は現代の東京にもまだあるかもしれないがたぶんは他の二十世紀文化の物音に圧倒されているために誰も注意しなくなったのであろうと思う。ともかくも気温や風の特異な垂直分布による音響の異常伝播と関係のある怪異であろうと想像される。今では遠い停車場の機関車の出し入れの音が時として非常に間近く聞えるといったような現象と姿を変えて注意されるようになった。狸も大分モダーン化したのである。このような現象でも精細な記録を作って研究すれば気象学上に有益な貢献をする事も可能であろう。「天狗」や「河童」の類となると物理学や気象学の範囲からは大分遠ざかるようである。しかし「天狗様の御囃子」などというものはやはり前記の音響異常伝播の一例であるかもしれない。

天狗和尚とジュースの神の鷲との親族関係は前に述べたが、河童が海亀の親類である事は善庵随筆に載っている「写生図」と記事、また筠庭雑録にある絵や記載を見ても明かである。河童の写生図は明かに亀の主要な特徴を具備しており、その記載には現に「亀のごとく」という文句が四箇所もある。そうだとするとこれらの河童捕獲の記事はある年のある月にある沿岸で海亀が獲れた記録になり、場合によっては海洋学上の貴重な参考資料にならないとは限らない。

ついでながらインド辺の国語で海亀を「カチファ」という。「カッパ」と似ていて面白い。

もっとも「河童」と称するものは、その実いろいろ雑多な現象の綜合されたものであるらしいから、今日これを論ずる場合にはどうしても一旦これをその主要成分に分析して各成分をいちいち吟味した後に、これらがいかに組み合わされているか、また時代により地方によりその結合形式がいかに変化しているかを考究しなければならない。これはなかなか容易でないが、もしできたらかなりに面白く有益であろうと思う。このような分析によって若干の化物の元素を析出すれば、他の化物はこれらの化物元素の異なる化合物として説明されないとも限らない。CとHとOだけの組合わせで多数の有機物が出るようなものかもしれない。これも一つの空想である。

要するにあらゆる化物をいかなる程度まで科学で説明しても化物は決して退散も消滅もしない。ただ化物の顔貌がだんだんにちがったものとなって現われるだけである。人間が進化するにつれて、化物も進化しないわけにはいかない。しかしいくら進化しても化物はやはり化物である。現在の世界中の科学者らは毎日各自の研究室に閉籠り懸命にこれらの化物と相撲を取りその正体を見破ろうとして努力している。しかし自然科学界の化物の数には限りがなくおのおのの化物の面相にも際限がない。正体と見たは枯柳であってみたり、枯柳と思ったのが化物であったりするのである。この化物と科学者の戦はおそらく永遠に続くであろう。そうしてそうする事によって人間と化物とは永遠の進化の道程をたどっていくものと思われる。

化物がないと思うのはかえって本当の迷信である。宇宙は永久に怪異に充ちている。あらゆる科学の書物は百鬼夜行絵巻物である。それを繙いてその怪異に戦慄する心持がなくなれば、もう科学は死んでしまうのである。

私は時々密(ひそか)に思う事がある、今の世に最も多く神秘の世界に出入するものは世間からは物質科学者と呼ばるる科学研究者ではあるまいか。神秘なあらゆるものは宗教の領域を去っていつの間にか科学の国に移ってしまったのではあるまいか。

またこんな事を考える、科学教育はやはり昔の化物教育のごとくすべきものではないか。法律の条文を暗記させるように教え込むべきものではなくて、自然の不思議への憧憬を吹き込む事が第一義ではあるまいか。これには教育者自身が常にこの不思議を体験している事が必要である。既得の知識を繰返して受売りするだけでは不十分である。宗教的体験の少い宗教家の説教で聴衆の中の宗教家を呼びさます事は稀(まれ)であると同じようなものであるまいか。

こんな事を考えるのはあるいは自分の子供の時に受けた「化物教育」の薬が利き過ぎて、せっかく受けたオーソドックスの科学教育を自分の「お化け鏡」の曲面に映して見ているためかもしれない。そうだとすればこの一篇は一つの懺悔録(ざんげろく)のようなものであるかもしれない。これは読者の判断に任せるほかにない。

伝聞するところによると現代物理学の第一人者であるデンマークのニエルス・ボーアは現代物理学の根本に横たわるある矛盾を論じた際に、この矛盾を解き得るまでに吾々人間の頭はまだ進んでいないだろうという意味の事を云ったそうである。この尊敬すべき大家の謙遜な言葉は、今の科学で何事でも分るはずだと考えるような迷信者に対する箴言であると同時に、また私のいわゆる「化物」の存在を許す認容の言葉であるかとも思う。もしそうだとすると永い間封じ込められていた化物どももこれから公然と大手をふって歩ける事になるのであるが、これもしかし私の疑心暗鬼的の解釈かもしれない。識者の啓蒙を待つばかりである。

（昭和四年一月『改造』）

野球時代

明治二十年代の事である。今この思い出を書こうとしている老学生の未だ紅顔の少年であったころの話である。太平洋からまともに烈しい潮風の吹きつけるある南国の中学にレコードを留めた有名なストライキの嵐のあった末に英国仕込でしかも豪傑肌の新しい校長が卒業したての新学士の新職員五、六人を従えて赴任すると同時にかび臭いこの田舎の中学に急に新しい文化の風が吹込んできた。その新文化の最も目ざましい表象として維新時代の夢の未ださめきらなかった生徒たちの心に強い印象と衝動を与えたものはベースボール、フートボール、クリケット、クロケーそれからボートレースなどの新遊戯であった。若く元気な生徒らの眼にはどこかの別の世界から天降ってきたような法学士、農学士、文学士の先生たちがシャツ一つになって校庭で猛烈な練習をリードした。生徒らの眼には世界が急に素量的に飛躍したように感ぜられた。そうしてさらに次にきたるべき時代への希望と憧憬といったようなものが封建期の子供らの頭の中に勢よく芽生え始めたのであった。

まいた種のうちでもクリケットやクロケーは風土に合わなくて、じきに萎れて枯れてしまったが、ベースボールとボートレースはのびのびと生長した。後者は器具の関係から学校に限られていたが、前者は当然校外にまでも伝播していくべき性質のものであった。町外れの草原や冬田の上で到る処に真似事の野球戦が流行した。ベースには蓆の切れ端や雑巾で用が足りた。ボールがゴム毬、バットには手ごろの竹片がそこらの畠の垣根から容易に掠奪された。しかし、それでは物足りない連中は、母親をせびった小銭で近所の大工に頼んでいい加減の棍棒を手にいれた。投網の重錘をたたきつぶした鉛球を糸屑で丹念に巻固めたものを心とし鞣皮——それがなければネルやモンパ——の瓢箪形の片を二枚縫合せて手製のボールを造ることが流行した。横文字のトレードマークのついた本物のボールなどは学校のほかにはどこにも見られなかった。しかしこの手造りのボールがバットの頭にカーンとくる手ごたえは今でも当時の健児らの「若かりし日」の夢の中からかなりリアルに響いてくるものの一つである。ミットなどは到底手に入らなかった。この思い出を書いている老書生の左手の薬指の第一関節が二十度ほど横に曲ってしまったのはその時代の記念である。先日彼がその話をある友人に持ちだしたら僕もそうだといって彼以上に一層ひどく曲った薬指を見せて互に苦笑した。

彼が高等学校にはいって以来今日まで通ってきた道筋はしかしスポーツの世界とはあまりに懸け離れていた。そうして四十年近い空白を距てて再び彼の歴史のページの上にバットやボールの影がさし始めたのはようやく昨今のことである。

昨年のある日の午後、彼は某研究所にある若い友人を尋ねたが、いつもの自室にその人はいなかった。そこらの部屋を捜しあるいたが、尋ねる人もその他の人もどこにも見えなかった。おしまいにある部屋のドアを押しあけて窺くと、そこには大勢の若い人達が集まって渦巻く煙草の煙の中でラジオの放送を聞いているところであった。それはなんの放送だか彼にはわからなかった。ただ拡声器からガヤガヤという騒音が流れだしている中に交って早口にせき込んで饒舌っているアナウンサーの声が聞えるだけであった。聞いてみるとそれは早慶野球戦の放送だというのであった。

彼はなんだかひどく淋しい心持がした。自分の周囲には自分の知らぬ間に自分の知らぬ新しい世界が広大に発展していて、そうして自分にもっとも親しい人達の多数はみんなその新しい世界に生きている。そうとは知らず彼は旧い世界の片隅の一室にただ一人閉籠っていて、室外の世界も彼と同様に全く昔のままで動いているような気がしていたのである。ところが、煤けた象牙の塔は微塵に砕かれた。自分はただ一人の旧世界の敗残者として新世界の只中に放りだされたような気がしたのである。

往来へ出てみると、そこのラジオ屋、かしこの雑貨店の店先には道ゆく人が、めいめいの用事を忘れて立ち止まり寄り集まって粗製拡声器の美しからぬ騒音に聴き惚れている。それが彼には全くなんの意味もない風か波の音にしか聞こえないのである。小店員は自転車を止め、若きサラリーマンは靴ひもの解けたのも忘れ、魂は飛行機に乗って青山の空を翔っているのであった。彼は再びさびしい心持がした。

今年の十月十三日の午後彼は上野へ出かける途中で近所の某富豪の家の前を通ったら、玄関に大勢の男女のはき物やこうもり傘が所狭く並べられて、印絆纏の下足番がついていた。そうして門に向った洋風の大きな応接間の窓からはラジオの放送が騒然と流れだしていた。なるほど今日は早慶野球戦の日であると思った。それから上野へ行って用を足して帰るまで、到る処にこの放送の騒音が追跡してきた。罪人を追うフュリーのごとく追跡してきた。そうして宅へ帰ってみると、彼の二人の女の子がやはり茶の間のラジオの前にすわり込んで、ここでも野球戦の余響を撒き散らしているのである。いったいおまえたちにはこれが分るのかと聞いてみると「そうねえ」というあまり要領を得ない返事であった。とにかくこの放送を聞くことは現代に生きる事の一つの要件であるかもしれないと思われた。

翌日の午後彼が大学正門を出て大急ぎで円タクに飛び乗ると、なんと思い違えたものか車掌がいきなり「どちらが勝ちましたか」と聞くのであった。しかしそれが当然その日の早慶野球第三回戦に関する問であることが、車掌にも彼にも自明的であったほどにそれほどに、その日の東京の空気には野球戦というものが一杯になっていたのである。彼は返事に狼狽した。そうしてそれに対して応答もできない自分を恥じなければならないような心持さえしたのである。

彼の宅の呼鈴の配線に故障があって、その修理を近所の電気屋に頼んであったのがなかなか来てくれなかった。あとで聞いてみると、早慶戦のためにラジオの修繕が忙しくて、それで来られなかったというのである。

野球戦の入場券一枚を手にいれるために前夜からつめかけて秋雨の寒い一夜を明かす勇敢な人達の話は彼を驚かし感心させた。そして彼自身の学問の研究にこれだけの犠牲を払う勇気と体力を失った自分を残念に思わせた。

慶応が勝つと銀座が荒らされ、早稲田が勝つと新宿が脅かされるという話も彼を考え込ませた。当時彼の読みかけていたウェルズのモダンユートピアに出てくるいわゆる「サムライ」はこういうスポーツには手をつけないことになっているが、それはこの著者のユートピアにおける銀座新宿の平和の乱されるのを恐れたためかもしれないと思われた。

これらの経験はこの空想的な老学者に、次のようなことを考えさせた。いったい野球その他のスポーツがどうしてこれほどまでに人の心を捕えるのであろうか。

野球もやはりヒットの遊戯の一つである。射的でも玉突でも同様に二つの物体の描く四次元の「世界線」が互に切合うか切合わぬかが主要な問題である。射的では的が三次元空間に静止しているが野球では的が動いているだけに事柄が複雑である。糊箆(のりべら)で飛んでいる蠅(はえ)をはたき落す芸術とこの点では共通である。

近ごろボルンが新しい統計的物理学の基礎を論じた中に、ウィルヘルム・テルが息子の頭上の林檎(りんご)を射落す話を引合にだした。昔の物理学者らが一名を電子と称するテルの矢の狙いは熟練と注意とによって無限に精確になり得ると考えたに反して、新しい物理学者は到底超えがたいある「不確定」の限界を認容することになった。いわば昔はただ主観の不確定性だけを認めて客観の絶対確定性を信じていたのが今では不確定性を客観的実在の世界へ転籍させた。この考の根本的な変遷はいわゆる「因果律」の概念にもまた根本的の変化を要求する。しかしそれは単に原子電子の世界に関する事ばかりでなく、これらの原子電子から構成されているすべての世界における因果関係に対する考え方の立て直しを啓示するように見える。

いかに現在の計測を精鋭にゆき亘(わた)らせることができたとしても、過去と未来には末拡がりに朦朧(もうろう)たる不明の笹縁(ささべり)がつきまとってくる。そうしてじつはそういう場合にのみ通例考えられているような「因果」という言葉が始めて独立な存在理由を有するということには今までおそらく誰も気がつかなかったのではないか。

　こういう漠然たる空想をどこまでもとたどりたどっていった末に、彼は、確定と偶然との相争うヒットの遊戯が何故に人間の心をこれほどまでに強く引付るかという理由を朧気(おぼろげ)ながら感得することができるような気がした。同時に物質確定の世界と生命の不定世界との間に聳(そび)えていた万里の鉄壁の一部がいよいよ破れ始める日の幻を心に描くことさえできるような気がしたのである。

　その曲った脊柱(せきちゅう)のごとくヘテロドックスなこの老学者が鼠の巣のような研究室の片隅に、安物の籐(とう)椅子にもたれてうとうととこんな夢を見ているであろう間に、容赦なく押寄せる野球時代の波の音は、どこともない秋晴の空の果から聞こえてくるであろう。そうして、午後の茶をのみながら、彼と研究を共にする若い学者達に彼の萎(しな)びた左の薬指の第一関節における約二十度の屈曲を示し、「僕だってそう馬鹿にしたものでもないよ」、そんなことをいっては皆に笑われながら、三十余年前の手製のボールのカーンとくる手ごたえを追懐しているであろう。

「白熱せる神宮(じんぐう)競技」。「白熱せる万国工業会議」。こういうトピックスで逆毛立った高速度ジャズトーキーの世の中に、彼は一八五〇年代の学者の行った古色蒼然(そうぜん)たる実験を、あらゆる新しきものより新しいつもりで繰返しているのであろう。そうして過去のベースを逆回りして未来のホームベースに到着する夢を見ていることであろう。

（昭和四年十一月『東京帝国大学新聞』）

映画時代

幼少のころ、高知の城下から東に五、六里離れた親類の何かの饗宴に招かれ、泊りがけの訪問に出かけたことが幾度かある。饗宴の興を添えるために来客の誰彼がいろいろの芸尽しをやった中に、最も吾々子供らの興味を引いたものは、ある大工さんのおはこの影絵の踊であった。それは、わずかに数本の箸と手拭とだけで作った屈伸自在な人形に盃の笠を着せたものの影法師を障子の平面に踊らせるだけのものであった。そのころの田舎の饗宴の照明といえば、大きな蠟燭を燃やした昔ながらの燭台であった。しかしあの蠟燭の焔の不定なゆらぎはあらゆるものの陰影に生きた脈動を与えるので、このグロテスクな影人形の舞踊には一層幻想的な雰囲気が附纏っていて、幼い吾々のファンタジーを一種不思議な世界へ誘うのであった。

ジャヴァの影人形の実演はまだ見たことがないが、その効果には自からこの田舎大工の原始的な影人形のそれと似通った点がありそうに思われる。踊る影絵はそれ自身が目的ではなくて、それによって暗示される幻想の世界への案内者をつとめるのであろう。

それはとにかく、もし現代の活動映画が「影の散文か散文詩」であるとすれば、こういう影人形は例えば「影の俳句」のようなものではあるまいか。

幻燈というものが始めて高知のある劇場で公開されたのはたぶん自分らの小学時代であったかと思う。箸と手拭の人形の影法師から幻燈映画へはあまりに大きな飛躍であった。見てきた人の説明を聞いても、自分の眼で見るまでは、色彩のある絵画を映し出す影絵の存在を信ずる事ができなかった。そして始めて見た時の強い印象はかなり強烈なものであった。ホワイトナイルの岸辺に生れたある黒奴少年の数奇な冒険生涯を物語る続きものの映画を中学校の某先生が黄色い声で説明したものである。それからずっと後の事ではあるが、日清戦争時代にもしばしば「幻燈会」なるものが劇場で開かれて見にいった。県出身の若き将校らの悲壮な戦死を描いた平凡な石版画の写真でも中学生の吾々の柔かい頭を刺激し興奮させるには充分であった。そしてそれらの勇士を弔う唱歌の女学校生徒の合唱などが一層若い頭を感傷的にしたものである。一つは観客席が暗がりであるための効果もあったのである。同じ効果は活動写真の場合においても考慮に加えらるべきであろう。

とうに故人となった甥の亮が手製の原始的な幻燈を「発明」したのは明かにこれらの刺戟の結果であったと思われる。その「器械」は実に原始的なものであった。本箱の上に釘を二本立ててその間にわずかに三寸四角ぐらいの紙を張ったのがスクリーンである。ほぼこれと同大の硝子板に墨と赤および緑のインキでいい加減な絵を描いたのをこの小さなスクリーンの直接の背後へくっつけて立てて、その後に石油ランプを置くだけである。もっともそのスクリーンの周囲の同平面を風呂敷やボール紙でともかくも塞いでしまって、楽屋と見物席とを仕切る方がなかなかの仕事ではあった。観客は亮の兄弟と自分らを合せて四、五人ぐらいはあったが、映画技師、説明者が同時に映画製造者を兼ねるのみならず、肝心の硝子板がやっと二枚ぐらいしか掛け替えがないのだから亮の骨折りは一通りでなかったろうと思われる。後には自分の父に頼んでもう少し大きい板ガラスを、ちゃんとした木箱の前面の溝に挿し入れ挿しかえるようにしたものを大工に作らせ、映画も十枚か二十枚あらかじめ仕入れておいて、そうして吾々のほかに近所中の少年をかり集めてやるようになった。映画のほかに余興とあって真似事のような化学的の手品、すなわち無色の液体を交ぜると赤くなったり黄色くなったりするのを懇意な医者に準備してもらった。それはまずいいとしても、明治十年ごろに姉が東京の桜井学校で教わった英語の唱歌と称するものを合唱したりしたのはじつに妙であった。その文句は今でも覚えているがその意味に至っては今に分らない。想い出しても冷汗が流れる。しかしとにかくこんな西洋臭い遊戯が明治二十年代の土佐の田舎の子供の間に行われていたということは郷土文化史的にも多少の意味があるかもしれない。それよりも自分の生涯の上にはこんな事件が思のほかに大きな影響を及ぼしたのかもしれない。

その後玩具屋で虫眼鏡のレンズを買ってきて、正式の幻燈器械を作ろうとしたが失敗した。今考えてみると光学上の初歩の知識さえ皆無であり、それに使ったレンズがきわめて粗悪なものであるのみならず、焦点距離が長いのに、原画をあまり近く置き過ぎたために鮮明な映像を得られなかったのは当然である。それでもこの失敗した試みが自分の理学的知識慾を刺戟する効果のあっただけは確である。南国の盛夏の真昼間の土蔵の二階の窓をしめきって、満身の汗を浴びながら石油ランプに顔を近寄せて、一生懸命に朦朧たる映像を鮮明にかつ大きくすることに苦心した当時の心持は昨日のことのように記憶に新である。青と赤のインキで塗った下手な鳥の絵のぼやけた映像を今でも想出すことができる。その鳥は逆様になって飛んでいたのである。

明治二十三年であったか、父が東京の博覧会見物に行った土産に本当の幻燈器械と数十の映画を買って帰ったので、長い間の希望はついに実現されたわけであるが、妙なことにはこの遂げられた希望の満足に関する記憶の濃度の方が、彼の失敗した試みに伴うた強烈なる法悦の記憶に比べてかえって稀薄である。

その時の映画の種板はたいてい一枚一枚に長方形の桐製の枠がついていて、映画の種類は東京名所や日本三景などの彩色写真、それから歴史や物語からの抜萃の類であった。そのほかに活動映画の先祖ともいわれるべき道化人形の踊る絵があった。眼を開いたり閉じたり、舌を出したり引込ませたりするような簡単な動作を単調に繰返すだけである。また美しい五彩の花形模様のぐるぐる廻りながら変化するものもあった。こんな幼稚なものでも当時の子供に与えた驚異の感じは、おそらくはラジオやトーキーが現代の少年に与えるものよりもあるいはむしろ数等大きかったであろう。一から見た十は十倍であるが、百から見た同じ十はわずかに十分の一だからである。今の子供はあまりに新しい驚異に対して麻痺させられているような気がする。

活動写真を始めて見たのはたぶん明治三十年代であったかと思う。夏休みに帰省中、鏡川原の納涼場で、見すぼらしい蓆囲いの小屋掛けの中でであった。折柄驟雨のあとで場内の片隅には河水がピタピタ溢れ込んでいた。映画は家鴨泥坊を追っかけるといったような他愛ないものであったが、これも「見るまでは信じられなくて、見れば驚くと同時に、やがては当然になる」種類の経験であった。ともかくも、始めて幻燈を見たときほどには驚かなかったようである。

明治四十一年から三年までの滞欧中には、誰もと同様によく活動を見たものである。当時ベルリンではこれを俗にキーントップといっていた。常設館はいくつもあったがみんな小さなものでわずかの観客しか容れなかったように覚えている。邦楽座や武蔵野館のようなものはどこにもなかったようである。各地に旅行中の夜の侘しさをまぎらせるにはやはり一番活動が軽便であった、ブリュッセルの停車場近くで見た外科手術の映画で脳貧血を起しかけたこともあった。それは象のように膨大した片腕を根元から切り落すのであった。

帰朝後ただ一度浅草で剣劇映画を見た。そうして始めていわゆる活弁なるものを聞いて非常に驚いて閉口してしまって以来それきりに活動映画と自分とはひとまず完全に縁が切れてしまった。今でも自分には活弁の存在理由がどうしても明かでないのである。

自分が活動写真の存在を忘れているうちに、活動の方では、そういう自分の存在などは問題にしないで悠々と日本全国を征服していた。長男が中学へ入学したときに父兄として呼出されていった。その時に控室となっていた教場の机の上にナイフで丹念に刻んだいろいろの楽書を見ていたら、その中に稚拙な西洋婦人の立姿の周囲にリ、アン・ギッシュ、メリー・ピクフォードなどという名前が彫り込んであった。自分の中学時代の悪戯（いたずら）を思出すと同時に、ひどく時代におくれたものだという気がした。

荒物屋駄菓子屋の店先に客引きの意味でかかっている写真の顔が新聞やビラの広告に頻繁（ひんぱん）に現われる。聞いてみるとそれがみんな活動俳優のいわゆるスターだそうである。幕末勇士などに扮（ふん）した男優の顔はいかなる蛮族の顔よりもグロテスクで陰惨なものであるが、それが特別に民衆に受けると見えてそれらの網目版が到る処の店先で自分を睨（にら）みつけ、脅かし圧迫した。

永い間縁の切れていた活動映画が再び自分の日常生活の上に折々投射されるようになったのがつい近ごろのことである。飛行機から爆弾を投下する光景や繋留気球が燃え落ちる場面があるというので自分の目下の研究の参考までにと見に行ったのが「ウィング」であった。それから後、象の大群が見られるというので「チャング」を見、アフリカの大自然があるというので「ザンバ」を見た。そのうちにトーキーが始まるというので後学のために出掛ける。そうしているうちにいつの間にか一通りの新米ファンになり了せたようである。

一番面白いものは実写ものである。こしらえたものにはやはりどこかに充実しない物足りなさがありごまかしきれない空虚がある。そういう意味でニュース映画は自分にとって最も面白いものの一つである。例えばマクドナルドとかフーヴァーとかいう人間が現われて短い挨拶をする。その短い場面で吾々は彼らがいかにして、またいかに、英国労働内閣首相であり、北米合衆国大統領であるかを読み取ることができるような気がするのである。世界中の重要不重要な出来事を短い時間に瞥見することによって世界が恐ろしく狭い空間に凝縮されてくる。そうして人類文化の進歩の急速な足音を聞いているような気もする。

「ザンバ」のごとき自然描写を主題にしたものでも、おそらく映画作製作者の意識には上らなかったような些事で、かえって最も強く吾々の心を引くものが少くない。例えば獅子やジラフやゼブラそのものの生活姿態の面白いことはもちろんであるが、その周囲の環境ならびにその環境との関係が意外な新しい知識と興味を呼起こす場合がはなはだ多い。例えばライオンと風に靡く草原との取合わせなどがそうである。このいかにも水に渇したように風に戦ぐ草によって始めて本当に生きたアフリカのライオンが眼前に現われる。ジラフの奇妙な足取りはそれ自身にも面白いが、その背景の珍らしい矮樹林によって始めてこの動物の全生命が見られる。驚いて河に飛込む鰐魚は、その飛込む前に安息している河岸の石原と茂みによって一段の腥気を添える。これがないくらいなら吾々は動物園で満足してよいわけである。それだから吾々はもう少し充分にこれらの背景と環境とを見せてもらいたいのであるが、通例のフィルムではこれが惜しいように節約されている。そのためにせっかくのありがたい体験がややもすれば概念化される恐れがある。

フーヴァーの演説にしてもそうである。当人の顔だけ写ってしゃべるのよりも、例えば仮小屋の壇上に立って大勢の老幼男女に囲まれている方がいかにもアメリカの大統領になっている。周囲のアメリカン・シチズンスの不用意な表情姿態の上に反映したフーヴァーの方が遥に多くフーヴァーその人を物語るのである。半分はフーヴァーを写し半分は聴衆の方にカメラを向けたのを撮った方が有効である。

こういう現実味からいうと演劇フィルムは多くははなはだ空疎なものである。プロットにないよけいなものは塵一筋も写さないというのが立て前であるらしい。これは劇の性質上当然のことかもしれないが、舞台で行わるる演劇とフィルム劇とは必ずしも同じでない以上、フィルムにして始めて生ずる可能性を活用するためには、もう少し天然の偶然的なプロットを巧に活かして取り入れて、それによって必然的な効果をあげたらよくはないか。

有名な映画「ベルリーン」のごときはかなりにこの意味の天然を活かしてはいる。早暁の街のアスファルトの上を風に吹かれていく新聞紙や、スプレー河の濁水に流れる渦紋などはその一例である。これらの自然の風物には人間の言葉では説明しきれない、そうして映画によってのみ現わし得るある物があるのである。「銀嶺」のごときは元来実写を主題にしたものであろうが、軒の氷柱の懶い雫に悠久の悲しみを物語らせ、鍋の中に熔けゆく雪塊に運命の不思議を歌わせ、氷河の上に映る飛行機の影に山の高さを示揚させたりするのも他の例である。しかし写実を目的としない劇的映画にも、もう少し自在に天然を取入れることはできないか。おそらくこれはいくらでもできる可能性があるのであろう。なんの映画であったか忘れたが東洋物の場面の間に、毒蛇とマングースとの命がけの争闘を写したものを挿んだのがあった。それはあまり大した成効とは思われなかったが、しかしともかくも人間のドラマのシーンの中間に天然のドラマの短いシーンを挿んで効果を添えるということは、従来よりももっともっと自由に使用してよいわけである。

これに対する有益なヒントは例えば俳諧(はいかい)連句の研究によっても得られる。連句における天然と人事との複雑に入り乱れたシーンからシーンへの推移の間に、吾々はそれらのシーンの底に流れるある力強い運動を感じる。例えば「猿蓑(さるみの)」の一巻をとって読んでみても

鳶(とび)の羽も刷(かいつくろ)ひぬはつしぐれ
　一ふき風の木葉しづまる
股引(ももひき)の朝からぬるる川こえて
　たぬきをおどす篠張の弓

のような各場面から始まって

うき人を枳殻籬(きこくがき)よりくぐらせん
　今や別の刀さし出す
せわしげに櫛で頭をかきちらし
　おもひ切たる死にぐるひ見よ

の次に去来（きょらい）の傑作

　　青天に有明月の朝ぼらけ

が来る。ここに来ると自分はどういうものかきっと、ドストエフスキーの「イディオット」の死刑場へ引かれる途上の光景を思出すのである。これらのシーンの推移のテンポは緩急自在で、実に眼にも止まらぬような機微なものがある。試みにこの一巻を取ってこれを如実に表現すべき映画を作ることができたとしたら、彼の「ベルリーン」のごときものは実に幼稚な子供の片言に過ぎないものになるであろう。

しかし、話の筋が通らなくては物足りないという観客が多数にあるかもしれない。それならばかつて漱石虚子（そうせききょし）によって試みられた「俳体詩」のようなものを作れば作れなくはない。

本当を云えば映画では筋は少しも重要なものでない。人々が見ているものは実は筋でなくしてシーンであり、あるいはむしろシーンからシーンへの推移の呼吸である。この事を多くの観客は自覚しないで、そうしてただつまらない話のつながりをたどることの興味に浸っているように思っているのではあるまいか。アメリカ喜劇のナンセンスが大衆に受ける一つの理由は、つまりここにあるのではないか、有名な小説や劇を仕組んだものが案外に失敗しがちな理由も一つはここにあるのではないかという気がする。

連句には普通の言葉で云い現わせるように筋は通っていないが、音楽的にちゃんと筋道が通っており、三十六句は渾然たる楽章を成している。そういう意味での筋の通った連句的な映画を見せてくれる人はないものかと思うのである。

パラマウント・ニュースのようなものの組合せは場合によっては、偶然ではあるが、前述の連句的の効果を持ち得る。近ごろ朝日グラフで、街頭のスケッチを組合せた頁が出るが、ああいうものを巧に取合せて「連句」にすることもできる。

器械の活動美を取入れたフィルムもあるが、やはりこしらえものは実に空疎で面白くない。例えば「メトロポリス」に現われる器械などは幼稚で愚鈍で、無意味というよりは不愉快である。これに反して平凡な工場のリアルな器械の映画には実物を見るとはまたちがった深い味がある。見なれた平凡な器械でも適当に映出されるとそれが別な存在として現われ、実物では見逃している内容が眼に飛び込んでくるのである。

実物と同じに見せるということは絵画の目的でないと同様に映画の目的でもない。実物を見たのでは到底発見することのできないものを発見させるところに映画の特長があるのではないか。例えば吾々が自身でライオン狩りの現場に臨んだとしたら、どうして草原の戦ぎなどを味わうことができるであろうか。殺されていく獅子を憐れむ心を生じるだけの余裕があるであろうか。「なんの権利があって人間はこの自由な野の住民を殺戮するのだろう」例えばそんな疑を起すだけの離れた立場に身を置き得るであろうか。

映画に下手な天然色を出そうとする試みなども愚なことのように思われる。そうして芝居の複製に過ぎないようなトーキーもやはり失敗であるとしか思われない。云うまでもなく独立な芸術としての有声映画の目的は、やはり他にすでにあるものの複製ではなくて、むしろ現実にはないものを創造するのでなければなるまい。折々余興に見せられる発声漫画などはこの意味ではたしかに一つの芸術である。品は悪いが一つの新しい世界を創造している。これに反して環夫人の独唱のごときは、ただきわめて不愉快なる現実の暴露に過ぎない。

絵画が写実から印象へ、印象から表現へ、また分離と構成へ進んだように映画も同じような道を進むのではないか。そうして最後に生残る本然の要素は結局自分の子供のころの田舎の原始的な影法師に似たものになるのではないか。

欧洲のどこかの寄席であるイタリア人の手先で作り出す影法師を見たことがある。頭の上で両手を交叉して、一点の弧光から発する光でスクリーンに影を映すだけのことであるが、それは実に驚くべき入神の技であった。小猿が二匹向い合って蚤をとり合ったり喧嘩をしたりするのが、どうしても真物としか思われないのに、それはやはりただなんの仕掛けもない二つの手の影法師にすぎないのである。そのほかに、例えば、飲んだくれの亭主が夜遅く帰ってきて戸をたたくと女房のクサンチペがバルコンから壺の中の怪しい液体をぶっかけ、結局つかみ合いになるという活劇をもわずかな小道具と背景を使って映し出して見せた。この同じ観せものにその後米国へ渡って、また偶然出会した。これを見て面白がる人々はただ妙技に感心するだけではなくて、やはり影絵のもつ特殊の魅惑に心酔するのである。

これらの原始的の影法師と現在の有声映画には数世紀の隔たりがあるにかかわらず、現在の映画はこのただの影法師から学ぶべきものを多くもっているかもしれない。

有声映画に取り入れられる音声も、単に話の筋道をはこぶための会話の使用にはたいてい先きが見えている。やはり「音の影法師」のようなものに遠い未来があるであろう。

このごろ見たうちで、アメリカの河船を舞台としたロマンスの場面中に、船の荷倉に折重なって豚のように寝ているニグロの群を映じてそれに懶気に哀しい鄙歌を唱わせるのがあった。これを聞いているうちに自分はアメリカの黒奴史を通覧させられるような気がした。

沙漠で駱駝が蹲踞っていると飛行機の音が響いてくる、すると駱駝が驚いて一声高く嘶いて立上がる。これだけで芝居の嘘が活かされて熱沙の海が眼前に拡げられる。ホテルの一室で人が対話していると、窓越しに見える遠見の屋上でアラビア人のアルラーに捧げる祈りの歌が聞える。すると平凡な一室が突然テヘランの町の一角に飛んで行く。こういう効果はおそらく音響によってのみ得られるべきものである。探偵が来て「可能的悪漢」と話していると、隣室から土人娘の子守歌が聞える。それに探偵が聞き耳を立てるところに一篇の山がある。こういう例は挙げれば際限なく挙げられるかもしれないが、しかし概して自動車の音、ピストルの響の紋切形があまりにうるさく幅を利かせ過ぎて物足りない。ほかにいくらでもいいものがあるのを使わないでいるような気がする。試みに自動車とピストルとジャズの一つも現われないトーキーを作ってみたいものである。

俳句にはやはり実に巧に「声の影法師」を取り入れた実例が多い。例えば「鉄砲の遠音に曇る卯月かな」というのがある。同じ鉄砲でもアメリカトーキーのピストルの音とは少しわけがちがう。「里見えそめて午の貝吹く」というのがある。ジャズの喇叭とは別の味がある。「灰汁桶の雫やみけりきりぎりす」などはイディルレの好点景であり、「物うりの尻声高く名乗すて」は喜劇中のモーメントである。少くも本邦のトーキー脚色者には試みに芭蕉蕪村らの研究をすすめたいと思う。

未来の映画のテクニックはどう進歩するか。次に来るものは立体映画であろうか。これも単に双眼的効果によるものでなく、実際に立体的の映像を作ることも必ずしも不可能とは思われない。しかしそれができたとしたところでどれだけの手柄になるかは疑わしい。映画の進歩はやはり無色平面な有声映画の純化の方向にのみ存するのではないかと思われる。それには映画は舞台演劇の複製という不純分子を漸次に排除して影と声との交響楽か連句のようなものになっていくべきではないかと思われるのである。

こんな話をしていたらある人がアヴァンガルドという一派の映画がいくらかそういう方向を示すものだと教えてくれたが、未だ実見することができない。

ここまで書いて後にウーファ社の教育映画で海の浮游生物を写したものを見た。顕微鏡で見る場合では、眼前の顕微鏡と、その鏡下のプレパラートとの相対的の大きさがちゃんと意識されているのであるが、それがスクリーンの上に大きく写されたのでは全くそのままの大きさの怪物としか思われない。その怪物の透明な肢体の各部がいろいろ複雑微妙な運動をしている。しかし吾々愚かな人間にはそれらの運動が何を意味するか、何を目的としているか全く分らない。分らないから見ていて怖ろしくなり凄くなる。憐れな人間の科学はただ茫然として口を明いてこれを眺めるほかはない。これが神秘でなくてなんであろうか。この実在の怪物と、例えばウェルズの描いた火星の人間などを比較しても、人間の空想の可能範囲がいかに狭小貧弱なものであるかを見せつけられるような気がする。

　これを見た眼で「素浪人忠弥」というのを覗いてみた。それはただ雑然たる小刀細工や糊細工の行列としか見えなかった。ダイアモンドを見たあとでガラスの破片を見るような気がした。しかし観客は盛に拍手を送った。中途から退席して表へ出て入口を見ると「満員御礼」と貼札がしてあった。「唐人お吉」にしても同様であった。

　これらの邦劇映画を見て気のつくことは、第一に芝居の定型に捉われ過ぎていることである、書割を背にして檜舞台を踏んでフートライトを前にして行って、始めて調和すべき演技を不了簡にもそのままに白日の下大地の上に持出すからである。それだから、していることが、新米のファンの眼には気違いとしか思われない。ちょん髷をつけた吾らの祖父母曾祖父母とはどうしても思われない。第二には群衆の使い方が拙である。大勢の登場者の配置に遠近のパースペクチーヴがなく、粗密のリズムがないから画面が単調で空疎である。例えば大評定の場でもただ慈姑を並べた八百屋の店先のような印象しかない。この点は舶来のものには大概ちゃんと考慮してあるようである。第三にはフィルムの毎秒のコマ数によって自ら規定された速度の制約を無視して、快速な運動を近距離から写した場面が多い。そういうところはただ眼まぐるしいだけで印象が空疎になるばかりでなくむしろ不快の刺激しか与えない。これはフィルムの上における速度の制限を考慮して、快速度のものは適当の距離から撮るべきである。これも舶来ものを参照すれば分るであろう。第四にはセットの道具立があまり多過ぎて、印象を散漫にしうるさくする場合が多い。例えば「忠弥」の貧民窟のシーンでもがそうである。セットの各要素がかえって相殺し相剋して感じが纏まらない。これらの点についても、監督の任にある人は「俳諧」から学ぶべきはなはだ多くをもつであろう。それからまた県土木技師の設計監督によるモダーン県道を徳川時代の人々が闊歩したり、ナマコ板を張った塀の前で真剣試合が行われたりするのも考えものであるが、これは止むを得ないことかもしれない。

　これに比べて現代を取り扱った邦画はいくらか有利な地位にある。前記第一の点の不自然さから免れやすく、第四のセットに関しても自ら無理のないものになりやすい傾向がある。したがって見ていてたまらなく不快な破綻を感じる程度が、剣劇に比して少いように思う。それにしても自分の趣味から見るとやはりいったいに芝居をし過ぎる。そうして柄に合わない西洋人の表情を真似過ぎる。もう少し当り前の日本人の当り前の表情をすることによってかえって真実味を深める工夫はないものであろうか。吾々の日常生活において日常交渉のあるさまざまな人間の生きたタイプを映出することができないものであろうか。現在ではただ与えられたいわゆるスターの生地とマンネリズムとを前提として脚色は後から生れるから、スター崇拝者は喜ぶであろうが、できたものは千篇一律である。もっともこれは日本の映画に限らない世界的の傾向かもしれないが、自分の不満はこの一般傾向に対する不満である。映画の使命は単に大衆のスター崇拝の礼拝堂を建てるのみではないであろう。

はなはだ無意味でつまらないようである意味で非常に進歩しているのはアメリカのナンセンス映画やミュージカル・コメディの類である。ある人の説のごとく、芸術は在るところのものの再出現ではなくて、在って欲しいものへの意欲の演出であるとすれば、これらの映画はヤンキーにとっては最高の芸術である。これらの映画を見ることはすなわち観客自ら踊り歌い、放縦な高速度恋愛をし、やたらにピストルをぶっ放すことなのである。酒の自由に飲めない彼らは、かかる映画の上に自分を投射して、そこに酌み交わされる美禄に酔うのである。これらの点でこれらの映画はジャズ音楽とまさに同種類の芸術である。ジャズも客観的に鑑賞するものではなくて、自分で踊り狂うと同価値の活動そのものだからである。その証拠には、街頭を歩いている喇叭ズボンのボーイらが店頭から洩れ出るジャズレコードの音を聞けば必ず安物の器械人形のように踊り出す。それだからこれは野蛮民の戦争踊りが野蛮民に訴えると同じ意味において最高の芸術でなければならないのである。これと同じ意味においてまた我邦の剣劇の大立廻りが大衆の喝采を博するのであろう。荒木又右衛門が三十余人を相手に奮闘するのを見て理窟抜きに面白いと思わない日本人は少ないであろう。いわゆるプロ芸術の狙いどころもここに共通点をもっているように思われる。

元来アメリカにジャズ音曲とナンセンス映画とが流行する事実は、彼の国に古い意味での哲学と科学と芸術の振わない事実の半面であって、その代りに黄金哲学と鉄コンクリート科学と摩天楼犯罪芸術の発達するゆえんであろう。

これに反してドイツに古い意味での哲学科学の発達したのは畢竟かの国民の「頭の悪い」ため、容易に要領を得ないため、万事オーケーイ式でないためであろう。そのためにドイツの映画においては、やはり一九三〇年以前の芸術と哲学をスクリーンの上に求めんとして努力しているように感ぜられる。

フランス人は頭のいい人種である。マチスを生みドビュッシーを生んだこの国はやがて映画の上にも新鮮な何物かを生み出しそうな気がする。アヴァンガルドというのは未見であるが、ともかくも吾々はフランス映画の将来にある期待をかけてもいいように思われる。

我らの祖先にも、少くも芸術の上では、恐ろしく頭のいい独創的天才がいた。光琳歌麿写楽のごとき、また芭蕉西鶴蕪村のごときがそれである。彼らを昭和年代の今日に地下より喚び返してそれぞれ無声映画ならびに発声映画の脚色監督の任に当らしめたならばどうであろう。おそらく彼らはアメリカ式もドイツ風も完全に消化した上で、新しい純粋国民映画を作り上げるであろう。光琳や芭蕉は少数向きの芸術映画、歌麿でもあろうか。また広重をして新東京百景や隅田川新鉄橋めぐりを作らせるのも妙であろうし、北斎をして日本アルプス風景や現代世相のページェントを映出させるのも面白いであろう。そうしてこれらの新日本映画が逆にちょうど江戸時代の浮世絵のごとく、欧米に輸出される。こういう夢を見ることは大した愛国者でなくてもあまり不愉快なことではあるまい。

こんな空想に耽りながら自分は古来の日本画家の点呼をしているうちに、ひょっくり鳥羽僧正に逢着した。僧衣に襷掛けの僧覚猷が映画監督となってメガフォンを持って懸命に彼の傑作の動物喜劇撮影をやっているであろうところの光景を想像して独りで微笑したりした。そうして彼の有名な高山寺蔵の絵巻物の画面を想い起こしながら、「絵巻物と活動時代」という一つの論題に想い及んだ。

絵巻物というものの最初のイデーはおそらく舶来のものかもしれないが、ともかくこれはかなりに偉大なイデーである。そうしてある意味で活動映画の先駆者と見做してもよいものである。実在の三次元の空間の一次元を割愛してただ二次元の断面に限定する代りに、第四次元たる時間を一次元空間に投射することによって時間の経過を吾々の任意に支配するという考は両者に共通のものと考えられる。器械的技巧の点においてはほとんど問題にならないほどの距離があるが、もしこれを芸術的批判の立場から見れば、必ずしも容易に両者の優劣を決定することはできないかもしれない。絵巻物では、一つの場面から次の場面への推移は観覧者の頭脳の中で各自のファンタジーに随(したが)って進転していく。巻物に描かれた雲や波や風景や花鳥は、その背景となり、モンタージュとなり、雰囲気となり、そうして来るべき次の場面への予感を醸成する。そこへいよいよ次の画面が現われて観者の頭脳の中の連続的なシーンと「コインシデンス」をする。そうして観者の頭の中の映画に強いアクセントを与え、同時に次の進展への衝動と指針を与える。これは驚くべき芸術であるとも云われなくはない。これはともかくも一つの問題である。そうしてこの問題を追究すればその結果は必ず映画製作者にとってきわめて重要な幾多の指針を与え得るであろうと考えられるのである。

ウェルズの小説に『時の器械(タイムマシーン)』というのがある。この精妙なる器械によって吾々は自由に過去にも未来にも飛んで行くことができるというのである。想うに絵巻物と、その後裔(こうえい)であるところの活動映画もいわばやはり一種の「時の器械」である。時の歩みを順にも逆にも速くも遅くも勝手に支配することができる。もっとも物理的機構に頼る活動映画では、物質的実在世界の未来は写されないし、フィルムに固定されなかった過去は永久に映出し得られない。しかし心の世界の過去と未来はいろいろな絵巻物の紙面に自由に展開されているから面白い。「世界の一億年」と名づける映画はまだ見ないが、成効不成効は別問題として、製作者の意図はやはりこの「時の器械」を狙ったものであろう。

現代の映画を遠い未来に保存するにはどうすればいいかの問題がある。音声の保存はすでに金属製の蓄音機レコード原板によって実行されている。映画フィルムも現在のままの物質では永い時間を持越す見込がないように思われるから、やはり結局は完全に風化に堪え得る無機物質ばかりで出来上った原板に転写した上で適当な場所に保存するほかはないであろう。例えば熔融石英(フューズドシリカ)のフィルムの面に還元された銀を、そのまま石英に焼付けてしまうような方法がありはしないかという気がする。とにかく、なんらかの方法でこの保存ができたとして、そうして数十世紀後の吾らの子孫が今の吾々の幽霊の行列を眺めるであろうということは、面白くも可笑(おか)しくもまた怖ろしくも悲しくもあり、また頼もしくも心細くもあるであろう。

はなはだ纏まらないこの一篇の映画漫筆フィルムにこの辺でひとまず鋏(はさみ)を入れることとする。

（昭和五年九月『思想』）

ステッキ

初めは四本足、次に二本足、最後に三本足で歩くものは何かという謎の発明された時代には、今のように若い者がステッキなどついて歩く習慣はなかったものと思われる。杖がつきものになっている魔法使いはたいてい婆さんか爺さんであるが、しかし彼らの杖は大分使用の目的が違っていて、孫悟空のなんとか棒と同様にきわめて精巧な科学的内容をもっていたものと思われる。支那の仙人の持っていた杖は道術にも使われたであろうが、山歩きに必要な金剛杖の役にも立ったであろう。羊飼は子供でも長い杖を持っているが、あれはなんの用にたつものか自分は知らない。牧羊者の祖先が山地の住民であったためか、それとも羊を追い廻し狼でも追払うために使われたものか、ともかくもいわゆるステッキとは大分ちがったものである。それから雲助の息杖というものがある、あれの使用法などは研究してみたら大分面白そうなものであるが、今日では芝居か映画のほかには山中へ行かなければ容易に見られないものになった。あれも現代におけるステッキの概念にはあて嵌まらないもので、昔の交通機関としての山駕籠という機械の部分品と考えるべきものであろう。

自分達の子供の時分には、田舎のお婆さんというものは、大概腰のところで身体が百二十度ないし九十度ぐらいに折れ曲っていたもので、歩くにはどうしても杖を第三の足にしないと重力に対する釣合がとれなかったものである。実に悲惨な恰好をしていたものであった。木枯の吹く黄昏時などに背中へ小さな風呂敷包など背負ってとぼとぼ野道を歩いている姿を見ると、ひどく感傷的になってわあっと泣き出したいような気持になったものである。もう一層悲惨なのは田圃道の傍の小溝の中をじゃぶじゃぶ歩きながら枯木のような脚に吸い付いた蛭を取っては小さな木綿の袋へ入れている、そういう婆さんであった。こうして採集した蛭を売って二銭三銭の生活費をかせいでいたのである。想い出すだけでも世界が暗くなるくらいで、杖という杖の中でもこういう婆さんの杖などは最もみじめな杖であろう。

親類の爺さんで中風をしてから十年も生きていたのがあった。それが寒い時候にはいつでも袖無しの道服を着て庭の日向の椅子に腰をかけていながら片手に長い杖を布片で巻いたのを持って、そうしていつまでもじっとしたままで小半日ぐらいのあいだ坊主頭を日に照らしていた。あたまの上にはたいてい蝿が一匹ぐらいとまっていた。そういう夢のような幼時の記憶があるが、このように腰をかけながらついている杖などは杖としての珍らしい用途であろう。力学的に考えるとやはりからだの安定を保つために必要な支柱の役をしていたに相違ない。

しかしこういうあらゆる杖に比べると、いわゆるステッキほどわけの分らない品物はないと思われる。屈強の青壮年が体重を支えるために支柱とするはずはないからである。もっとも銀座アルプスのデパートの階段などを上る時は多少の助けになるかもしれないが、そういう時でも彼らは必ずしもステッキの先端を床に触れているとは限らないのである。

西洋でいつのころから今のようなステッキが行われ出したものか知らないが、ロココの時代には貴婦人方がリボン附きの長い杖をついている絵がある。またそのころの優男(やさおとこ)が粉をふりかけた鬘(かずら)の尻尾(しっぽ)をリボンで結んで、細身のステッキを小脇(こわき)に抱え込んで胸を反らして澄ましている木版絵などもある。とにかくあのころ以後はずっと行われて今日に到ったものであろう。いずれにしても人間がみんな働くのに忙しくて両方の手がいつも塞(ふさ)がっているような時代には全然用のないものであったに相違ない。人間の社会生活が進歩した結果として、何もしないで楽に遊んでいられる人間が多数に存在するようになると、今まで使っていた手が暇になって、全く言葉どおりに手持無沙汰(ぶさた)を感じる。そうかといって太平のシャンゼリゼーの大通りやボアの小径(こみち)を散歩するのに、まさか弓矢や人殺し用の棍棒(こんぼう)や台所用の麵麭棒(めんぼう)を携えるわけにもいかないから、その代りに何かしら手ごろな棒片れを持つことになったのではないかとも想像される。とにかく昔の支那では杖の字は「持」の字と同じで手に持つものならなんでも

「杖」であったらしい。

しかし、太平の世の中でも稀には都大路に白昼追剝が出たり、少し貸してくれなどという相手も出現するから、そういう時にはこれがたちまちにして原始民時代の武器として甦生するという可能性も具えているのである。実際自分らの子供の時分に自由党の喧嘩の頻繁であったころは鍬の柄をかつぎ廻ったりまたいわゆる仕込杖という物騒なステッキを持ち歩くことが流行して、ついには子供用の玩具の仕込杖さえできていたくらいである。西洋でも映画「三文オペラ」の親方マッキ・メッサーがやはり仕込杖を持っているのである。

とにかく、他に実務的な携帯品があったのでは、せっかくのステッキもただのじじむさい杖になってしまう。汚れた折鞄などを片手にぶらさげてはいけないのである。やはり全く遊ぶよりほかに用のない人がステッキ、そうしてステッキだけを抱えていないと板につかないようである。ゴルフのなんとかいうあの棒などもそうである。歴史は繰返すとすれば今に貴婦人達やモガ達が等身大のリボン附きのステッキにハンドバッグでも吊るしたのを持って銀座を歩くようになると面白い見物であろう。

ついでながら、桿状菌バクテリアの語源が、ギリシア語のステッキであるのはちょっと面白い。病魔のステッキが体内を暴れ廻るのである。

日本で製造して売っている金具附きのステッキはみんな少し使っていると金具がも

げたり、はじけたり、へこんだりして駄目である。ここ数年来の経験でこの事実を確かめることができた。もっともステッキに限らず大概の国産商品がそうであり、ちゃんとした器械類でさえも長持ちのするのは珍らしい。ステッキが用のない人の贅沢品ならば、なるべく早くいけなくなって、始終新しく取換える方がいいかもしれない。実際新しいステッキを買うとあと一週間ぐらいは勉強ができるという人もいるくらいである。しかし国産の時計や呼鈴などのすぐ悪くなるのは全く始末が悪く日本の名誉のために情なくなる。

年を取るとやはり杖が役に立つ。毎日あがる階段で杖の役に立つ程度によってその日の身体の工合のよしあしが分る。健康のバロメーターになる。字引で見ると杖の字は昔は尺度の意味であったという話があるから、昔もやはりメーターの一種であったのである。

（昭和七年十一月『週刊朝日』）

ロプ・ノールその他

東トルキスタン東部の流沙の中に大きな湖水ロプ・ノールのあることは二千年昔の支那人にはすでに知られていて、その大体の形や位置を示す地図ができていたそうである。西暦一七三三年に二人のヨーロッパ人が独立に別々にその地方の地図を支那から持帰った。ところがマルコポロは一二七三年にこの湖のすぐ南の沙漠を通ったはずであるのに湖の事はなんとも云っていないのがおかしい。一七六〇年に支那政府は三人のジェスュイトをこの地方へ視察に派遣したが目ざす地方には到る処沙漠ばかりで求むる湖水はどうしても見つからなかった。一八七六―七七年プルジェワルスキーが探険した時にはこの湖水と思われるものが見つかったが、しかしそれは支那の古図の示すより遥に、すなわち約一度ぐらい、南にあった。それで古図がひどく間違っていたか、それともプルジェワルスキーの見たのは別物であったか、それともまた昔のロプ・ノールに注いでいた河がその後に流路を変じてその下流に別の湖水を作り元の湖水が干上がってしまったかの問題が起った。一八九九年の探険でスウェン・ヘディンがタリム河の流路を追跡していった時、河がある点から急角度で南東に曲って、そうして沙漠の南の方に湖水を作っているのを見出し、それがプルジェワルスキーの見たのと同じものだと分った。しかしタリム河の急に曲った処から東の方へかけてまさしく干上った河床らしいもののある事に注意した。一九〇〇年に、もう一度そこへ行ってこの旧河床の地図を作り、これが昔のタリムの残骸である事を結論した。それからもう一度ロプ・ノールへ行ってよく観察してみると、水がきわめて浅くそうしてだんだんに沈積物で埋まりつつあるらしく見えた。そこから沙漠を北に横ぎっていくうちに偶然都市の廃趾らしいものを発見した。それが昔の楼蘭であることは発掘の文書で明かになった。この死市街の南から東へかけた平坦な沙漠の水準測量をやった結果、これが昔の湖水の跡だということが推論された。それでヘディンは、タリムの下流は約千五百年の週期で振子のように南北に振動し変位ししたがって振子の球に当るロプ・ノールも南北に転位するであろうと想像した。ところが、一九二七年にもう一度ヘディンが見にいったときはもうタリム河は南流を止めて昔の干上った河床の上を東流し始めていた。その結果として何年かの後には昔のロプ・ノールが復活し、したがって廃都ローランの地には再び生命の脈搏が甦ってくるであろうし、昔ローマの貴族のために絹布を運んだ隊商の通った道路が再び開かれるであろうと想像さるるに到った。

以上は近着の Geographical Review, 1932 Oct. 所載の記事から抄録したものである。

中央アジアでは未だ自然が人間などの存在を無視して勝手放題に暴れ廻っている。そのために気候風土が変転して都市が沙漠になったり、沙漠が楽園に変ったりする。地震なども、いわゆる地震国日本の地震などとは比較にならないような大仕掛のが時々あって、途方もない大断層などもできるらしい。ロプ・ノールの転位でも事によると地殻傾動が原因の一部となっているかもしれないと思われる。

同じ雑誌にエリク・ノーリンがタリム盆地の第四紀における気候変化を調べた論文がある。これによると、最後の氷河期の氷河が崑崙の北麓に押出してきて今のコータンの近くに堆石の帯を作っている。この氷河が消失して、したがって新疆地方に灌漑する川々の水量が少くなり、そのために土壌が乾き上って今のような不毛の地になったらしい。この地方には高さ五百メートルほどの生ま生ましい断層の痕もあるそうである。こんな地変のために地盤が傾動すれば河流の転位なども当然起り得るであろう。

もう一度この辺の雪線が少しばかり低下して崑崙の氷河が発達すると、この辺の沙漠がいつか肥沃の地に変ってやがて世界文化の集合地になるかもしれない。

その時に日本はどうなるか。欧米はどうなるか。これはむつかしい問題である。しかしとにかく現在の人間は、世界の気候風土が現在のままで千年でも万年でもいつまでも持続するように思っている。そうして実にわずかばかりの科学の知識をたのんで、もうすっかり大自然を征服したつもりでいる。しかし自然の暴れ廻るのは必ずしも中央アジアだけには限らない。明日にもどこに何事が起るかそれはだれにも分らない。それかと云って神経衰弱にかかった杞人でない限り、いつ来るかも分らない「審判の日」を気にしてその時の予算までを今日の計画の中に組込むわけにもいかない。それで政治家、軍人、実業家、ファシスト、マルキシスト、テロリスト、いずれもこんな不定な未来の事は問題にしていない。それを問題にするのはただ一部の科学者と、それから古風な宗教の信者とだけである。一番仲の悪いはずの科学者と信者とがここだけで握手しているのは面白い現象である。

　同じ雑誌に、米国のある飛行家が近ごろペルーの山中を空中から探険してたくさんの写真を撮ってきた報告が出ている。その中に、ミスチ火山の西北に当るコルカ河の谷でまだ世界に紹介されていない古い都市の廃趾を発見したことが記載されている。それが昔からの土人の都ではなくてアメリカ・スペイン人の都であったとは写真で見た町のプランから明瞭だそうである。しかしどうしてこの都市がすっかり荒れ果てた死骸になってしまったかは誰にも分らない。地震か、ペストか、それともソドム・ゴモラのような神罰か、とにかく、そんなに遠くもない昔に栄えた都会が累々たる廃墟となっていて、そうして、そういうものの存在することを誰も知らないかあるいは忘れ果てていたのである。

　ロプ・ノールの話や、このペルーの廃墟の話などを読んでいると、やっぱりまだこの世界が広いもののように思われてくるのである。

米国地理学会で出版されたペルーの空中写真帳を見るとあの広い国が到る処ただ赤裸の岩山ばかりでできているのに驚く。地図を見ているだけではこんな事実は夢にも想像されない。地理書をいくら読んでも少くもこれら写真の与える実感は味わわれまい。

一日も早く「世界空中写真帳」といったようなものが完成されるといいと思う。それが完成すると吾々（われわれ）の世界観は一変し、それはまた吾々の人生観社会観にもかなりな影響を及ぼすであろう。そうして在来の哲学などでは間に合ない新しい天地が開けるであろうと夢想される。

（昭和七年十二月『唯物論研究』）

北氷洋の氷の破れる音

一九三二年の夏の間に、シベリアの北の氷海を一艘のあまり大きくない汽船が一隊の科学者の探険隊を載せて、時々行手を塞ぐ氷盤を押割りながら東へ東へと航海していた。しかしその氷の破れる音は科学を尊重するはずの日本へ少しも聞こえなかった。満洲問題、五・一五事件、バラバラ・ミステリーなどの騒然たる雑音は吾々の耳を聾していたのである。ところが十一月になってスクリューを失った一艘の薄汚ない船が漁船に引かれて横浜へ入港した。船の名はシビリアコフ号、これがソビエト政府の北氷洋学術研究所所属の科学者数名を載せて北氷洋をひと夏に乗切ったものであるということが新聞で報ぜられた。それでも吾々はまだ彼の有名なバラバラ事件の解決以上の興味を刺戟されることもなくて実にのんきにぼんやりしていたのである。

O氏の主催で工業倶楽部に開かれた茶の会で探険隊員に紹介されてはじめて自分のぼんやりした頭の頂上へソビエト国の科学的活動に関する第一印象の釘を打込まれたわけである。

隊長シュミット氏は一行中で最も偉大なる体軀の持主であって、こういう黒髪黒髯の人には珍しい碧眼に深海の色を湛えていた。学術部長のウィーゼ博士は物静かで真摯ないかにも北欧人らしい好紳士で流暢なドイツ語を話した。この人からいろいろ学術上の仕事の話を聞いた後に「日光は見たか」と聞いたら「否」、「芝居は」と聞いたら「否」と答えたきりで黙ってしまった。海流の研究の結果から氷洋の中に未見の島の存在を予報したこの人には「日光」や「カブキ」は問題にならなかった。地球磁力や気象の観測を受持ってきたただ一人の婦人部員某夫人は、男のように短く切りつめた断髪で、青い着物を着ていた。どこか小鳥のような感じのする人で仏語のほかは話さなかったようである。そのほかの若い生物学者や地質学者やみんな真面目で上品で気持ちのいい人達であった。日本のマルキシストなどとは大分ちがった感じのする人達であった。映画監督のシュネイデロフ氏は誰も恰好な話相手がなくて、隅の方の椅子に押し黙って所在なさそうに見えた。日本の学者達の、この人にはおそらくはなはだ珍らしかったであろうと思われる風貌を彼一流のシネマの眼で観察していたことであろう。

　その翌日また別の席でこれらの人達と晩餐を共にしてシュミット、ウィーゼ両氏の簡単な講演を聞く機会を得た。

　北極を繞る諸科学国が互に協力して同時的に気象学的ならびに一般地球物理学的観測を行ういわゆるインターナショナル・ポーラー・イヤーに際会してソビエト政府は

都合八組の観測隊を北氷洋に派遣した。その中の数隊は極北の島々にそれぞれの観測所を設けて地磁気や気象の観測をしたり、あるいは火薬の爆発によって人工地震波を作りそれを地震計で観測した結果から氷盤の厚さを測定したり、あるいはまた近ごろ学界の問題になっている宇宙線(コスミッククレー)に聯関(れんかん)して空気の電離状態を研究したりすることになっている。またチェリュスキン岬とレナ河口とにも観測所を設け、後者の一部は永久的のものにする。一方ではレニングラードからランゲル島へかけベーリング海近くまでも飛行機を飛ばし空中写真測量で北シベリアいったいの地図を作る事になっている。なおそのほかに探険船シビリアコフ号を艤装(ぎそう)して途中でいろいろの観測研究をすると同時にただひと夏に北氷洋を乗切るという最初のレコードを作ろうという計画を立て、それが立派に成功したのである。この船の航海中に遭遇したいろいろな困難のエピソードについてはすでに新聞雑誌にかなり詳しく紹介されたからここに繰返すまでもない。しかしこの成功が決して偶然の僥倖(ぎょうこう)によるものではなくてちゃんとした科学的な基礎の上に立つものであるということを知る人が少いようである。ウィーゼ氏の話によると数年来彼国の気象学者達は、気圧その他の気象学的要素の配置から夏期における北氷洋上の氷の分布状況を予報することを研究し、それが大分うまく的中するようになった。そのおかげで今度の航海がたいへんに楽であったというのである。今年の大規模の観測所増設によって、今後北氷洋の状況がますます明らかになればなるほど今後の航海はますます楽になるわけであろう。

この航海の主なる使命は純学術的よりはむしろより多く経済的なものであって、それも単にロシアの氷海を太平洋に連絡させるというのみでなく、莫大な富源の宝庫ヤクーツクの関門と見るべきレナ河口と、ドヴィナ湾との間に安全な定期航路を設定しようというのだそうである。

映画「トルクシブ」を見たときに、スクリーンに現われた地図の上を一本の光の線で示された鉄路の触手がにょろにょろと南に延びていってヒマラヤの北に近づくを見た。今度の探険隊員の講演の際壁にかけられた粗末な北氷洋の海図の上を赤い線で示された航路の触手がするすると東に延びて、それがベーリング海峡を越えて横浜まで届くのを見た。さて、この次の三本目の触手はどこへ向って延びるかが気になる。

一九〇九年の夏帝都セントピータースバーグを見物した時には大学の理科の先生達はたいてい休暇でどこかへ旅行していて留守であった。気象台の測器検定室の一隅には聖母像を祭ってあって、それにあかあかとお燈明が上がっていた。イサーク寺では僧正の法衣の裾に接吻する善男善女の群を見、十字架上の耶蘇の寝像の硝子蓋には多くの唇の痕が歴然と印録されていた。

通例日本の学者の眼に触れるロシアの学者の仕事は、たいてい、ドイツあたりの学術雑誌を通して間接に見るだけであるが、科学の国としてのロシアの独立なる存在は、彼国の国是の変った今日でもなお吾々の眼にはあまり濃厚な影を宿さなかったのであるが、今回の突然なシビリアコフ号の太平洋出現は真に閃電（せんでん）のごとく日本の学界の上に強い印象の光を投げたであろうと思われる。

ソビエト政府はこれらの学術的探険のために五百五十万ルーブリを投じたそうである。東洋の学術国日本の政府が学術のために現にどれだけの金を出しているかが知りたいものである。

新聞で見るとソビエトの五箇年計画の一つとしてハバロフスクに百三十キロの大放送局を建設し、イルクーツク以東に二十キロ以上の放送局を五十箇所作るということである。これが実現した暁には北西の空からあらゆる波長の電磁波の怒濤（どとう）が澎湃（ほうはい）として我国土に襲来するであろう。

思想などというものは物質的には夢のようなものである。半世紀たたないうちに消えてしまわなければ変化してしまう。日本には昔からずいぶんいろいろな危険思想が海外から幾度となく輸入されたが、それが抑圧に抗しながらやっと土着するころにはいつの間にかすっかり消化され日本化されてしまって結局はみんな大日本を肥やす肥料になっていた。

しかし科学的物質的の侵略の波は決して夢のようなものではない。これにはやはり科学的物質的の対策を要する。将来の外交はもはやジュネヴで演説をしたり、たんかを切って嬉しがるだけではすまなくなるであろう。北氷洋に中央亜細亜に、また太平洋に成層圏に科学的触手を延ばして一方では世界人類の福利のために貢献すると同時に、他方ではまた他の科学国と対等の力をもって科学的な競技場上に相角逐しなければおそらく一国の存在を確保することは不可能になるであろうと思われる。まさにこの意味においても日本が今「非常時」に際会していることを政府も国民も考えてもらいたいものである。

北氷洋の氷の破れる音は近づく運命の秋を警告する桐の一葉の軒を打つ音のようにも思われるのである。

（昭和八年一月『鉄塔』）

鉛をかじる虫

近ごろ鉄道大臣官房研究所を見学する機会を得て、始めてこの大きなインスチチュートの内部の様子をかなり詳しく知ることができた。名前だけ聞いたところでは大層いかめしいお役所のような気がして、書類の山の中で事務や手続きや規則の研究をしている所かと想像していたのであるが、事実はまるで反対で、それは立派な応用科学研究所であって多数の実験室にはそれぞれ有為な学者が居ていろいろ有益で興味のある研究をしているのであった。

いろいろ見せてもらったものの中で面白かったものの一つは「鉛をかじる虫」であった。低度の顕微鏡でのぞいてみると、ちょっと穀象(こくぞう)のような恰好をした鉛のような鼠色の昆虫である。これが地下電線の被覆鉛管をかじって穴を明けるので、そこから湿気が侵入して絶縁が悪くなり送電の故障を起こすのだそうである。実に不都合な虫であるが、怒ってみたところで相手が虫では仕方がない。怒る代りに研究をして防禦(ぼうぎょ)法を講じるほかはないであろう。

虫の口から何か特殊な液体でもだして鉛を化学的に侵蝕(しんしょく)するのかと思ったが、そうでなくて、やはり本当に「かじる」のだそうである。その証拠にはその虫の糞がやはり「鉛の糞」だという。なるほど顕微鏡下にある糞の標本を見るとやはり立派な鉛色をしているようである。

これらの説明を聞いた時に不思議に思われたのは、鉛を食って鉛の糞をしたのでは、いわば米を食って米の糞をするようなもので、いったいそれがこの虫のためになんの足しになるかということである。米の中から栄養分を摂取して残余の不用なものを「米とは異なる糞」にして排泄するのならば意味は分かるが、この虫の場合は全く諒解に苦しむというよりほかはない。

『西遊記』の怪物孫悟空が刑罰のために銅や鉄のようなものばかり食わされたというお伽話はあるが、動物が金属を主要な栄養品として摂取するのははなはだ珍らしいといわなければなるまい。もっとも、人間にでもきわめて微量な金属が非常に必要なものであるということは、近ごろだんだんに分かりかけてきているようではあるが、しかしそれは食物全体に対して10のマイナス何乗というような微少な量である。この虫のように自分の体重の何倍もある金属を食って、その何十プロセントを排泄するというのは全く不思議というよりほかはないであろう。

なんのために鉛をかじるかが疑問である。送電線の被覆鉛管の内部にどんなものがはいっているか、そんなことを虫が知っていようとは思われないから、虫の目的はやはり鉛自身にあることは明白である。それなら単なる道楽かというに、虫が道楽をするというのも受取りにくい仮説である。何かしらこの虫の生存に必需な生理的要求のために本能的にかじると考えるほかはないように思われる。

こんな疑問を起こしているうちに、妙なことを聯想した。

吾々が小学校中学校高等学校を経て大学を卒業するまでの永い年月の間に修得したはずの知識は、分量で測ることができるとすればずいぶん多量なものであろうと思われる。十七、八年の間かじりつづけ、呑み込みつづけてきた知識のどれだけのプロセントが自分の身の養いになっているかと考えてみても、これはちょっと容易には分かりかねるむつかしい問題である。しかし、ともかくも、学校で教わったことの少くも何十プロセントは綺麗に忘れてしまっていて、例えば自分らの子供に質問されて即座に明答を与えることができない程度にまで意識の圏外に排泄してしまっているのは事実であるらしい。

そんなに綺麗に忘れてしまうくらいならば始めから教わらなくても同じではないかという疑問が起こるとすれば、これは自分が今この鉛を食う虫に対して抱いた疑問と少し似たところがある。

「知らない」と「忘れた」とは根本的にちがう。これはいうまでもないことである。しかしそれが全く同じであるとしても、忘れなかった僅少なプロセントがその人にとってはもっとも必要な全部であるかもしれないのである。

世の中に工率百プロセントの器械は一つもない。注ぎ込んだエネルギーの一部は必ず無駄になって消費される。電燈の場合などでも肝心の光になるエネルギーは消費される電力の割合にわずかな小部分で、あとはみんな不必要な熱となって宇宙に放散する。この、物質界に行われる原理を、鉛を食う虫の場合の生理的現象に応用するわけにはいかないし、いわんや人間の精神現象に持込むべき所由はもとよりない。それにもかかわらず「無駄を伴わない滓を出さない有益なものは一つもない」という言明は、どうも少くも一つの作業仮説として試みに使ってみてもいいように思われる。この仮説を許容するか、しないかで結果には非常な差を生じる。この仮説が真ならば、無駄をしないようにするには結局有益なことを一つもしないというよりほかはなくなる。また有益なことをするためには結局なるべく無駄をたくさんにするようにしなければならないということにもなるかもしれない。しかしこの仮説が誤りであって「無駄のない有益なものが可能であり、それが当然である」とすると、無駄は罪悪でないまでも不当然であり不都合である。したがって、そういう咎を受けないためには、結局やはり何もしないで、じっとしているのがいいことになるのである。そうなればすべての活動は停止して冬眠の状態に陥ってしまうであろう。それならばまだまだ安全であるが、排泄物をなくするために食物を全廃すれば餓死するよりほかはない。

鉛をかじる虫も、人間が見ると能率ゼロのように見えても実はそうでなくて、虫の方で人間を笑っているかもしれない。人間が山から莫大な石塊を掘りだして、その中から微量な貴金属を採取して、残りのほとんど全質量を放棄しているのを見物して、現在の自分と同じようなことをいっているかもしれない。

こう考えてみると、道楽息子でもやはり学校へやった方がいいように思われ、分からないむずかしい本でも読んだ方がいいようであり、ろくでもない研究でも、しないよりはした方がいいようにも思われ、またこんな下らない随筆でも書かないよりは書いた方がいいようにも思われてくるのである。

（昭和八年一月『帝国大学新聞』）

銀座アルプス

幼時の記憶の闇の中に、処々ぼうっと明るく照らし出されて、例えば映画の一断片のように、そこだけはきわめてはっきりしていながら、その前後が全く消えてしまった、そういう部分がいくつか保存されて残っている。そういう夢幻のような映像の中に現われた自分の幼時の姿を現実のこの自分と直接に結び付けて考えることは存外むつかしい。それは自分のようでもあり、そうでないようでもある。自分と密接な関係のあることは確実であるが、現在の自分とのつながりがすっかり闇の中に没している。その、絶えているか繋がっているか分らないような繋がりを闇の中に捜り出そうとするときに、吾々は平素頼みにしている自分の理性のたよりなさを感じる。そうして人間の意識的生活というものが本当に夢か幻のようなものであるように思われてくるのである。そういう記憶の断片が果して本当にあったことなのか、それとも、いつかずっと後年になってから見た一夜の夢の映像の記憶を過去に投影したものだか、考えるとかえって分からなくなってくる。それを疑っていると、幼少のみならず過去のあらゆる記憶の現実性がきわめて頼み少いものになってくるのである。

自分の幼時のそういう夢のような記憶の断片の中に、明治十八年ごろの東京の銀座のある冬の夜の一角が映し出される。

その映画の断片によると、当時八歳の自分は両親に連れられて新富座（しんとみざ）の芝居を見にいったことになっている。それより前に、田舎で母に連れられて何度か芝居を見たことはあったようであるが、東京の芝居を見たのはおそらくその時がはじめてであったらしい。どんな芝居であったかほとんど記憶がないが、ただ「船弁慶（ふなべんけい）」で知盛（とももり）の幽霊が登場し、それがきらきらする薙刀（なぎなた）を持って、くるくる廻りながら進んだり退いたりしたその凄惨（せいさん）に美しい姿だけが明瞭に印象に残っている。それは、たしか先代の左團（さだん）次（じ）であったらしい。そうして相手の弁慶はおそらく團十郎（だんじゅうろう）ではなかったかと思われるが、不思議と弁慶の印象の方は綺麗に消えてなくなってしまっている。しかし時の敗者たる知盛の幽霊に対して、子供心にもひどく同情というかなんというか分らない感情を抱いたものと見えて、そういう心持が今でもちゃんと残留しているのである。

芝居茶屋というものの光景の記憶がかすかに残っている、それを考えると徳川時代の一角を覗（のぞ）いてきたような幻覚が起る。

芝居がはねて後に一同で銀座までぶらぶら歩いたものらしい。そうして当時の玉屋（たまや）の店へ入って父が時計か何かをひやかしたと思われる。とにかくその時の玉屋の店の光景だけは実にはっきりした映像としていつでも眼前に呼出すことができる。

夜更けて人通りのまばらになった表の通りには木枯が吹いていた。黒光りのする店先の上り框に腰を掛けた五十歳の父は、臘虎の毛皮の襟のついたマントを着ていたようである。その頭の上には魚尾形の瓦斯の焔が深呼吸をしていた。如才のない中老店員の一人は、顧客の老軍人の秘蔵子らしいお坊ちゃんの自分の前に、当時としてはめったに見られない舶来の珍らしい玩具を並べて見せた。その一つは鼠色の天鵞絨で作った身長わずかに五、六寸くらいの縫いぐるみの象であるが、それが横腹の処のネジを捻じると、ジャージャーと歯車のすれ合う音を立てながら走り出す、そうしてあの長い鼻を巧に屈伸して上げたり下げたりしながら勢よく走るのである。もう一つは毛深い熊が後脚を前に投出して坐っている、それが首と前脚とを動かして滑稽な恰好をして踊り出すと腹の中でオルゴールの可愛らしい音楽が聞こえてくるのである。

父がもしかしたら、どれか一つは買ってくれるかと思っていたが、ねだるのにはあまりに立派すぎる貴族的な玩具なので遠慮していたら、やはりとうとう買ってくれなかった。それから人力にゆられて夜更けの日比谷御門をぬけ、暗い淋しい寒い練兵場脇の濠端を抜けて中六番町の住家へ帰っていった。その暗い丸の内の闇の中の所々に高く聳えたアーク燈が燦爛たる紫色の光を出して瞬いていたような気がする。そのころすでにそんなものがあったかどうか事実は分らないが、自分の記憶の映画にはそういうことになっているのである。

　この銀座の冬の夜の記憶が、どういうものかひどく感傷的な色彩を帯びて自分の生涯に附纏(つきまと)ってきた。それにはおそらく何か深い理由があるであろうが、それに関する手がかりは、自分の意識の世界からはどうしても捜り出すことができないのである。その日の事を特に強い印象として焼き付けるだけの「光線」があったであろう、その光線はとうの昔に消えて、一枚の印画だけが永久に残っているのである。人殺しをした瞬間に偶然机の上におかれてあった紙片の上の文字が、殺人者の脳に焼き付いたような印象となって残ったという話があるが、これに似た現象は存外きわめて普通なことであるかもしれない。幼時の記憶の断片には、たいてい何かしらそういう「光線」があって、其方(そちら)は当時「意識」されなかったために記憶から消えてしまうのではないかと思われる。

　晩年になって母にたびたび聞かされたところによると、当時の自分はひどく鉄道馬車に乗るのが好きで、時々書生や出入の誰れかれに連れられてはわざわざ乗りに行ったものだそうである。雨の降る日に二条の鉄路の中央のひどい泥濘(ぬかるみ)の流れを蹴(け)たててペンキ塗の函車(はこぐるま)を引いていく二頭の瘦馬(やせうま)のあわれな姿や、それが時々爆発的に糞をする様子などを想い出すことはできる。鉄路が悪かったのか車台の安定が悪かったのか、車は前後におじぎをするように揺れながら進行する。車掌が豆腐屋のような角笛(つのぶえ)を吹いていたように思うが、それはガタ馬車の記憶が混同しているのかもしれない。実際はベルであったかもしれない。しかし角笛であったような気がするというわけはこの馬車の記憶に結び付いて離れることのできない妙な聯想があるからである。それは、そのころどこかからもらった高価な舶来ビスケットの函が錠前付きの頑丈なブリキ製であったが、その上面と四方の面とに実に美しい油絵が描かれていた。その絵の一つが英国の田舎の風景で、その中に乗客を満載した一台の郵便馬車(メールコーチ)が進行している。前世紀の中ごろあたりの西洋といえば想像されるような特別な世界が、この方四、五寸の彩色美しい絵の中に躍動しているのである。この小さな菓子函の蓋を通して覗いた珍らしい世界がどんなに美しくなつかしいものであったか、ずっと晩年に本当の西洋へ行ってみても、この「夢の西洋」はどこにもなかった。この菓子函の蓋は、自分の幼時の「緑の扉」であったのである。それはとにかく、この絵の中のロンドン、リーディング間の郵便馬車(メールコーチ)の馬丁がシルクハットを冠(かぶ)ってそうしてやはり角笛を吹いている。そうして自分の「記憶」の夢の中では、この郵便馬車と、銀座の鉄道馬車とがすっかり一つに溶け合ってしまって、切っても切れない聯想の糸で繋がり合っているのである。

明治十九年にはもう東京を去って遠い南海の田舎に移った。そうして十年経った明治二十八年の夏に再び単身で上京して銀座尾張町(おわりちょう)の竹葉(ちくよう)の隣りのI家の二階に一月ばかり厄介になっていた。当時父は日清戦役のために予備役で召集され、K留守師団に職を奉じながら麹町区平河町のM旅館に泊っていたのである。

Iの家の二階や階下の便所の窓からは、幅三尺の路地を距てた竹葉の料理場で鰻を焼く団扇の羽搏きが見え、音が聞こえ、匂いが嗅がれた。毘沙門かなんかの縁日にはI商店の格子戸の前に夜店が並んだ。帳場で番頭や手代や、それから息子のSちゃんと一処に寄り集まっていろいろの遊戯や話をした。年の若い店員の間には文学熱が盛んで当時ほとんど唯一であったかと思われる青年文学雑誌「文庫」の作品の批評をしたりしたことであった。中で一番年とった純下町型のYどんは時々露骨に性的な話題を持出して若い文学少年達から憤慨排斥された。夜の三時ごろまでも表の人通りが絶えず、カンテラの油煙が渦巻いていた。明方近くなっても時々郵便局の馬車がけたたましい鈴の音を立てて三原橋の辺りを通っていった。奥の間の主人主婦の世界は徳川時代とそんなに違わないように見えた。主婦は江戸で生れてほとんど東京を知らず、ただ音羽の親類とお寺へ年に一度行くくらいのものであった。ほとんど我子のように自分を可愛がってくれたが、話をすることが分からないので困った。自分の世界の事を対手が全部知っているという仮定を置いての話であるから分かりにくいのであった。

息子のSちゃんに連れられては京橋近い東裏通りの寄席へ行った。暑いころの昼席だと聴衆はほんの四、五人ぐらいのこともあった。くりくり坊主の桃川如燕が張扇で元亀天正の武将の勇姿を叩き出している間に、手拭浴衣に三尺帯の遊び人が肱枕で寝そべって、小さな桶形の容器の中から鮓をつまんでいたりした。西裏通り辺の別の寄席へも行った。伊藤痴遊であったかと思う、若いのに漆黒の頬髯を生やした新講談師が、維新時代の実歴譚を話して聞かせているうちに、偶然自分と同姓の人物の話が出てきた。Sが笑い出したら、講談師も気がついたか自分の顔ばかり見ながらにやにやして話をつづけた。

銀座の西裏通りで、今のジャーマンベーカリの向いあたりの銭湯へはいりに行っていた。今あるのと同じかどうかは分からない。芸者がよく出入していた。首だけま白に塗って顎から上の顔面は黄色ないしは桃色にして、そうして両方のたぼを上向きにひっくらかえしているのが田舎少年の眼には不思議に思われた。それから、五丁目あたりの東側の水菓子屋で食わせるアイスクリームが、当時の自分には異常に珍らしくまたうまいものであった。ヴァニラの香味がなんとも知れず、見た事も聞いた事もない世界の果の異国への憧憬をそそるのであった。それを、リキュールの杯ぐらいな小さな硝子器に頭を丸く盛上げたのが、中学生にとってはなかなか高価であって、そうむやみには食われなかった。それからまた、現在の二葉屋の辺に「初音」という小さな汁粉屋があって、そこの御膳汁粉が十二ヶ月のより自分にはうまかった。食うという事は知識慾と共に当時の最大の要事であったのである。

父に連れられてはじめて西洋料理というものを食ったのが、今の「天金」の向側あたりの洋食店であった。変な味のする奇妙な肉片を食わされた後で、今のは牛の舌だと聞いて胸が悪くなって困った。その時に、うまいと思ったのは、おしまいの菓子とコーヒーだけであった。父に連れられて「松田」で昼食を食ったのもそのころであったように思う。玉子豆腐の朱椀の蓋の裏に、すり生姜がひとつまみくっつけてあったことを、どういうわけか覚えている。父が何かしらそれについて田舎と東京との料理の比較論といったようなものをして聞かせたようであった。

天狗煙草が全盛の時代で、岩谷天狗の松平氏が赤服で馬車を駆っているのを見た記憶がある。店の紅殻色の壁に天狗の面が暴戻な赤鼻を街上に突出したところは、たしかに気の弱い文学少年を圧迫するものであった。松平氏は資本家で搾取者であったろうが、彼の闘志と赤色趣味とは今のプロレタリア運動にたずさわる人々と共通なものをもっていた。しかしまたピンヘッドやサンライズを駆逐して国産を宣伝した点では一種のファシストでもあったのである。彼もたしかに時代の新人ではあった。

旧時代のハイカラ岸田吟香の洋品店へ、Sちゃんが象印の歯磨きを買いにいったら、どう聞き違えたものか、おかしな護謨製の袋を小僧がにやにやしながら持出したと云って、ひどく可笑しがって話したことを想い出す。Sは口ごもって、ひどくはにかんだように物を云う癖があったのである。幼ない岸田劉生氏があるいはそのころ店先をちょこちょこ歩いていたかもしれないという気がする。

新橋詰の勧工場がそのころもあったらしい。これはいわば細胞組織の百貨店であって、後年のデパートメントストアの予想(アンチシペーション)であり胚芽(エンブリオ)のようなものであったが、結局はやはり小売商の集団的蜂窩(ほうか)あるいは珊瑚礁(さんごしょう)のようなものであったから、今日のような対小売商の問題は起らなくても済んだであろう。とにかく、これは、田舎者が国への土産物を物色するには最も便利な設備であった。それから考えると、東京市民の全部がことごとく「田舎者」になった今日、デパートの繁盛するのは当然であろう。ただ少数な江戸っ子の敗残者がわざわざ竹仙の染物や伊勢由(いせよし)の履物を求めることにはかない矜(ほこ)りを感ずるだけであろう。しかしデパートの品物に「こく」のある品の稀であることも事実である。

明治三十二年の夏、高等学校を卒業して大学にはいったのでちょうど四年目に再び上京した。谷中(やなか)の某寺に下宿をきめるまでの数日を、やはり以前の尾張町のI家で厄介になった。谷中へ移ってからも土曜ごとにはほとんど欠かさず銀座へ泊りに行った。当時、昔の鉄道馬車はもう電車になっていたような気がするが、「れんが」地域の雰囲気は四年前とあまり変りはなかったようである。ただ中学生の自分が角帽を冠り、少年のSちゃんが青年のS君になっていつの間にか酒をのむことを覚えていたくらいであった。熊本で漱石先生に手引してもらって以来俳句に凝って、上京後は折々根岸(ねぎし)の子規庵(あん)を訪ねたりしていたころであったから、自然にI商店の帳場に新俳句の創作熱を鼓吹したのかもしれない。当時一番若かったKちゃんが後年ひとかどの俳人になって、それが現に銀座裏河岸に異彩ある俳諧おでん屋を開いているのである。

鍋町の風月の二階に、すでにそのころから喫茶室があって、片隅には古色蒼然たるボコボコのピアノが一台据えてあった。「ミルクのはいったお饅頭」を御馳走すると云ったS君が自分を連れていったのがこの喫茶室であった。お饅頭はすなわちシュークリームであったのである。シューというのはフランス語でキャベツのことだとS君が当時フランス語の独修をしていた自分に講釈をして聞かせた。

運命の神様はこの年から三十余年後の今日までずっと自分を東京に定住させることにきめてしまった。明治四十二年から四年へかけて西洋へ行っている間だけがちょっと途切れてはいるが、心持の上では、この明治三十二年以後今日まではただひとつながりの期間としか思われない。したがって自分の東京と銀座に関する記憶は、— — ——のような三つの部分から成立っている。この最後の長線はどこまで続くか不明である。第一の短線と第二の短線との間が約十年でこの二つははっきり分かれている。第二短線と第三長線との間は四年しかないので、第三線の初めごろの事柄がどうかすると第二線内の事柄の中に紛れ込んで混同する恐れがある。第三線の長さは約三十年であるが、事柄によっては三十年前がつい近ごろのように思われ、また事柄によっては去年の事が十年前のようにも思われる。ひとつながりの記憶の蛇形池の中で「記憶の対流（コンヴェクション）」とでもいったようなものが行われるらしい。

　第三線にはかなりの幅がある。自分が世間に踏出してからの全生涯がこの線の中に含まれているからである。そうしてこの線を組織するきわめて微細な繊維のようになった自分の「銀座線」とでもいったようなものがあり、これが昔の――の中の銀座の夢につながっているのである。この――の中では銀座というものが印象的にはかなり重要な部分を占めていた、それの影響が後年の――の中の自分の銀座観に特別の余波を及ぼしていることはたしかである。

　震災以後の銀座には昔の「煉瓦（れんが）」の面影はほとんどなくなってしまった。第二の故郷の一つであったIの家はとうの昔に一家離散してしまったが家だけは震災前までだいたい昔の姿で残っていたのに今ではそれすら影もなくなってしまい、昔帳場格子からながめた向いの下駄（げた）屋さんもどうなったか、今三越のすぐ隣りにあるのがそれかどうか自分には分らない。十二ヶ月の汁粉屋（しるこや）も裏通りへ引込んだようであったがその後の消息を知らない。足許（あしもと）の土でさえ、舗装の人造石やアスファルトの下に埋もれてしまっているのに、何をなつかしむともなく、尾張町のあたりを彷徨（さまよ）っては、昔の夢のありかを捜すような想いがするのである。

　谷中の寺の下宿はこの上もなく暗く陰気な生活であった。土曜日に尾張町へ泊りに行くと明るくて暖かで賑（にぎ）やか過ぎて神経が疲れたが、谷中へ帰るとまた暗く、寒く、どうかすると寒の雨降る夜中ごろに蜜柑箱のようなものに赤ん坊の亡骸を収めた淋しい御葬いが来たりした。こういう墓穴のような世界で難行苦行の六日を過ごした後に出て見た尾張町の夜の灯は世にも美しく見えないわけにいかなかったであろう。今日いわゆるギンブラをする人々の心はさまざまであろうが、そういう人々の中の多くの人の心持には、やはり三十年前の自分のそれに似たものがあるかもしれない。みんな心の中に何かしらある名状しがたい空虚を感じている。銀座の鋪道を歩いたらその空虚が満たされそうな気がして出掛ける。ちょっとした買物でもしたり、一杯の熱いコーヒーでも飲めば、一時だけでもそれが満たされたような気がする。しかしそんなことでなかなか満たされるはずの空虚ではないので、帰るが早いか、またすぐに光の街が恋しくなるであろう。いったいに心の淋しい暗い人間は、人を恐れながら人を恋しがり、光を怖れながら光を慕う虫に似ている。自分の知った範囲内でも、人からは仙人のように思われる学者で思いがけない銀座の漫歩を楽しむ人が少くないらしい。考えてみると此方が当り前のような気がする。日常人事の交渉にくたびれ果てた人は、暇があったら、むしろ一刻でも人寰を離れて、アルプスの尾根でも縦走するか、それとも山の湯に浸って少時の閑寂を味わいたくなるのが自然であろう。心が賑やかでいっぱいに充実している人には、せせこましくごみごみとした人いきれの銀座を歩くほど馬鹿らしくも不愉快なことはなく、広大な山川の風景を前に腹いっぱいの深呼吸をして自由に手足を伸ばしたくなるのが当り前である。F屋喫茶店にいた文学青年給仕のM君はよく、銀座なんか歩く人の気が知れないと云っていたが、考えてみれば誠にもっとも至極なことである。

アルプスといえば銀座にもアルプスができた。デパートの階段を頂上まで登るのはなかなかの労働である。そうして夏の暑い日にその屋上へあがれば地上百尺、温度の一度や二度ぐらいは低い。上には青空か白雲、時には飛行機が通る。駿河(するが)の富士(ふじ)や房(ぼう)総(そう)の山も見える日があろう。ついでに屋上さらに三、四百尺の鉄塔を建てて頂上に展望台を作るといいと思う。その側面を広告塔にすれば気球広告よりも有効で、その料金で建設費は間もなく消却されるであろう。高い処に上がりたがるのは人間というもののの本能的な慾望である。この慾望は赤ん坊の時からすでに現われる。自分が四歳の時に名古屋にいたころのかすかな想い出の中には、どこか勝手口のような処にあった高い板縁へ攀(よ)じ上ぼろう攀じ上ぼろうとしてあせったことが一つの重大な事項になっ(も)ているのである。これに似た記憶は多くの人に共通なものであろう。この本能を守り立てればアルピニストになれる。エヴェレストの頂上をきわめようとして、それがために貴重な生命(いのち)をおとしても悔まないようになる。それで、事によるとデパートのはやる理由のことごとくが必ずしも便利重宝一点張のものでもないかもしれない。そうでないとすると小売商の作戦計画にはこの点を考慮に入れなければなるまい。

デパートアルプスには、階段を登るごとに美しい物と人との「お花畑」がある。勝手に取って持ってくることは許されないが、見るだけでも眼の保養にはなる。千円の晴衣を横眼に睨んで二十銭のくけ紐を買えば、それでその高価な帯を買ったような、不思議な幻覚を生ずる事も可能である。陳列されてある商品全部が自分のもので、宅へ置ききれないからここへ倉敷料なしのただで預けてあると思えば、金持気分になりすますことも容易である。入用なときはいつでも「預かり証」と引換えに持って帰ることができるのである。ただ問題は、肝心の時にその「預かり証」がなくなっていることである。

アルプスにも山火事があるように、デパートにも火事がある。山火事は谷から峰へと燃え上がるが、また上から下へも燃えていく。しかし、デパートの火事は下へは燃えないで、上へばかり燃え抜けるから、逃げ道さえあいていれば下へ逃げればよい。下へ逃げ損なったら頂上の岩山の燃草のない処へ行けば安全である。白木屋の火事の時に、屋上が焼け落ちるかもしれないと云って威かす途方もない与太郎があったそうであるが、鉄筋コンクリートの岩山は火には決して焼け崩れない。しかも熱伝導がきわめて悪いから下で半日焼けても屋上では履物をはいた足の裏を火傷する心配もない。窓から昇る煙が渦巻いてきたら床の面へ顔をつければよいかと思われる。しかし、それも何千人と折り重なっては困るであろうし、また満員のデパートに急な火が起れば階段が人間で鮨詰になって閉塞してしまう恐れがある。映画館の火事でそういう実例がたびたびあった。そういう時に一番大事なのは遭難者の訓練であるが、一番むつかしいのもまたその訓練である。

火事は物質の燃焼する現象であるからやはり一種の物理化学的現象である。この現象は日本には特別多い。それだのに日本の科学者で火事の研究をする人の少いのは不思議である。西洋の大学のどこにもまだ火災学という名前の講義をしている処がないからであるかもしれない。それはとにかく、よほど用心しないと、デパートというものは世にも巧妙な大量殺人機械になる恐れが十分にある。燃料を満載してある上に、しかも発火すると同時に出口が人間で閉塞し、その生きた栓が焼かれる仕掛になっているからである。山火事の場合は居合わす人数の少いだけに、損害は大概莫大ではあるが、金だけですむ。

デパートアルプスの頂上から見下ろした銀座界隈の光景は、飛行機から見たニューヨーク、マンハッタン辺のようにははなはだしい凹凸がある。ただ違うのは此方の一番高い家の高さが彼地の一番低い家の高さに相当する点であろう。このちぐはぐな凹凸は「近代的感覚」があってパリの大通りのような単調な眠さがない。うっかりすると眼を突きそうである。また雑草の林立した廃園を想わせる。蟻のような人間、昆虫のような自動車が生命の営みに忙わしそうである。

高い建物の出現するのははなはだ突然である。打出の小槌かアラディンのランプの魔法の力で思いもよらぬ処にひょいひょいと大きなビルディングが突然現われる。建物はじつは永い間にきわめて緩徐に造り上げらるるのであるが、その薄汚ない見すぼらしい目隠しがある日に突然取去られるからである。永い間人目につかない処でこつこつ勉強して力を養っていた人間がある日の運命の曙に突然世間に顔を出すようなものである。

ネオンサインも彼方此方とむやみにふえるが、此方は建築とちがって一夜にでもわずかな費用で取付けられる。その代りにまたわずかに数分間でも劇しい降雹があれば半分通りは見事に叩き壊されるであろう。考えてみるとネオン燈がはやり始めて以来、まだ一度も著しい降雹がなかったようであるが、今に四、五月ごろの雷雨性の不連続線に伴のうて鳩卵大の降雹がほんのひとしきり襲ってくれば、銀座付近が一時はだいぶ暗くなる事であろう。その時が今から的確に予報できればどこかでネオン瓦斯の買占めが起こるかもしれない。しかし、降雹がなくても、狂風に煽られた街頭の雑品が飛んできてぶつかれば結果は同様である。その時のために今から用心したいと思う人は、簡単に金網で囲んでおけばいいと思うが、なんでも明日の用心をするということはおよそ近代的でないらしい。

暴風の跡の銀座も汚ないが、正月元旦の銀座もまた実に驚くべき汚ない見物である。

昭和六年の元旦のちょうど昼ごろに、麻布の親類から浅草の親類へ廻る道順で銀座を通ってみたときの事である。荒涼、陰惨、ディスマル、トロストロース、あらゆる有合わせの形容詞の総ざらえをしても間に合わない光景である。いつもは美しく飾り立てた小売店の表には、実に見すぼらしい明治時代の雨戸がしめてある。大商店の飾窓には剝げ鏽びた鎧戸か、よごれた日除幕が下りている。死物狂の大晦日の露店の引上げた跡の街路には、紙屑やら藁屑やら、あらゆる屑という限りの屑物がやけくそに一面に散らばって、それが折柄のからび切った木枯に埃臭い渦を巻いては、処々の風陰に寄りかたまって、ふるえおののきあえいでいるのである。いわば白粉は剝げ附髷はとれた世にもあさましい老女の化粧を白昼烈日の下に曝したようなものであったのである。

　これに反してまた、世にも美しい眺めは雪の降る宵の銀座の灯の街である。あらゆる種類の電気照明は積雪飛雪の街頭にその最大能率を発揮する。ネオンサインの最も美しく見えるのもまた雪の夜である。雪の夜の銀座はいつもの人間臭い塵埃っぽい現実性を失って、なんとなくお伽話を思わせるような幻想的な雰囲気に包まれる。街の雑音までが常とは全くちがった音色を帯びてくる。飾窓の中の品々が信じがたいような色彩に輝いて見えるのである。そういうときに、清らかに明るい喫茶店にはいって、暖かいストーブの傍のマーブルの卓子を前に腰かけてすする熱いコーヒーは、そういう夢幻的の空想を醗酵させるに適したものである。

中学校で教わったナショナルリーダーの「マッチ売の娘」の幻覚のように、大きなクリスマストリーが、神秘的に光り輝く霧の中に高く浮かみ上がる。あらゆる過去へのあこがれと、未来への希望とがその樅の小枝の節々に吊された色さまざまの飾り物の中から覗いているのである。寺々の鐘が鳴り渡ると爆竹が轟いてプロージット、プロージットノイヤールという声々が空からも地からも沸き上がる。シャンシャンシャンと雪橇の鈴が聞こえ、村の楽隊のセレネードに二階の窓からグレーチヘンが顔を出す。他愛もない幻影を追う眼がガラス棚のチョコレートに移ると、そこに昔の夢のビスケット函の中のメールコーチが出現し、五十年前の父母の面影がちらつき、左團次の知盛が髪を乱して舞台に踊るのである。コーヒーの味の一番うまいのもまたそういうときである。

雪や寒い雨の日にコーヒーのうまいのはどういうわけであるか気象学者にも生理学者にもこれは分らない。空気が湿っていて純粋な「渇」を感じないために、余裕のできた舌の感覚が特別繊細になっているためかもしれないと思われる。

銀座でコーヒーを飲ませる家は数えきれないほどたくさんあるが、家ごとにみんなコーヒーの味がちがう。そうして自分で本当にうまいと思うコーヒーを飲ましてくれる家がきわめて少い。日本の東京の銀座も案外不便なところだと思うことがある。日本でのんだ一番うまいコーヒーはずっと以前にF画伯がそのきたない画室の隅の流しで、自から湯を沸かしてこしらえてくれた一杯のそれであった。

コーヒーに限らず、デパートの商品でも、あのようにたくさんにあるものの中で自分の趣好に適合するものの少いのに困ることがしばしばある。コーヒー茶碗とか灰皿とかのこわれた代りを買いに行っても、近ごろのものには、大概たまらなく厭だと思うような全く無益な装飾がしてあってどうにも買う気になれないのである。ネクタイがあまり古ぼけたので一つ奮発しようと思って物色しても、あのたくさんな商品の中にこれをと思って手の出るのは稀である。これは自分の趣味嗜好が時代に後れたという事実を証明する以外になんらの意味もない些事ではあろうが、この一些事はやはりちょっと自分にものを考えさせる。こういう時に吾々がもしも、自分の一番厭なような一番新らしい傾向の品を買ってきて我慢して使ってみていると、おしまいには案外それが好きになるかもしれない。殺風景だと思っていたコンクリートの倉庫も見馴れると賤が伏屋とはまたちがった詩趣や俳味も見出される。昭和模様のコーヒー碗でも馴れれば面白くなるかもしれない。それが面白くなるまでの我慢がしきれないで、近ごろの若い者はを口癖にいうのは、畢竟もう先きが短かくなった証拠かもしれない。もしも、これで百歳まで生きる覚悟があったら、自分はやっぱり奮発して嫌な品に馴れる努力をするであろう。時代のアルプスを登るにはやはり骨が折れる。自分もせいぜい永生きする覚悟で若い者に負けないように銀座アルプスの谿谷(けいこく)を攀(よ)じ上ぼることにした方がよいかもしれない。そうして七十歳にでもなったらアルプスの奥の武陵(ぶりょう)の山奥に何々会館、サロンなんとかいったような陽気な仙境(せんきょう)に桃源(とうげん)の春を捜って不老の霊泉を酌むことにしよう。

八歳の時に始まった自分の「銀座の幻影」のフィルムは果していつまで続くかこればかりは誰にも分からない。人は老ゆるが自然は甦(よみがえ)る。一度影を隠した銀座の柳は、去年の夏ごろからまた街頭にたおやかな緑の糸を垂れたが、昔の夢の鉄道馬車の代りに今年は地下鉄道が開通して、銀座はますます立体的に生長することであろう。百歳まで生きなくとも銀座アルプスの頂上に飛行機の着発所のできるのは、そう遠いことでもないかもしれない。しかしもし自然の歴史が繰返すとすれば二十世紀の終か二十一世紀の初ごろまでにはもう一度関東大地震が襲来するはずである。その時に銀座の運命はどうなるか。その時の用心は今から心掛けなければ間に合わない。困った事にはそのころの東京市民はもう大地震の事などは綺麗に忘れてしまっていて、大地震が来た時の災害を助長するようなあらゆる危険な施設を累積していることであろう。それを監督して非常に備えるのが地震国日本の為政者の重大な義務の一つでなければならない。それにもかかわらず今日の政治をあずかっている人達で地震の事などを国の安危と結び付けて問題にする人はないようである。それで市民自身で今から十分の覚悟をきめなければせっかく築き上げた銀座アルプスもいつかは再び焦土と鉄筋の骸骨(がいこつ)の沙漠になるかもしれない。それを予防する人柱の代りに、今のうちに京橋と新橋との橋の袂に一つずつ碑石を建てて、その表面に掘り埋めた銅版に「ちょっと待て、大地震の用意はいいか」という意味のエピグラムを刻しておくといいかと思うが、その前を通る人が皆円タクに乗っているのではこれもやはりなんの役にも立ちそうもない。むしろ銀座アルプス連峰の頂上ごとにそういう碑銘を最も眼につきやすいような形で備えた方が有効であるかもしれない。人間と動物とのちがいは明日の事を考えるか考えないかというだけである。こういう世話をやくのもやはり大正十二年の震火災を体験してきた現在の市民の義務ではないかと思うのである。

（昭和八年二月『中央公論』）

珈琲哲学序説

八、九歳のころ医者の命令で始めて牛乳というものを飲まされた。当時まだ牛乳は少くとも大衆一般の嗜好品でもなく、常用栄養品でもなく、主として病弱な人間の薬用品であったように見える。そうして、牛乳やいわゆるソップがどうにも臭くって飲めず、飲めばきっと嘔吐したり下痢したりするという古風な趣味の人の多かったころであった。もっともそのころでもモダーンなハイカラな人もたくさんあって、例えば当時通学していた番町小学校の同級生の中には昼の弁当としてパンとバタを常用していた小公子もあった。そのバタというものの名前さえも知らず、綺麗な切子硝子の小さな壺に入った妙な黄色い蠟のようなものを、象牙の耳搔のようなものでしゃくい出してパンになすりつけて食っているのを、隣席からさもしい好奇の眼を見張っていたくらいである。その一方ではまた、自分の田舎では人間の食うものと思われていない蝗の佃煮を甘味そうに食っている江戸っ子の児童もあって、これにもまたちがった意味での驚異の眼を見張ったのであった。

始めて飲んだ牛乳はやはり飲みにくい「おくすり」であったらしい。それを飲みやすくするために医者はこれに少量の珈琲を配剤することを忘れなかった。粉にした珈琲を晒木綿の小嚢にほんのひと抓みちょっぴり入れたのを熱い牛乳の中に浸して、漢方の風邪薬のように振出し絞り出すのである。とにかくこの生れて始めて味わったコーヒーの香味はすっかり田舎育ちの少年の私を心酔させてしまった。すべてのエキゾティックなものに憧憬をもっていた子供心に、この南洋的西洋的な香気は未知の極楽郷から遠洋を渡ってきた一脈の薫風のように感ぜられたもののようである。その後間もなく郷里の田舎へ移り住んでからも毎日一合の牛乳は欠かさず飲んでいたが、東京で味わったようなコーヒーの香味はもう味わわれなかったらしい。珈琲糖と称して角砂糖の内にひと抓みの粉末を封入したものが一般に愛用された時代であったが往々それはもう薬臭く黴臭い異様の物質に変質してしまっていた。

高等学校時代にも牛乳は不断飲んでいたがコーヒーのような贅沢品は用いなかった。そうして牛乳に入れるための砂糖の壺から随時に歯磨刷子の柄などでしゃくい出しては生の砂糖を嘗めて菓子の代用にしたものである。試験前などには別して砂糖の消費が多かったようである。月日がめぐって三十二歳の春ドイツに留学するまでの間におけるコーヒーと自分との交渉についてはほとんどこれという事項は記憶に残っていないようである。

ベルリンの下宿はノーレンドルフの辻に近いガイスベルク街にあって、年老いた主婦は陸軍将官の未亡人であった。ひどく威張った婆さんであったが珈琲はよい珈琲をのませてくれた。ここの二階で毎朝寝衣のままで窓前に聳ゆるガスアンシュタルトの円塔を眺めながら婢のヘルミーナの持ってくる熱いコーヒーを飲み香ばしいシュニッペルを齧った。一般にベルリンのコーヒーとパンは周知のごとくうまいものである。九時、十時あるいは十一時から始まる大学の講義を聞きにウンテル・デン・リンデン近くまで電車で出かける。昼前の講義が了って近所で食事をするのであるが、朝食が少量で昼飯が遅く、またドイツ人のように昼前の「おやつ」をしない我らにはかなり空腹であるところへ相当多量な昼食をしたあとは必然の結果として重い眠気が襲来する。四時から再び始まる講義までの二、三時間を下宿に帰ろうとすれば電車で空費する時間が大部分になるので、ほど近いいろいろの美術館を丹念に見物したり、旧ベルリンの古めかしい街区のことさらに陋巷を求めて彷徨したり、ティアガルテンの樹立を縫うてみたり、またフリードリヒ街や、ライプチヒ街の飾窓を覗込んでは「ベルリンのギンブラ」をするほかはなかった。それでも潰しきれない時間をカフェーやコンディトライの大理石の卓子の前に過ごし、新聞でも見ながら「ミット」や「オーネ」の珈琲をちびちび嘗めながら淡い郷愁を瞞着するのが常習になってしまった。

　ベルリンの冬はそれほど寒いとは思わなかったが暗くて物懶くて、そうして不思議な重苦しい眠気が濃い霧のように全市を封じ込めているように思われた。それが無意識な軽微の慢性的郷愁と混合して一種特別な眠気となって額を圧えつけるのであった。この眠気を追払うためには実際この一杯のコーヒーが自分にはむしろはなはだ必要であったのである。三時か四時ごろのカフェーにはまだ吸血鬼の粉黛の香もなく森閑としてどうかすると鼠が出るくらいであった。コンディトライには家庭的な婦人の客が大多数でほがらかに賑やかなソプラノやアルトの囀りが聞かれた。

国々を旅行する間にもこの習慣を持って歩いた。スカンディナヴィアの田舎には恐ろしく頑丈で分厚で叩きつけても割れそうもない珈琲茶碗にしばしば出会った。そうして茶碗の縁の厚みでコーヒーの味覚に差違を感ずるという興味ある事実を体験した。ロシア人の発音するコーフイが日本流によく似ている事を知った。昔のペテルブルグ一流のカフェーの菓子はなかなかに贅沢でうまいものであった。こんな事からもこの国の社会層の深さが計られるような気がした。自分の出遇った限りのロンドンのコーヒーは多くはまずかった。大概の場合はＡＢＣやライオンの民衆的なる紅茶で我慢するほかはなかった。英国人が常識的健全なのは紅茶ばかりのんでそうして原始的なるビフステキを食うせいだと論ずる人もあるが、実際プロイセン辺りのぴりぴりした神経は事によるとうまい珈琲の産物かもしれない。パリの朝食のコーヒーとあの棍棒を輪切りにしたパンは周知の美味である。ギャルソンのステファンが、「ヴォアラー・ムシウ」といって小卓にのせていく朝食は一日中の大なる楽しみであったことを思い出す。マデレーヌの近くの一流のカフェーで飲んだコーヒーの雫が凝結して茶碗と皿とを吸着けてしまって、一緒に持上げられたのに驚いた記憶もある。

西洋から帰ってからは、日曜に銀座の風月へよく珈琲を飲みに出かけた。当時ほかにコーヒーらしいコーヒーを飲ませてくれる家を知らなかったのである。店によるとコーヒーだか紅茶だかよほどよく考えてみないと分からない味のものを飲まされ、また時には汁粉の味のするものを飲まされる事もあった。風月ではドイツ人のピアニストS氏とセリストW氏との不可分な一対がよく同じ時刻に来合わせていた。二人もやはりここの一杯のコーヒーの中にベルリンないしライプチヒの夢を味わっているらしく思われた。そのころの給仕人は和服に角帯姿であったが、震災後向側に引越してからそれがタキシードか何かに変ると同時にどういうものか自分にはここの敷居が高くなってしまった、一方ではまたSとかFとかKとかいう吾々向の喫茶店ができたので自然に其方へ足が向いた。

自分はコーヒーに限らずあらゆる食味に対してもいわゆる「通」というものには一つも持ち合わせがない。しかしこれらの店のおのおののコーヒーの味に皆区別があることだけは自然に分かる。クリームの香味にも店によって著しい相違があって、これがなかなか大切な味覚的要素であることもいくらかは分かるようである。コーヒーの出し方は慥かに一つの芸術である。

しかし自分がコーヒーを飲むのは、どうもコーヒーを飲むためにコーヒーを飲むのではないように思われる。宅の台所で骨を折ってせいぜいうまく出したコーヒーを、引き散らかした居間の書卓の上で味わうのではどうも何か物足りなくて、コーヒーを飲んだ気になりかねる。やはり人造でもマーブルか、乳色硝子の卓子の上に銀器が光っていて、一輪のカーネーションでも匂っていて、そうしてビュッフェにも銀とガラスが星空のようにきらめき、夏なら電扇が頭上に唸り、冬ならストーヴがほのかにほてっていなければ正常のコーヒーの味は出ないものらしい。コーヒーの味はコーヒーによって呼び出される幻想曲の味であって、それを呼び出すためにはやはり適当な伴奏もしくは前奏が必要であるらしい。銀とクリスタルガラスとの閃光のアルペジオは確かにそういう管絃楽の一部員の役目をつとめるものであろう。

　研究している仕事が行詰ってしまって、どうにもならないような時に、前記の意味でのコーヒーを飲む。コーヒー茶碗の縁がまさに唇と相触れようとする瞬間にぱっと頭の中に一道の光が流れ込むような気がすると同時に、やすやすと解決の手掛かりを思いつくことがしばしばあるようである。

　こういう現象はもしやコーヒー中毒の症状ではないかと思ってみたことがある。しかし中毒であれば、飲まない時の精神機能が著しく減退して、飲んだ時だけようやく正常に復するのであろうが、現在の場合はそれほどのことでないらしい。やはりこの興奮剤の正当な作用であり利き目であるに相違ない。

珈琲が興奮剤であるとは知ってはいたが本当にその意味を体験したことはただ一度ある。病気のために一年以上全くコーヒーを口にしないでいて、そうしてある秋の日の午後久しぶりで銀座へ行ってそのただ一杯を味わった。そうしてぶらぶら歩いて日比谷辺まで来るとなんだかその辺の様子が平時とはちがうような気がした。公園の木立も行交う電車もすべての常住的なものがひどく美しく明るく愉快なもののように思われ、歩いている人間がみんな頼もしく見え、要するにこの世の中全体がすべて祝福と希望に満ち輝いているように思われた。気がついてみると両方の手の掌に脂汗のようなものが一杯ににじんでいた。なるほどこれは恐ろしい毒薬であると感心もし、また人間というものが実にわずかな薬物によって勝手に支配されるあわれな存在であるとも思ったことである。

スポーツの好きな人がスポーツを見ているとやはり同様な興奮状態に入るものらしい。宗教に熱中した人がこれと似よった恍惚（こうこつ）状態を経験することもあるのではないか。これが何々術と称する心理的療法などに利用されるのではないかと思われる。

酒やコーヒーのようなものはいわゆる禁慾（きんよく）主義者などの眼から見れば真に有害無益の長物かもしれない。しかし、芸術でも哲学でも宗教でも実はこれらの物質とよく似た効果を人間の肉体と精神に及ぼすもののように見える。禁慾主義者自身の中でさえその禁慾主義哲学に陶酔の結果年の若いに自殺したローマの詩人哲学者もあるくらいである。映画や小説の芸術に酔うて盗賊や放火をする少年もあれば、外来哲学思想に酩酊して世を騒がせ生命を捨てるものも少くない。宗教類似の信仰に夢中になって家族を泣かせるおやじもあれば、あるいは干戈を動かして悔いない王者もあったようである。

　芸術でも哲学でも宗教でも、それが人間の人間としての顕在的実践的な活動の原動力としてはたらくときにはじめて現実的の意義があり価値があるのではないかと思うが、そういう意味からいえば自分にとってはマーブルの卓上におかれた一杯のコーヒーは自分のための哲学であり宗教であり芸術であるといってもいいかもしれない。これによって自分の本然の仕事が幾分でも能率を上げることができれば、少くも自身にとっては下手な芸術や半熟の哲学や生温い宗教よりもプラグマティックなものである。ただあまりに安価で外聞の悪い意地の汚ない原動力ではないかといわれればそのとおりである。しかしこういうものもあってもいいかもしれないというまでなのである。

　宗教は往々人を酩酊させ官能と理性を麻痺させる点で酒に似ている。そうして、珈琲の効果は官能を鋭敏にし洞察と認識を透明にする点でいくらか哲学に似ているとも考えられる。酒や宗教で人を殺すものは多いが珈琲や哲学に酔うて犯罪をあえてするものは稀である。前者は信仰的主観的であるが、後者は懐疑的客観的だからかもしれない。

芸術という料理の美味も時に人を酔わす、その酔わせる成分には前記の酒もあり、ニコチン、アトロピン、コカイン、モルフィンいろいろのものがあるようである。この成分によって芸術の分類ができるかもしれない。コカイン芸術やモルフィン文学があまりに多きを悲しむ次第である。

珈琲漫筆がついつい珈琲哲学序説のようなものになってしまった。これも今しがた飲んだ一杯の珈琲の酔の効果であるかもしれない。

(昭和八年二年『経済往来』)

空想日録

一　白熊の死

探険船シビリアコフ号の北氷洋航海中に撮影されたエピソード映画の中に、一頭の白熊を射殺し、その子を生捕る光景が記録されている。

果てもない氷海を張りつめた流氷のモザイクの一片に乗っかって親子連の白熊が不思議そうに此方(こちら)を眺めている。おそらく生れて始めて汽船というものに出逢(であ)って、そうしてその上に蠢(うごめ)く人影を奇妙な鳥類だとでも思ってまじまじと眺めているのであろう。甲板の手すりにもたれて銃口を揃えた船員の群がいる。「まだ打っちゃいけない。」映画監督のシュネイデロフが叫ぶ。銃砲より先にカメラの射撃が始まるのである。白熊は、自分の毛皮から放射する光線が遠方のカメラのレンズの中に集約されて感光フィルムの上に隠像(レーテントイメージ)の記録を作っていることなどは夢にも知らないで、罪のない好奇と驚異の眼をこの浮島の上の残忍な屠殺者(とさつしゃ)の群に向けているのである。撮影が了ると待ちかねていた銃口から一斉に薄い無煙火薬の煙が迸る。親熊は突然後脚を折って尻餅をつくような恰好をして一度ぐるりと廻るかと思うと、急いで駆出すが、すぐに後を振りむいて何かしら自分の腰に喰付いている眼に見えぬ敵を追払おうとする様子をする。生命取りの強敵はもう深く体内に侵入しているがそんなことは熊には分からない。また慌てて駆出す。わけは分からないが本能的に敵から遠ざかるような方向に駆出すのである。右の腰部から真黒な血がどくどく流れ出して氷盤の上を染める。映画では黒いだけのこの血が実際にはいかに美しく物凄い紅色を氷海のただ中に染出したことであろう。そのうちにまたいくつかの弾をくらったらしい。いくら逃げても追駆けてくる体内の敵をまくつもりで最後の奥の手を出して間近な二つの氷盤の間隙にもぐり込もうとするが、割れ目は彼女の肥大な体軀を容れるにはあまりに狭い。この最後の努力でわずかに残った気力が尽き果てたか、見る見るからだの力が抜けていって、くず折れるようにぐったりと横倒しに倒れてしまう。一方ではまた、何事とも知れぬ極度の恐怖に襲われて、氷塊の間の潮水をもぐって泳ぎ廻る可憐な子熊もやがて縄の輪に縛られて船に吊上げられる。そうして懸命の力で反抗し暴れ廻わる。

「ひどく一同を手こずらせた」と探険隊長の演説の中でも紹介されているが、これは子熊の立場からは当然のことであろう。暴れる子熊の横顔へ防寒長靴を履いた人間の脚がいくつも飛んでくる。これも人間の立場からは当然であろう。やがて魂の抜けた親熊の死骸(しがい)が甲板に吊下ろされると、子熊はいきなり飛付いて母の頸筋(くびすじ)に喰らい付いて引ずり出そうとするような態度を見せる。おそらくこの痛手を負った母を引きずりながらこの場を逃出そうとするのであろう。その母はもうとうに呼吸が絶えており、そうして自分のからだには縄がかかっているのである。

　この母熊の肉は探険隊員のあまたの食卓を賑わすと同時に隊員のビタミン欠乏症を予防する役に立った。子熊の方はたぶんそのうちに東京の動物園に現われ檻(おり)の前の立札には「従来捕獲されたる白熊の中にて最高緯度の極北において捕獲されたるものなり」といったような説明書がつくことであろう。そのころにはもうあの北氷洋上の惨劇も子熊の記憶からはとうの昔に消えてしまっているであろう。

　動物の眼から見ればやはり人間は得手勝手なものに見えるであろう。氷海の無辜(むこ)の住民たる白熊に対してはソビエト探険隊員は残虐なる暴君として血と生命との搾取者(さくしゅしゃ)としてスクリーンの上に映写されるのである。

　白熊がもしもチンパンジーであったら、この映画の観客に与える情緒は少しちがうであろう。チンパンジーの代りにホッテントットであったらどうか。若干の道徳学者が人道論を持出して映画の公開だけは禁じられるであろう。

　チンパンジーは人間とはちがって動物だという。これは動物学者が人為的に勝手な理窟(りくつ)から割出してきめた分類によるからである。

北氷洋の白熊は結局、カメラも鉄砲も縄も鎖もウインチも長靴も持っていなかったために殺され生捕られたにすぎないように思われる。

二　製陶実演

三越へ行ったら某県物産展覧会というのが開催中であって、そこでなんとか焼の陶器を作る過程の実演を観覧に供していた。廻転台の上へ一塊の陶土を載せる。そろそろ廻わしながらまずこの団塊の重心がちょうど廻転軸の上に来るように塩梅するらしい。それが、多年の熟練の結果であろうが、はじめひょいと載せただけでもう第一近似的にはちゃんと正しい位置におかれている、それで、あとはただこの団塊をしっかり台板に押付け固着させるための操作をかねて同時にほんの少しの第二近似を行うだけである。さて、この据付け作業がすむと今度は、両手を稀薄な泥汁に浸したのちに、その手で廻転する団塊の胴を両方から押さえながら下から上へとだんだん撫で上げると、今まではただの不規則な土塊であったものが、「廻転的対称」という一つの統整原理の生命を吹込まれただけで忽然として「生きて」くる。そうして滑かな泥汁に濡れた土の肌も見る見る活き活きとした光沢を帯びてくるのである。次には、この土塊の円筒の頂上へ握拳をぐうっと押込むと、筒の頭が開いて内にはがらんとした空洞ができる、そうしてそれがしだいに内部へ拡がると同時に、胴体の側面が静かに膨れ出してどうやら壺らしいものの形が展開されていくのである。それから壺の口縁の処のやや細かい形のモデリングが始まるのであったが、そうそういつまでも観ている暇がなかったから、そこまでで残念ながら割愛して帰ってきたのであった。帰りの電車に揺られながらも、この一団のきたない粘土の死塊が陶工の手にかかるとまるで生物のように生長し発育していく不思議な光景を幾度となく頭の中で繰返し繰返し思い起しては感歎するのであった。

　人間その他多くの動物の胚子は始めは球形である。そうして、その一方が凹入して壺形になるのが発生の第一階段である。粘土の塊から壺にできていくのは外見上いくらかこれと似た過程であるが、しかし生物の胚子の場合に陶工の手の役目をつとめるものがなんであるかはいかなる生物学者にも未だよくは分からないようである。それはとにかく、この胚子の壺の形がだんだんにどこまでも複雑な形に分岐し分岐して、それがおしまいにはクレオパトラになったり、うちの三毛猫になったりするのである。クレオパトラでも三毛猫でも畢竟は天然の陶工の旋盤なしにひねり出した壺である。この壺の中味が問題になるのであろう。

　粘土がなくては陶器はできないが粘土があっただけではやはり陶器はできない。これは当り前である。しかしこの当り前な事が時々忘却されるためにいろいろな問題が起ることがある。

ある哲学者が多年の間にたくさんの文献を渉猟して蒐集し蓄積した素材の団塊から自身の独創的体系を構成する場合があるであろう。科学者でも同様な場合があるであろう。そういう場合に寄り集まった材料が互いに別々な畑から寄せ集められたものである以上各部分の間にはなんらの必然的な連絡はなく、したがってそれらの堆積はやはり単なる素材の堆積であり団塊であるというだけで、結局はその学者なる陶工の旋盤の上に載せられた粘土の団塊と大した変わりはないであろう。もっとも文献の破片は一度すっかり細かにすり潰されなければならないのであるが、すり潰されても結局素材としてはもとのものの変形である。

この素材の団塊から優れた学者が彼の体系をひねり上げる際にはやはり名工が陶器を作ると同様なものがあるような気がする。死んだ無機的団塊が統整的建設的叡智の生命を吹込まれて見る間に有機的な機構系統として発育していくのはじつに面白い見物である。

こういう場合に傍観者から見て最も滑稽に思われることは、この有機的体系の素材として使用された素材自身、もしくはその供給者が、その素材を使って立派なものを作り上げ、そうして名工としての栄誉を博した陶工に対して不平怨恨の眼を向けるという事実である。つまりいわば某陶工が帝展において金牌を獲たときにその作品に使われた陶土の採掘者が「あれはおれが骨折って掘ってやった土をそっくりそのまま使って、そうした金牌をせしめておきながら涼しい顔をしている」と云って憤慨するのと似たことが実際にしばしば起るのである。あるいはまた、陶土採掘者が平気でいても、はたのものが承知しないで、頼まれもせぬ同情者となって陶工の「不徳義」を責めるような事件が起ることもある。陶工の得た名声や利得が大きければ大きいほど、こういう事件の持上る確率が大きいようである。

文学上の作品などでも、よくこれに類した「剽窃問題」が持上がる事がある。大文豪などはほとんど大剽窃家である。

哲学者・科学者皆そうである。アリストテレースなどは贓品の蔵を建てた男である。仕事が大きいほど罪も深い。

ダーウィンが彼の進化論を纏め上げて、それが一般に持て囃された時代には、おそらくダーウィンに対して前述の粘土供給者と同様の怨恨を抱き、ダーウィンを盗賊呼ばわりしたものが三人や五人は必ずあったであろうと想像される。これほど大きな仕事でなくても、もっと小さな科学者の小さなアルバイトについても、例えば一人の教授がその弟子の労力の結果を利用して一つの小さな系統化を行い、一つの小さな結論を纏めた場合に、その弟子が「自分の粉骨砕身の努力の結果を先生がそっくり攫って一人で甘い汁を吸った」と云って怨む場合や、また先生と弟子との間には諒解が成立しているのに頼まれもせぬ傍観者がこれを問題にして蔭で盛んにその先生を非難し弟子を焚き付けるといったような場合は、西洋でも東洋でもしばしば見聞する現象である。もっとも中には、実際に、単に素材のみならず、その造型構成のイデーまでも弟子の独創によって出来上がったものを、先生が、先生であるというだけの特権を濫用してそっくり我物にして涼しい顔をする場合もないとは云われないが、またそうでない場合がずいぶんあるようである。弟子がいったい何をしていいか見当の分からない場合に、一つのものになる見込のあるテーマを授け、それに対する研究進行の径路を指示するのはそう誰にでも容易なことではないのであって、これだけでも一つの仕事の骨骼に相当する。そうして得た結果がいったい何に役立つか弟子自身には見当のつかない場合に、先生がそれを使ってともかくも一つの纏まった帰納とそれからの演繹をすることに成功したとすれば、この場合は明白に先生が陶工であり弟子は陶土の供給者でなければならない。それにもかかわらず、冷静な第三者の眼には明白にこの場合に該当すると思われる場合においても、弟子が先生を恨みゴシップが焚き付けるという事件の起ることが意外に多いように見受けられる。これは科学的のアルバイトというものの本性に関する認識不足から起る現象である。そうした不平をいう弟子にはまた当然独創力に乏しい弱い頭の持主が多いわけである。もし独創力のある弟子なら、そんな些細なものを先生にくれてやっても、自分の仕事は眼の前にいくらでもころがっているからである。

陶工が陶土およびその採掘者に対して感謝の辞を述べる場合は少い。これは不都合なようにも思われるが、よく考えてみると、名陶工には誰でもはなれないが、土を掘ることはたいてい誰にでもできるからであろう。

独創力のない学生が、独創力のある先生の膝下で仕事をしているときは仕事が面白いように平滑に進行する。その時弟子に自己認識の能力が欠乏していると、あたかも自分が独りで大手をふって歩いているような気持がするであろう。しかし必ずしもそうでないということは、一度その先生の許を離れて一人立ちで歩いてみればすぐになるほどと納得されるのである。しかし性のよい弟子は、先生の手足になって機嫌よく元気に働いている期間にすっかり先生の頭の中の原動力を認識し摂取して我物にしてしまう。そうして一本立ちになるが早いかすぐに自分の創作に取りかかる。これに反して先生が自分の仕事を横取りしたといって泣言を云うような弟子が一本立ちになって立派な独創力を発揮する場合はわりに少いようである。これは当然のことであろう。

以上とはまた反対の場合もたくさんある。陶工が凡庸であるためにせっかく優良な陶土を使いながらまるで役に立たない無様な廃物に等しい代物を捏ね上げることはかなりにしばしばある。これでは全く素材が可哀相である。しかし学問の場合においては、いい素材というものは一度掘出されればいつかは名工に見出されて立派なものに造り上げられるもののように思われる。古い話ではあるがティコ・ブラーへの天体観測の結果は、幾度か非科学的な占筮の用にも供せられたのであろうが、結局は名工ケプレルの手によって整然たる太陽系の模型の製作に使われた。ニュートンはまたこのケプレルの作ったものを素材として、さらに偉大な彼の力学体系を建設した。これと同様な例を挙げれば限りはないであろう。

三越で陶工の作業を見た帰りの電車の中でこんな空想を起こしてみたが、後になってもう一遍考え直してみると、陶工の仕事と学者の仕事との比較には少からず無理なところがある。学問の場合には、素材というものの価値がじつは非常に重大である。いい素材を発見しまた発掘するということの方がなかなか困難であってひと通りならぬ才能を要する場合が多く、むしろそれを使って下手な体系などを作ることよりも、もっと遥かに困難であると考えられる場合も少くはない。そうして学術上の良い素材は一度掘出されれば、それはいつまでも役に立ち、また将来いかなる重大なものに使用されるかもしれないという可能性をもっている。これに反してその素材を用いて作り上げられた間に合わせの体系や理論の生命は必ずしも永くはない。場合によってはうちの台所の水甕の生命よりも短かいこともある。水甕の素材は二度と使えなくても、学説や理論の素材はいつでもまた使える。こういう風に考えてくると学問の素材の供給者が実に貴いものとして後光を脊負って空中に浮み上がり、その素材を捏ねてあまり上出来でもない品物をひねり出す陶工の方ははなはだつまらぬ道化者の役割のようにも思われてくるのである。

そうかと云って陶器の需要のないところには陶土の要求もあるはずはないのは云うまでもないことである。

しかし、そういう理窟は一切抜きにして、あの陶工の両手の間で死んだ土塊が真に生き物のように生長していく光景を見ている瞬間には、どうしても人間のものを生み出す創作能力の尊さを讃美（さんび）しないわけにはいかないのであった。

三　身長と寿命

地震研究所のI博士が近ごろ地震に対しての人体感覚の限度に関する研究の結果を発表した。特別な設計をした振動台の上に固定された椅子に被試験者を腰掛けさせ、そうしてその台にある一定週期の振動を与えながらその振幅をいろいろに増減する。そうしてちょうど振動感覚の限界に相当する振幅を測定する。次には週期を変えて、また同じ事をする。そういうふうにしていろいろな週期に対する感覚限界の振幅を求めてみると、面白いことには被試験者のそれぞれに固有な一定の週期のところで感覚が最も鋭敏である。すなわち、その週期の時に、一番小さな振幅あるいは加速度を感得し得るというのである。さらに面白いことは、その特別な週期が各人の身体の構造の異同で少しずつちがい、それが結局は各個人の、腰掛けた位置に相当する固有振動週期を示すものらしいということである。

この面白い研究の結果を聞かされたときに、ふと妙な空想が天の一方から舞い下って手帳の頁にマークをつけた。それを反訳すると次のようなことになる。

時間の長さの相対的なものであることは古典的力学でも明白なことである。それを測る単位としていろいろのものがあるうちで、物理学で選ばれた単位が「秒」である。これは結局吾々の身辺に起るいろいろな現象の観測をする場合に最も「手ごろな」単位として選ばれたものであることは疑いもない事実である。いかなるものを「手ごろ」と感ずるかは畢竟人間本位の判断であって、人間が判断しやすい程度の時間間隔だというだけのことである。この判断はやはり比較によるほかはないので、何かしら自分に最も手近な時間の見本あるいは尺度が自然に採用されるようになるであろう。脈搏や呼吸なども実際「秒」で測るには恰好なものである。しかしそれよりも、もっと直接に自覚的な筋肉感覚に訴える週期的時間間隔はといえば、歩行の歩調や、あるいは鎚でものを叩く週期などのように人間肢体の自己振動週期と聯関したものである。舞踊のステップの週期も同様であって、これはまた音楽の律動週期と密接な関係をもっている。

現在の「秒」はメートル制の採用と振子の使用との結合から生れた偶然の産物であるが、このだいたいの大さの次序(オーダー)を制定したものはやはり人体の週期であるという事はほとんど慥(たし)からしく自分には思われる。

さて、吾々は時の長さをこの秒で測ると同時に、またそれを「感じ」る。多数の秒数が経過したということは、その間にたくさん歩きたくさん踊ったということであり、結局たくさんの「事」をしたことである。人間の人間的活動をそれだけ多くしたという事である。換言するとそれだけ多く「生きた」ということである。

こう考えてくると吾々の「寿命」すなわち「生きる期間」の長短を測る単位は吾々の身体の固有振動週期だということになる。

そこで、今仮りにここに侏儒(しゅじゅ)の国があって、その国の人間の身体の週期が吾々の週期の十分の一であったとする。するとこれらの侏儒のダンスは吾々の眼には実に目まぐるしいほどテンポが早くて、どんなステップを踏んでいるか判断ができないくらいであろう。しかしそれだけの速い運動を支配し調節するためにはそれ相当に速く働く神経をもっていなければならない。その速い神経で感ずる時間感は吾々の感じるとはかなりちがったものであろう。それで、事によるとこれらの一寸法師(いっすんぼうし)は吾々の一秒をあたかも吾らの十秒ほどに感ずるかもしれず、そうだとすれば彼らは吾々のいわゆる十年生きても実際百年生きたと同じように感じるかもしれない。

朝生れて晩に死ぬる小さな羽虫があって、それの最も自然な羽搏(はばた)きが一秒に千回であるとする。するとこの虫にとっては吾々の一日は彼らの千日に当るのかもしれない。森の茂みをくぐり飛ぶ小鳥が決して木の葉一枚にも触れない。あの敏捷(びんしょう)さが吾々の驚歎の的になるが、彼はまさに前記の侏儒国の住民であるのかもしれない。象が何百年生きても彼らの「秒」が長いのであったら、必ずしも長寿とは云われないかもしれない。

「秒」の長さは必ずしも身長だけでは計られないであろう。兎と亀とでは身長は亀の方が小さくても「秒」の長さは亀の方が長いであろう。すると、どちらが長寿だか、これも分からない。さて、人間がいろいろの器械を作って、それを身体の代用物とする傾向がだんだんに増してくる。そうしてそれらの器械のリズムがだんだん早くなってくると、吾々の「秒」はしだいに短かくなっていくかもしれない。それで、もしも現在の秒で測った人間の寿命が不変でいてくれれば吾々はしだいに永生きになる傾向をもっているわけである。しかし人間の寿命がモーターの廻転数で計られるようになることが幸か不幸かはそれはまた別問題であろう。

四　空中殺人法

『神伝流游書』という水泳の伝書を読んでいたら、櫓業岩飛中返などに関する条項の中に、「兼ねて飛びに自在を得る時は水際までの間にて充分敵を仕留めらるるものなり」とか、「船軍の節敵を組み落し、水際までの間にて仕留めると云う教は余程飛びに自在を得ざれば勝利を得る事能わず。依て平日此の心にて修行すべきなり」とかまた「水際迄の間にて敵を仕留めよ。陸地にては何時も敵になげられよ。大地に我が体の落ち着くまでに敵を仕留むるの覚悟をせよ」とかいう文句がある。空中殺人法を説いたものである。現代では競技会でメダルやカップやレコードを仕留めるだけが目的の空中曲技も、昔の武士は生命のやりとり空中組打ちの予行練習として行ったものと見える。

ポアンカレ著「科学者と詩人」の訳本を見ていたら、「学者は普通に、徐々にしか真理を征服しないものであります。（中略）実際家は、そのように長くかからなければわからぬ真理は殆ど意に介しません。何故なら、そのような真理は、実行の機が過ぎ去って、間に合わなくなってからわかって来るものだからです。（下略）」

なるほど学者の仕事はとかく喧嘩過ぎての棒ちぎりになる場合が普通である。ダイナモができてからそれが発電する理由が証明されたり、飛行機が飛んでから、それが飛べる必然性が闡明されたりする。大地震が襲来して数万の生霊が消散した後にその地震が当然来るはずであった事が論ぜられたりするのは事実である。

しかし必ずしもそうではないようである。学者がその仕事を「仕上げる」には長い月日を要するのは普通であるが、仕事をつかまえ、「仕留める」のにはやはり電光石火の空中曲技が必要な場合が多いように思われる。例えば実験的科学の研究者がその研究の対象とする物象に直面している際には、ちょうど敵と組打ちしているように一刻の油断もならない。いつ何時意外な現象が飛出してくるかも分からないのみならず、眼前に起っている現象の中から一つの「事実」を抽出し、仕留めるには非常な知能の早業を要するものである。

もっともいわゆる、ルーティン的な仕事であって、予定の方法で、予定の機械の指示する示度を機械的に読み取って時々手帳に記入し、それ以外の現象はどんな事があっても目を塞いで見ないことにする流儀の研究ではなんの早業も要らない、これには何も人間でなくてもロボットもしくは自記装置を使えばすむことである。しかしこれでは決して予想以外の新しいことの見つかる気遣いはないであろう。瞬間に過去るような現象を捕えるのにはやはり「水際までの間に敵を仕留める」呼吸を要するであろう。またそういう瞬間的な現象でなく持続的な現象でもそれが複雑に入り組んだものである場合にその中から一つの言明を抽出するのはやはり一つの早業である。観察者の頭が現象の中へ這入り込んで現象と歩調を保ちつつ一緒に卍巴と駆けめぐらなければ動いているものはつかまえられない。

実験や観測でなくて純粋な理論的の考察であっても、一つの指導的なイデーが頭に浮かぶのは時としては瞬間的であって、そうして、辛うじて意識の水平線の上に現われるか現われないかという場合がある。それをうっかりしていると取り逃がしてしまって、再びはなかなか返ってこない事があるであろう。これを即座に捕え仕留めるのはやはり一種の早業である。人間の頭の働き方はやはり天然現象に似た非再起的なトランシェントな経過をとる場合が多い。数学のような論理的な連鎖を追究する場合ですらも、漠然とした予想の霧の中から正しい真を抽出するには、やはり研ぎすました解剖刀の狙いすました早業が必要であろう。居眠りしながら歩いていたのでは国道でも田圃(たんぼ)へ落ちることなしに目的地へは行かれまい。

実験科学では同じ実験を繰り返すことができるからまだいいとしても、天然現象を対象とする科学では、一度取り逃がした現象にいつまためぐり会われるかも分からないという場合がはなはだ多い。そういう場合において、学者は現象の起っている最中に電光石火の早業で現象の急所急所に鋭利な観察力の腰刀でとどめを刺す必要がある。そうすれば戦いのすんだあとで、ゆるゆる敵を料理して肉でも胆(きも)でも食いたければ食うことができる。

実験的科学でも実は同様である。甲が同じ事を十回繰り返し実験しても気がつかずに見遁(みのが)す事を乙がただ一遍で発見する場合はしばしばある。

こういう早業を仕遂げるためには、もとより天賦の性能もあろうが、主として平素の習練を積むことが必要で、これは水練でも剣術でも同じことであろうと思われる。

学生の時分に天文観測の実習をやった。望遠鏡の焦点面に平行に張られた五本の蜘蛛の糸を横ぎって進行する星の光像を眼で追跡すると同時に耳でクロノメーターの刻音を数ぞえる。そうして星がちょうど糸を通過する瞬間を頭の中の時のテープに突き止めるのであるが、まだよく馴れないうちは、あれあれと思う間に星の方はするすると視野を通り抜けてしまってどうする暇もない。しかし馴れるにしたがって星がだんだんにのろく見えてくる、一秒という時間がしだいに長いものに感ぜられてくる。そうして心しずかに星を仕留めることができた。

水泳の飛び込みでもおそらく習練を積むにしたがって水ぎわまでの時間がしだいに長くなって、ゆるゆる腰刀を抜いて落着いて狙いすまして敵を刺すことができるようになるのではないかと思われる。

（昭和八年三月『改造』）

病院風景

東京××大学医学部附属病院、整形外科病室第N号室。薄暗い廊下のドアを開けて、室へはいると世の中が明るい。南向の高い四つの窓から、東京の空の光がいっぱいに流れ込む。やや煤(すす)けた白い壁。婦人雑誌の巻頭挿画らしい色刷の絵が一枚貼ってある。ベッドが八つ。それがいろいろ様式がちがう。窓の下に一列のスチームヒーター。いろいろの手拭(てぬぐい)やタオルの洗濯したのがその上に干し並べてある。それらがみんな吸えるだけの熱量を吸って温かそうにふくれ上がっている。

コキコキ。コキコキ。コキコキコキコキッ。

ブリキを火箸(ひばし)でたたくような音が、こういうリズムで、アレグレットのテンポで、単調に繰返される。兎唇(みつくち)の手術のために入院している幼児の枕元の薬瓶台の中で、おもちゃのピエローがブリキの太鼓を叩いている。

ブルルル。ブルルル。ブルブルブルッ。

窓の下から三間とはなれぬ往来で、森田屋の病院御用自動車が爆鳴する。小豆(あずき)色のセーターを着た助手が、水道のホースから村山貯水池(むらやまちょすいち)の水を惜気もなく注いで、寝台自動車に冷たい行水を使わせている。流れた水が、灰色のアスファルトの道路に黒くくっきりと雲の絵をかいている。

またある日。

窓の下の森田屋の前で、運転手と助手とが羽根をついている。十くらいの女の子も二人でついている。子供の方が大人より上手である。若い丸髷の下町式マダムが弁慶縞の上っぱりで、和装令嬢式近代娘を相手に、あでやかにつややかに活躍している。

またある日。

糸のような雨が白い空から降る。右手の車庫のトタン屋根に雀が二羽、一羽がちょんちょんと横飛びをして他の一羽に近よる。ミーラヤ、ラドナーヤとでも囀っているのか。相手は逃げて向うの電柱の頂へ止まる。追いかけてその下の電線へ止まる。頂上のはじっとして動かない。下のは絶えず右に左にからだを振り動かしている。いつまでも動かしている。

その電柱の辺に、学生時代のクラスメートTMの家がある。彼は今はW大学の数学の先生である。三十年前にはよくTMと一緒に本郷、神田、下谷と連立って歩いた。壱岐殿坂教会で海老名弾正の説教を聞いた。池の端のミルクホールで物質とエネルギーと神とを論じた。

TMの家の前が加賀様の盲長屋である。震災に焼けなかったお蔭で、ぼろぼろにはなったが、昔の姿の名残を止めている。ここの屋根の下に賄いの小川の食堂があって、谷中のお寺に下宿していた学生時代に、時々昼食を食いに行った。オムレツと焼玉子の合の子のようなものが、メニューの中にあった。「味つき」と「味なし」と二通りあった。「オイ、味なし」。「味つき」。そういうどら声があちらこちらに聞こえた。今は雑使婦か何かの宿舎になっているらしい。そのボロボロの長屋に柿色や萌黄の蛇の目の傘が出入りしている。

またある日。

蒲団を積んだ手荷車が盲長屋の裏を向うへ、ゆるやかな坂を向うへ上っていく。貸夜具屋が病院からの電話で持込むところと想定してみる。突当りを右へ廻れば病院の門である。しかし車は突当りまで行って止った。そこの曲り角の処で荷物をほごしている。曲り角には家はないはずである。分からない。どう考えてもこの蒲団の行先は分からない。余所の蒲団の行先は分からない。

この角の向側に牛肉屋の豊国がある。学生のころの最大のラキジュリーは豊国の牛鍋であった。いろいろの集会もここであった。天文関係の人が寄ったときにそのころ発見された新星ノヴァ・ペルセイの話が出た。新星と豊国がその時から結合した。磁力測量に使う磁石棒の長さをミクロンまで精密に測ろうとして骨折ったころにもよく豊国の牛肉を食った。磁石と豊国とがその時から結合した。

解剖学のO教授もよくここの昼食を食いに来ていた。ドイツ生れのO夫人がちゃんと時刻をたがえずやってきて一つの鍋のロースを日本の箸ではさんでいた。三十余年前にはこれが珍らしかった。

ある夜。

岩崎の森の梢に松坂屋の照明が見える。寒い暗い都会霧の中に夢のワルハラのごとく光の宮を浮上がらせる。

上野の動物園の森で一度に鳴き出すいろいろの鳥類のけたたましい声が聞こえる。

廊下から中央階段を降りようとする途中で窓越しに東を見ると、地下鉄ビルの照明が見える。サッポロビールの活動照明、ビール罎の中から光の噴泉が花火のように迸しる。

靴が見えない。玄関の隅々をのぞき廻る。「××さん、靴はあちらですよ」。白い制服を脱いだ看護婦達はやはり女性である。

またある日。

廊下の突当りの流し。タップをひねれば、いつでも湯が出る。一つコックの工合の悪いのがあって、それから湯が不断に流出している。もったいない、と知らぬおばさんが云う。暖かい湯気が立上る。しおれた白百合やカーネーションが流しの隅に捨ててある。百合の匂。カーネーションの匂。洗濯する人。お化粧する人。

小使が流しの上へ上がって、長い棒を押し立てて、何かゴボゴボ音を立てている。棒の先にゴムの椀のようなものが取付けてある。この椀を流し口の穴の上に俯向きに当てて、押したり放したり押したりまた放したりする。流し口の穴のつまったのをこうして疎通させる工夫と見える。流しの鉛管をつまらせる事は日本人の特長であるらしい。

看護婦が手押車に手術器械薬品をのせたのを押していく。西日が窓越しに看護婦の白衣と車の上のニッケルに直射する。見る目が痛い。手術される人はそれがなお痛いことであろう。

病院で手術した患者の血や、解剖学教室で屍体解剖をした学生の手洗水が、下水を通して不忍池に流れ込み、そこの蓮根を肥やすのだというゴシップは、あれは嘘らしい。

廊下の東詰の流しの上の明かり窓から病院の動物小屋が見える。白兎やモルモットらしいものが檻の中に動くのが見える。これらの動物は、神経を切られたり、動脈へゴム管を挿されたり、病菌を植付けられたり、耳にコールタールを塗って癌腫の見本を作られたりする。

谷を距てた上野の動物園の仲間に比べるとここのは死刑囚であろう。動物をいびり殺した学士が博士になる。

殺される動物は、ほがらかな顔をしている。

またある日。

屋上へのぼる。階上に洗濯室が二つ。鼠色の制服を着た雑使婦の婆さんが洗濯している。どこかミレーの絵の鼠色の気分がある。屋上の砂利の上に関東八州の青空。風が強くて干し物がいくつか砂利の上に落ちている。清らかになまめかしい白足袋も一足落ちている。北側の胸壁にもたれて見下ろす。巡査が一人道側へ立って警戒している。なんの警戒か分からぬ。しかし何かを警戒していることは分かる。

H首相が入院していた時の物々しい警戒を思い出す。悪いことをしないものは恐ろしくて通れなかった。

昔の医科大学の時計台もとくに無くなった。去年札幌へ行って、明治時代の時計台建築の遺物を見て涙が出そうな気がした。年を取ると涙腺の居ずまいが変ると見える。「鉄門」も塞がれた。鉄門という言葉は明治時代の隅田川のボートレースと土手の桜を思い出させる。鉄門が無くなって、隅田堤がコンクリートで堅まれば、ボートレースの概念もやはり変ってくる。明治の隅田川はもうなくなった。ただの荒川下流になった。

またある日。

本郷区役所がコンクリートの豆腐に変った。隣りのからたち寺の樹立、これだけは昔のままらしい。

電柱の雀がからたち寺へ飛んでいく。人間の世界は何もかも変っていくが、雀はおそらく千年前の雀と同じであろう。

またある日。

赤門からはいっていく。欅の並木をつつむ真昼の寒い霧。向うから幸福な二人連が来てすれちがう。また向うからただ一人、洋紅色のコートを着た若い令嬢が俯向いたまま白いショールで口を蔽うて、ゆっくりゆっくり歩いてくる。血色のいい頰、その頰が涙で洗われている。

正月の休みで、外には誰も通る人がない。旧解剖学教室、生理学教室の廃墟には冬枯の雑草ががらがらに干からびて哀れである。いかめしい城郭のようなライブラリーも柔かで憂鬱な霧の薄絹に包まれている。

涙の女はゆっくりゆっくり図書館の方へ歩いていく。しばらくして、もう一遍振返って見ると、女は引返してまた此方へゆっくりゆっくり歩いてくるらしい。可哀相に。

からだの怪我や片輪は、直るものなら病院で直してくれる。傷ついた心、不具な理性を直してくれる病院はないものか。昔はそれがあった。それが近代の思想の嵐に倒潰した。そうしてこれに代わるべき新しい病院はまだ建たぬ。可愛相に。

病院も正月で静かである。病室は明るく温かい。窓の下では羽根をついている。今日も雀はいる。昨日の雀だかどうかは分からない。雀はどれを見ても人間には同じである。

（昭和八年四月『文学青年』）

解説

角川源義

明治十一年十一月二十八日、寅彦は麹町平河町で生まれた。父利正は西南の役に従い、そののち陸軍会計監督となった。河村雨谷に文人画を学び五雲と号し、また茶の湯を嗜む。土佐藩士宇賀氏の出、十八歳のとき寺田家に迎えられ亀の夫となる。父正月に亡くなり唯一人の女であった十二歳の亀に利正を迎えた。江戸詰めの藩公の許可を得るため、利正は往復二ヶ月を要した。五十日の喪に服したが、更に江戸まで申請したりして家督相続がきまったのは七月であった。喪中座敷に簾をたれ日を遮り、高声に話すことも木綿車を廻すことも警められていた。相続のことが落着したときには、庭は荒野のように草が茂っていた。

こうした人生のひそけさに土佐びとの一面があるとともに、明るい荒々しさがある。安政時代刀傷事件に坐し詰腹を切らされた十九歳の少年の祖母、悲嘆のあまり気を失った。居あわせた人あわてて鉄瓶の湯を老媼の口にそそいだ。老媼鉄瓶の底をなで廻した掌で自分の顔をしきりと撫でたため、顔一面真黒い斑点を生じた。かかる悲惨な座にいた人びとも、矢張りそれを見て笑ったという。徒然草に見える足鼎をかぶった仁和寺の童の話を思わせるが、悲惨さが読者の胸にしみ入るのは、伝承のされ方が僧侶によるのと、事に関係あった士人の伝承の相違であろう。笑の需要のありかたが聞き手によって変って来る。この方はつくり咄でなかった。寅彦はこの話を伝え聞いて、いかなる感情が働いたかは明らかにしていない。この一挿話のなかにも寅彦が漱石より鷗外に近似していたことが考えられそうである。

　寅彦の長女貞子さんの回想によると、寅彦の父は大変気むずかしい一面があり、客あしらいが悪いとか、料理が悪いとかで、妻なる亀にやかましかった。養子の故か出て行けと叱るわけにもゆかず、だまりこんで無暗に煙草をポカポカ吸うて食事をとろうともせぬ。じいさまにお飯をたべろと言えと祖母から言われ、貞子さんがいうと孫にやさしい寅彦の父はよしよしと優しい返事だけして、相不変煙草をふかしていたという。寅彦もそうしたところを見て苦しんでいたが、父の性格を承けたものがあるのか、憂いを中に深く沈めていたと、阿部次郎先生などは私に語られた。何故か私はかかることなどでも鷗外に近いあるものを感ずる。

　九歳のとき父は満五十歳で官職を辞し、郷里高知へ退隠した。寅彦は人力車に乗せられて東海道を下った。寅彦は出入りの人びとをつかまえては「お父さんはげじげじだよ」とはやした。陸軍では非職のことを「げじげじ」と俗称した。「非」の字が蚰蜒のかたちに似通っていたからである。田舎に侘び住居する父が子供心に強い印象であったのであろう。多くの官吏の子弟が経験したように、幼い寅彦は東京訛のため「他国もんのべろしゃべろしゃ」と村の子にいじめられた。当時板垣退助の自由党全盛時代だったから「官権党の子だ」と硬派の首領株に威かされ、墨をよこさないと帰りに待ち伏せするとか、小刀をくれないとしでるぞ（ひどい目に合わせる）と脅かされた。明治二十五年八月県立尋常中学校へ入った。この年の五月から寅彦の晩年まで続いた日記が始まっている。中学時代はどちらかと云うと文学少年で、読書に興味を深くし、リンカーンの伝記に感銘していた。

本書の「野球時代」に詳しいが、寅彦三年のときストライキをやり校長を追い出した。豪傑肌だが英国仕込みの新校長が若い学士たちを従え赴任した。新校長は野球、フットボール、クリケット、ボートレースなど田舎中学生に思いもよらぬスポーツを輸入した。新学士の先生連がシャツ一つになってのリードは強い印象と衝動を与えた。世界が急に大きくなった。新校長は英語の時間に好んで格言を教えた。今まで中学を出た生徒が京都の三高へ行くのを校長は好まず、人格修練の立場から薩長肥の青年と勉学させたいと熊本の五高をすすめた。五高は寅彦が入る少しく先きに嘉納治五郎が校長としてあった。二十九年寅彦十九歳の七月、五高へ無試験入学した。高等学校で田丸卓郎博士、夏目漱石に学んだことが寅彦の将来を決定した。

物理学の泰斗、ローマ字運動の先覚者、趣味の音楽家として著名な若き日の田丸教授が、あまり得意とせぬ数学教師として寅彦を待っていた。三角の田丸教授は妙な頭巾のような帽子をかぶり、朴歯の下駄、握り大のステッキという出立ちで熊本の町を散歩していた。そのくせ運動会の次の日でも休講にせぬ真面目な、試験にはねちっこい問題を出す先生であった。田丸教授により寅彦は三角や力学を教わり数学の面白さを知った。造船学をやるつもりの寅彦が物理学を選んだのは田丸教授の感化である。寅彦が五高を出て間もなく田丸教授は京都大学、ついで東京大学に移り、またしても師弟の関係が教室で結ばれた。田丸教授に親しく接したのは五高二年の学年試験のあとで、しくじった同郷同窓のため先生の私宅へ押しかけ「点を貰う」運動委員に選ばれて、その下宿を訪ねた。田丸教授は申分を聞いても取りあわなかった。その代りヴァイオリンを出して来て物理的機構を説いたのち弾じた。寅彦が学費の一部を割いてピアノにあわせ、ヴァイオリンを求め後年まで楽器をいじり、田丸教授東京に移るや頻繁に訪ねてそのローマ字による論文や随筆を書くようになった動機が「点を貰い」に行った日に発生した。

寅彦はやはり「点を貰う」使命を持って夏目教授を訪ねた。漱石はなんとも云ってくれないので、仕方なく寅彦は俳句問答をした。俳句はレトリックの煎り詰めたものだ。扇のかなめのような集注点を指摘し描写して、それから放散する聯想の世界を暗示するものだと漱石が答えた。夏休み中手当りに俳句をつくり漱石を再び訪ねた。こうした関係で夏目家の俳句会に出席し、句稿は漱石により子規の「ホトトギス」、新聞「日本」に寄せられた。寅彦の将来を決定した二人の高等学校教授との関係が人のために「点を貰い」に行くことによって結ばれたのは、私にはかなり興味ある。つまり寅彦は終生人のために「点を貰う」努力をした人とも云える。もともと文学や物理学には別して志すところがあったから、当然夏目漱石や田丸博士との関係が生じもし、その指導を仰ぐ機会があったであろうが、寅彦は内気で謙虚な人であったから、人のために勇気を起さねば二人の師を訪ねるということもなかったと云える。寅彦が詩人科学者となった運命が二人の師によるとしたら、点を貰いに出かけた偶然を大きく見なければならぬ。

　三十二年九月東京帝国大学物理学科へ入学した。九歳のとき人力車で東海道を下った寅彦は、科学者の夢を抱いて神戸から新橋行の汽車に身を託した。名古屋の一泊は漱石の三四郎（さんしろう）の上京を思わせるときめきが、隣室の白い浴衣（ゆかた）の女に抱かれなかったとは云えぬであろう。三四郎の名古屋事件は松根東洋城（まつねとうようじょう）の友人の高校生が当時遭遇したことが漱石の取材となったと云われている。私は三四郎が誰かをいま問題にしているのではない。三四郎は複数で幾枚となく重ねあわせられた画像である。また学生の同意語と受けとってよいはずである。寅彦没後初めて全集に収められた「東上記」を見れば、寅彦もまた有力な「三四郎」の一人であった。上京直後根岸に正岡子規を訪ねた。子規は糸のように痩せ細った身体を床に横えていたが、日本詩歌の革新家らしい激しさが瞳底に燃えていた。三四郎が東京で先ず驚いたのは電車であった。ちんちん鳴るあいだに多くの人間が乗ったり降りたりする。何処へ行っても人間の激しい破壊と建設が行われていた。三四郎は一週四十時間の聴講に物足りぬものを感じた。すると与次郎は「電車に乗って東京を十五六返乗り廻しているうちには自ら物足りる様になるさ」とげらげら笑った。何処へ行っても人間ばかりである。

　その年の寅彦の日記は「科学者の日記」と題されてあった。熊本の漱石へ送った写真の裏に「行秋や芒痩せたる影法師」。上京後人事の句に興が乗って来た。別して恋の句に心ひかれていた。待恋の前書ある「侘しさや更けては灯取虫も来ず」などは秀句である。本郷西片町に家を設けたが、すでに妻夏子は病み「取かゆる氷袋や明け易き」の句を見る。翌三十三年九月イギリス留学の漱石を横浜に送った。漱石外遊中悲惨のどん底にあった。「団栗」に見える世界がそれである。年の暮に妻は血を吐き、すでに身ごもっていた。女中は理由を作って暇を取り家は荒れはてていた。年あけて小康を得た妻を植物園に伴うたが、無心に拾う団栗のかずかずは傷心の種となり、後年写生文最高の境地を示す小品が成った。妻は郷里高知で病をやしなううち長女が生まれた。ロンドンにあって伝え聞いた漱石は鏡子夫人に「気の毒と御芽出度が鉢合せ」していると書き送った。寅彦もまた肺を患い一年休学した。翌三十五年八月末上京すると間もなく正岡子規の葬送に列し、十一月には自ら妻夏子を葬る運命におかれた。あやしくも心を狂わせた美禰子に三四郎は迷羊と呼ばれた。熊本から上京した寅彦には「無意識なる偽善者」美禰子が待っていなかったが、救いを求めるすべもない迷羊になった。年深き一日寅彦は田端大龍寺に子規の墓を詣で、尾久・三河嶋の田圃道をさまよった。村の子にこの道は何処へ行くかと聞けば、町や田圃へと答える。富士や筑波が見え、秩父には雪が来ていた。迷羊は伊豆の旅に出た。

　年あけて漱石帰朝の報に接した。三四郎には広田先生が救いであった。寅彦にとって広田は漱石であった。病床に漱石の死を聞いた寅彦が「ローマ字世界」に談話を求められ「私などが時に色々不愉快な事があって、心のやり場のなかった折には、屹度先生のところへあがり、ただ先生と向きあって見たばかりで、それでもう充分に慰められる。」漱石は決して思いやりや、おためごかしなど少しも云わなかった。漱石の前へ出ると不思議に善い人になった心もちになったと云っている。寅彦には漱石外遊の不在が長い思いであったから、毎日毎晩のように訪ねた。文学や美術の話を聞けば聞くほど新しい刺戟であった。夜寒に蒲団を引きかぶり「ウェルテルの悩み」を読み、ホーマーの「イリアド」を求めたのも、そのせいである。ある雨の夜漱石を訪ねると、宗教論や与謝野晶子の「乱れ髪」の歌の話など出た。寅彦の歌にはその前から晶子の影響があるから、恐らくこの夜は寅彦から晶子の話が出たと考えてよい。夏目家を辞去した寅彦はかなり興奮していたとみえて、門前のぬかるみに足を踏み込むと日記にある。夏目家では虚子・四方太や上田敏などに逢った。上田敏はやはり非凡な人であることが初対面で印象を深くしていたのだろう、その後白山祭礼のおりに本郷カフェーで敏に会うの日乗を見る。また一高生藤村操、華厳の瀑に投じて死すなどとある。漱石が一高教授になったばかりだから、寅彦にも身近かさが一入であったであろう。卒業前の寅彦には刺戟が多過ぎた。

　三十六年七月寅彦二十六歳大学を卒業、大学院に入り実験物理学を研究、翌三十七年九月理科大学講師となった。この年の暮に漱石は虚子の勧めに応じ、子規門下の文章会「山会」に披読する創作を試みた。「吾輩は猫である」がそれである。明けて三十八年一月のホトトギスに載せられ俄かに漱石の文名が揚った。漱石は子規門や漱石門の七、八氏を読者に考えていただけに、その反響の大きいのに驚いた。引きつづき続篇を請われて、此処に首つりの力学を説く寒月の寅彦が登場する。「自分を恋っている女が有りそうな、無さそうな、世の中が面白そうな、詰らなそうな、凄い様な艶っぽい様な文句許り並べては帰る」寒月であった。漱石が文壇に出るとともに夏目家の文章会が寅彦を刺戟し「団栗」「龍舌蘭」を草しホトトギスに載せられた。漱石書簡集を見ると、野間真綱に「寅彦は今日も来て文章を朗読してゆきました。」野村伝四に「寅彦の団栗はちょっと面白く出来て居る」と云っている。漱石がシテならば寅彦は脇師である。漱石は猫を写生文だと思っていたが、猫による傍観には、猫の主観、つまりは漱石の主観過多が見受けられて本格的な写生文とは云えぬ。寅彦の「団栗」には写生本来の姿がある。単なる写生ではない。作者の感情を殺して写生に徹したが、寅彦の人間性がうち出されている。その昔同窓のため点を貰いに行った寅彦は、常に文学史の上で脇役である。寅彦のつつましさは脇に甘んじていた。八月浜口寛子を妻に迎えた。漱石の寅彦の愛し方は門下生の中で別格であった。漱石がロンドンにいた頃、学問をやるならコスモポリタンに限る。英文学などは縁の下の力持だ。日本へ帰っても英国にいても頭のあがる瀬がない。私のように生意気になりたがるものの見せしめによい修業だ。自分も科学をやりたくなったと孤独感を打ちあけている。寅彦の漱石思いもまた深く「三四郎」の野々宮理学士は寅彦だといわれているが、寅彦は三四郎の草稿を見て科学上の助言を与えている。

　明治四十二年三月二十七日、寅彦は外遊の旅に出た。漱石日記（二十日）には鏡子夫人に餞別をもたせている。シャツ・ズボン下・鰻の鑵詰・茶・海苔などの贈物は、外遊の体験からした心遣いであろう。それより私は同じ日の日記の一節に注意する。「二葉亭露西亜で結核になる。帰国の承諾を得た所、経過宜しからず入院の由を聞く。気の毒千万也。」二人のエポック・メイカーの取りあわせの不思議を私は思う。一人はすでに一時代をなし、故知らぬ露西亜行の果てである。一人は理学博士助教授の肩書を持ち詩人科学者として新しい時代の拓けてゆく人である。寅彦がベルリンに着いて間もなく二葉亭はベンガル湾上帰らぬ人となった。恐らく地中海で二人の船が行き逢うていたであろう。早く日記文学の栄えた日本では珍しく現代に到って顧られない。寅彦の日記書簡は前後する他の作家のいずれにもましてすぐれている。西遊記行の見出しを持つ外遊中の日記や、書簡は別して立派な文学である。私は不幸にして、その日記書簡について説く人を知らない。

絵葉書の余白に誌されたエトランジェの嘆きは詩である。これほど短い文言に盛られた叙景がかつてあり得たか、抒情があり得たか。書簡の多くは父利正、妻寛子、師漱石、友小宮豊隆氏等に送られた。書簡はよき保存者を得て伝えられた。父利正と小宮氏にその感が深い。利正は人となりの故か、あるいは旧家の習わしの故か、少年時代からの断簡と雖もよく保存された。小宮氏は後に寅彦が毎月のように送った書簡のすべてを散佚されなかった。書簡で心の中を打ちあけたものが小宮氏に多いのも、寅彦文学のよき語り手であることを意味する。この旅で寅彦の得たものは驚くほど多い。ベルリンを中心に欧洲のくまぐまにその足跡をとどめた。外遊中漱石に修善寺の大患がある。寅彦の驚き様もさりながら、漱石もまた旅の寅彦を思う念が深い。「寅彦のヴィオリンの事を考え出して」の前書を持つ病中吟に「君が琴塵を払えば鳴る秋か」

の句がある。寅彦は四十四年六月に帰朝した。

帰朝後科学者として多忙を極め、文学の上では見るべきものがない。たまさか漱石を訪ねるほかは文学の交渉がない。大正五年十二月初め重態の漱石を見舞っている中に胃潰瘍を病み、九日医師の許しを得て早稲田の家へ行った。策つき注射に生をつなぐ様を見て漸くにして家へ戻ると、その訃に接した。師の命を奪ったと同じ胃病がもとで寅彦は漱石の永眠と同時に病に臥す不思議を、運命のアイロニーと感ぜずにはいられなかった。田丸先生の関係でローマ字世界に談話を寄せた外は、新聞雑誌の依頼を謝絶した。自分の傷心をじっとしておきたかったのであろう。桑木彧雄氏に漱石没後純粋な意味で遊びに行く処がなくなった。二十歳頃からの二十年間に漱石を引き去ると、残ったものは木か石のようなものだ。自分にとって不思議と漱石の文学はそれ程重要なものではなく、唯の先生そのものが貴重であったと云い送っている。病中いろいろ漱石記念事業を考えていたが、他の門下のように家や蔵書の保存より、夏目家の収入とか六人の子供の将来をはかるという風であった。門下の最年長の格からというより、如何にも科学者らしい実際に則した配慮であった。

大正八年十二月五日大学で再び胃潰瘍のため血を吐き、歳末まで大学病院で療養した。この病中静かに読書もし、色んな不満を醱酵させたのであろう。翌九年の正月の日記は寅彦の転換を物語る。今年は構わず年来の不平を爆発させ、失敬なものは片端から退治するのだと思うと雑煮もうまかった。虚偽で非人間的な学校勤めを考えた。母に学校をやめたいと相談すると、それがいいと云われて母が急に偉くなったように思われた。母は多くを語らなかったが、寅彦の苦しみを見抜いていた。学校をやめると生活は苦しくなる。しかし何時までも重箱の中に押し詰められ楊枝（ようじ）でつつかれるような生活をするより、貧乏でもいい自由なからだになりたい。さりとてどうするあてもなかった。子供は何も知らず愉快に歌ったり、カルタを取ったりしていた。寅彦は名状しがたい心持になった。漱石が大学を辞したのは、教師生活と文筆生活とが両立出来なかったからである。大学を辞した漱石は朝日新聞に迎えられた。寅彦にそのいずれがあったのでもない。孤独に耐えかね小宮氏を訪ねた帰り、門を出て急に寒気がし、ぬかるみ道を避（よ）けて歩いていると、泣き出しそうになる寅彦であった。旅行をすすめられても、漱石の修善寺を考えるとこわくて勇気の出ない寅彦であった。小宮氏を唯一の頼りに読書に耽（ふけ）った。メーテルリンク、ニーチェ、トルストイ、オスカワイルド、イプセンなど手当りに読んだ。その中に何かにうながされるように筆を執り初めた。発表する雑誌のあてがあるわけでもない。書くたびに小宮氏に送り評を請い、身近かな雑誌に載せた。その多くは小宮氏の斡旋（あっせん）をまったが、次第に綜合（そうごう）雑誌の依頼を受けるようになった。

本書の内容は多く大患以後のものである。私は二、三の事を論ぜねばならぬ。小宮氏は昔書いたものは跡をひくような余情があるのに近頃のものはそれがないと批評した。寅彦は昔は理窟は云わないで俳句を作るつもりで短く切りつめ、云いたい事を半分でやめるようにしたせいであろう、近頃は却って厭味のような気がすると答えている。写生文は出来るだけ作者の感情を殺し物を写そうとする。叙景に徹すると単なる叙景ではなくて、自ら作者の抒情が出て来る。それはすぐれた作家の力倆というものである。寅彦の写生文に写生の持つ余情精神が出ていた。苦しい鍛錬を経ての事である。大患後の寅彦はそれに囚われたくなかった。枠の中での物云いより、自ずと湧き出て来るから書かずにおれぬという風であった。これに前後して捨てていた絵を始めた。暇を見つけては写生に出かけた。絵の世界に寅彦はまた発見した。実物を眼で見た通り写すためには、眼で見たとはまるで違った風に描かねばならぬと知った。実物のように見せる為に使う「手品の種」を研究しようとした。手品の種とは虚構の謂いであろう。虚構はあくまで現実の裏づけでなければならぬ。寅彦のメモには虚は実を盛るべき容器。虚は不易の真の範疇的本体。実は流行の諸相。虚は空虚の虚で空間。実は充実の実などと虚実論の考察を見る。寅彦の写生に対する発見と前後して、俳句や短歌の世界に於いて、子規などの説いた写生説は変化した。大須賀乙字の俳句に於ける写意説。赤彦の物及び現象の中核に潜み入り、その性命を捉えるのは作者自身の性命を捉えることだという説。更に茂吉氏の実相に観入して自然・自己一元の生を写す、いわゆる実相観入説などは行くべき処へ行った感がある。

私は寅彦の人間像を描くために多くを費した。殊に「団栗」以前の寅彦に詳しかったのは、文学者以前の人間形成を明かにしたかったからである。それ以後は作品が自ずと語る。寅彦随筆の幾たびかの変貌(へんぼう)は「ピタゴラスと豆」の解説に誌した。ここで問題にしたいのは土佐藩士の血を承けた寅彦が、さまざまな苦悶(くもん)の果てに人間的な完成を見た。近代を通るための苦悶が寅彦には重く課せられた。いわば明治から昭和への日本の苦悶が単なる科学者でなかった故に寅彦には重い荷であった。「三四郎」の野々宮理学士のような超然さは少くとも初めはなかった。寅彦は憂いを深く中に沈めて多くを語らなかったが、それだけに苦悩も深かった。大学をやめた大正九年は人間としての苦闘の年であった。則天去私に達するには一度則天則私の道を通らねばならぬ。そうでないと去私の「私」も何も出来やしない。天に一度ガスマントルをかけ火をつけて「私」の繊維を焼き払わねばならぬと思う。三四郎には広田先生が救いであったが、寅彦は救いを求める漱石がすでに亡い。漱石には深い愛情と強い正義があって、その超脱の要求は非人情への努力を促した。娘がめっかちになって自分の前に出て来ても、ウンそうかと云って平気でいられるようになりたいと門下の人に語った。その実、非人情の裏に溢(あふ)れるような人情があった。超脱のかげに渦巻く親の愛があった。そうした例話が出せた漱石は性格的にも寅彦とは違っていたし、寅彦ほどの苦しみがなかった。寅彦は科学者として文学者として名をなした後にも、家庭に於いては立派な父でありたいと願い、子への愛情は類のないものであった。夏海岸で妻や子供を暮らさせ、自分ひとり東京に留(とどま)ったが一日でも便りがないと案じた。

　こういうと寅彦の性格は弱そうだが、神経質な反面癇癪(かんしゃく)持ちで負けず嫌いであった。土佐人の性格であるが寅彦はあらわに出さなかった。真理や正義や学問に対しては激しい情熱を持った。然(しか)し自ら正義呼わりをすることは決してなかった。無反省な思いあがりのなかったのは、真理や学問に対して謙虚であったからである。寅彦が単なる科学随筆家であったならば、今におき多くの読者を持ちえなかったであろう。寅彦のヒューマニストとしての立派さが、文章のあやとか論理の妙を超えてあるからである。こうした多くを寅彦は俳諧(はいかい)世界に得ていた。さびとかうつりとか以上に人生の実相を見抜くことが俳諧の生命である。人間の悲喜を超えた世界を描き得るのは俳諧である。本書の「断片II」に寅彦は「連句で附句をする妙趣は自己を捨てて、自己を活(い)かし他を活かす事にあると思う。前句の世界へすっかり身を沈めて基底から何物かを握(つか)んで浮上って来ると、其処に自分自身の世界が開けて居る」と云う。寅彦は作品の上ばかりでなく、生活の上にもこれを行い得た極く僅(わず)かな作家の一人であった。

「銀座アルプス」に収めた作品は写生文を始めた頃から昭和八年に及んでいる。ある意味では寅彦の鳥瞰図(ちょうかんず)とも云うべきであろう。その多くは都会の憂鬱(ゆううつ)を論じ、帰朝者の思いも含められている。世間を厭い一時は閑居を郊外に設けたりした、いわば隠遁者の思想も見出される。だが近代はあくまで人間の交渉を強いる。寅彦はまた世に出た。そして世を論じた。そうした社会時評と見るべきものがある。寅彦の趣味は珈琲、煙草、それに「ギンブラ」であった。ギンブラなどという言葉がもう忘れられるほど今の東京には、雰囲気とゆとりを失っている。俳諧は風俗文学と云ってよい。時代風俗の反映なき俳諧はあり得ない。風俗とは時代の生活感情や生活事情を裏づけとしている。寅彦は研究所や書斎にあけくれしていた人だと思われる方には「ギンブラ」の一語は奇異に思われるであろう。門下の矢島祐利氏にあてた年賀状に「職業　論文随筆濫造業。持病　胃潰瘍、ギンブラ等」とあるほどで、寅彦は持病とさえ思った。それほど日課のように銀座へ出かけた。大隠は市中に隠れるというが、人事の煩を厭うた寅彦には大廈の林立する銀座街が谷間のように思えた。寅彦は銀座デパートをアルプスに喩えた。階段を登るごとに美しい人と物とのお花畑がある。人事を厭えば厭うほど人間の中に埋没することが一番であった。刺戟の多い人間の中で人間を忘れることが出来た。「銀座アルプス」は昭和八年の元日中央公論のために草したが、その前に書いた「ステッキ」にも銀座アルプスのデパートの階段を上る時には多少の助けになるとステッキの効用を説いた一節に見えている。書簡には古くから使われ昭和五年の夏休暇に京城より上京中の安倍能成氏に銀座アルプス御案内したいと思っていたのにとか、昭和六年八月千葉にあった玉野光男氏にあてて「小生幸に無事不相変銀座アルプス跋渉、映画芸術研究等に従事致居候」と云っている。寅彦には銀座に幼年時代の思い出が籠められていた。銀座印象記は日記書簡感想の類に限りなく見る。そのおりおりの銀座は早取写真の如く見事に捉えられているのは、風俗作家としての資格を充分備えていたからであろう。寅彦はそのたびに人生の諸相を見ていたのである。

寺田寅彦を偲ぶ

有馬朗人

寺田寅彦の多くの随筆を、初期の写生文に基づく「イタリア人」などから晩年一九三三年（昭和八）に書かれた「病院風景」までを集めた文集『銀座アルプス』が、KADOKAWAより出版されることを喜んでおります。その際寺田寅彦の作品と私の出会いとか、物理学の視点から科学者としての寺田寅彦を紹介して欲しいなどの御要請を受け、ここに小文を書かしていただくことになりました。

寺田寅彦が生れたのは一八七八年（明治一一）、亡くなったのは一九三五年（昭和一〇）です。この本の最後にその生涯について優れた紹介文を、角川書店を創立した角川源義氏が書いていますから、それを先ず御読みになることをお薦めします。角川源義氏は御自分が国文学者でありましたから、この寺田寅彦についての文章も研究論文的な色彩があります。

私の先輩や友人を始め多くの人々が寺田寅彦の随筆、特に自然科学的な随筆を読んで、自然科学、特に地球物理を志したと言っていますが、私はそうではありませんでした。私は一九四七年旧制浜松第一中学校（現浜松北高等学校）の四学年を修了して、旧制武蔵高等学校へ入学します。小学四年生の頃から電気モーターや電池式ラジオを作ったりして将来は実験物理学者になろうと思っていました。しかし中学三年生の八月日本は敗戦し、その上その翌年一月父親が死にましたので、一九五六年東京大学原子核研究所の助手に採用されるまでの十年間、アルバイトアルバイトの苦学時代を過ごしました。その苦学時代の初めの中学四年生の時、アインシュタインとインフェルトの『物理学はいかに創られたか』（岩波新書）を読んで、理論物理学ならアルバイト生活でも何とかして時間を見付けて学べると思いました。武蔵高校へ入学したのはまさにその出発点でした。

武蔵高校の図書館で寅彦の随筆集『蒸発皿』を読んだことが、寅彦との出会いでした。寅彦の随筆はそれぞれ面白いとは思ったのですが、寅彦が取り上げる問題を研究してみようとは思いませんでした。例えば椿の花が落ちたとき上向きになるものが多いことの説明など面白いけれど遊びみたいなもので、物理の本質を追究していないように感じたのです。

生意気にも寺田寅彦の科学者としての力量を評価できなかったのですが、その高校生の頃、『蒸発皿』の次に『藪柑子集』に収録された「団栗」を読んだときは思わず涙を拭いました。寅彦の最初の妻夏子が病身でしかも初産の少し前、病気のいくらかよい風のない日に、寅彦は医者の許可を得て東大の小石川植物園へ夏子を連れて行きます。その時、夏子が熱心に団栗を拾う話です。その夏子が亡くなった後、六つになった形身のみつ坊を同じ植物園に連れて行くと母親と同じように団栗を拾った様子を描いています。寅彦は正岡子規が始め夏目漱石が発展させた写生文を若い時に幾つも書きました。この「団栗」も亡くなった妻とその子の振る舞いの良く似ている姿を客観的に写生的に綴った文章です。私はその裏にある深い嘆きに深く打たれました。

　一九五〇年私は東京大学の理学部物理学科に入学しました。そこで一年間「物理実験学」という必修の講義をして下さったのが平田森三教授でした。これは望遠鏡を真っ直ぐに光源に向けるにはどうしたらよいかとか、レンズの並べ方はどうすればよいか、天秤の使い方はどうするかなど、実験の仕方の講義でした。二年目は「統計現象論」という講義でした。これは大変面白い講義でして、私の物理学研究のどこかにこの影響が残っています。そもそも「物理学における統計現象」は寺田寅彦の最後の講義のテーマであり、平田先生はこれを学生時代に聞かれたのです。そして平田先生は寺田寅彦の弟子となられたのです。大学を卒業する直前広島の家へ帰っておられた平田先生を、寺田寅彦が広島まで行って卒業後寺田研究室で研究を続けるようにと説得されたのだそうです。私は平田先生の講義で初めて寺田寅彦の物理研究の面白さを理解しました。平田先生は五十歳の頃捕鯨のための銛の形の研究をしておられました。

様々の形の銛を的に打ち込む実験をして、鯨の体内に打ち込みやすい形は、常識に反して先端が鋭くとがったものではなく、先をすぱっと切って平らにした方が良いことが分かったのです。

寺田寅彦は物の割れ目がどうできるかとか、墨流しでどんな模様が生じるかなどの研究を、直観で解決しようとしました。それが現在では計算機や実験の手段が発達して、寺田寅彦の直観の正しさが検証されるようになりました。例えば表面科学が進んでくると、割れ目は非常に重要な意味を持っていることが分かりました。金属のディスロケーション（結晶内の線に沿って起こった原子のズレ）という問題は正に割れ目に関係しています。どういうところに割れ目が出来るかという研究は、どうやって丈夫な物を作るかという問題に関係します。

寺田寅彦の割れ目や墨流しの研究など、そして若い時代の尺八の研究、これは寅彦の博士論文の中の主要なテーマですが、どれも古典力学、古典物理の応用だと私は思っていました。しかしこれは大きな間違いであったことが、平田先生の講義を出発点に、寺田寅彦の業績を調べていて判りました。寺田寅彦は当時の物理学の最前線であったX線の研究で大きな業績を上げています。即ち当時の物理学の先端の原子物理学なども寅彦は良く理解していたのです。

寺田寅彦は一九〇九年（明治四二）ドイツに留学します。一九一一年に日本へ帰りましたが、その翌年ドイツのラウエが、X線を結晶面で回折させた後フィルムにあて、そのフィルムを現像したところ規則的な斑点（はんてん）が生じることを発見しました。この斑点をラウエ斑点と呼びます。この発見によりさまざまな結晶体の構造解析が大きく展開して行きます。

　ラウエ斑点の発見の情報が伝わるや否や寺田寅彦は結晶によるX線の回折の研究を始めました。しかもフィルムを用いずX線を受けると光る蛍光板を用い、手に持った結晶体例えば岩塩の結晶片からはね返ってくるX線の散乱の様子を観測したのです。その様子を西川正治（にしかわしょうじ）（結晶学者、元東大教授）はラウエの写真のように「数時間を費やしてやっと一枚の写真をとるのでなく、結晶を動かし、直接斑点の変化を見る事が出来るので非常に都合がよく、従ってこれから斑点の出現の原理を難しい数字を借りずに平易に『結晶格子中の網平面による反射』と云ふ言葉で言ひあらはされたのであった」と書いています。一九一三年に「数学物理学全記事」に発表された寺田寅彦のこの結晶回転方式は、ドイツの、特にミュンヘン大学の研究者たちを驚かしたそうです。

　同じ頃イギリスでは、W・H・ブラッグとその息子W・L・ブラッグの二人が、結晶によるX線回折の研究をし、X線の波長λと、X線が蛍光灯の上に斑点を作る方向（θ）と、結晶格子の面間隔（d）の間にある条件、すなわちブラッグの条件（$2d\sin\theta=n\lambda$、nは正の整数）を発見しました。寅彦は殆（ほとん）ど同じ考え方をしていたのですから、どうしてこのブラッグの条件を発見しなかったのか、私は大変残念に思います。そしてもう一つ寺田寅彦はここまで発展させた結晶のX線による研究を一年ほどで止めてしまったことも残念なことでした。折角世界の物理学の中心中の中心の先端の物理学の研究を日本で始めたのにもかかわらず全く違う研究へ移っています。

一九一七年（大正六）このX線の研究で大きな成果を得て「ラウエ映画の実験方法及其説明に関する研究」で学士院賞、しかも恩賜賞をもらっていることは、せめてもの幸いであったと思います。

寺田寅彦の偉大さはX線の研究で物理学の中心で活躍するだけでなく、本質的には地球物理学者と言った方がよいくらい、若い時代から熱海の間欠泉や大島の火山の過去と現在など火山や地震の研究もしていたことです。特にA・ウェゲナーが一九一二年に提唱した大陸移動説を大いに支持し、大陸移動説で日本海が作られたという説を提唱しました。それも「液面に浮ぶ粉状物質の層の変形に関する実験並びに地球物理学上に於ける類現象へのある応用」という寅彦らしい実験をした上での事でした。一九三〇年ウェゲナーは亡くなり、どのような力が大陸を移動させるか明確な説明がつかなかったので、大陸移動説は一旦学会から否定されたままになりました。しかし一九六〇年代のプレートテクトニクスの発展で復活し、現在は疑う人が無くなりました。寺田寅彦の先見の明に敬服します。

寺田寅彦は一九二三年（大正一二）の関東大震災以前から地震の事をしばしば論じていましたし、関東大震災の際には発生した旋風の調査の中心的役割を果たしました。大地震や津波などの天災の度に、「天災は忘れた頃にやってくる」という警句を想い出します。これは寅彦が言ったことになっていますが、実はその証拠はないのです。でも寅彦の言いそうな言葉だと私も思っています。

寺田寅彦は天災などの際に発生する流言蜚語を厳しくいましめています。科学的に冷静に対処せよと書いています。この文集の中の一章「流言蜚語」がその一つです。そこで流言蜚語の現象は言い出した人々以上に、それに右往左往する市民の責任だと書いています。例えば「多くの主要な建物に爆弾を投じつつある」という流言があった時、それが本当かどうかは、それ程多くの爆弾がどうして準備できたかとか、市中の目ぼしい建物に爆弾を投げ込む人手がどれくらい必要かと考えれば、あり得ない事と判断できるではないかと書いています。大変もっともな考え方です。私はこの文章を二〇二〇年の三月に書いていますが、新型コロナウイルスの発生で世界中大変な騒ぎになっています。そしてさまざまな流言が飛び交っています。寅彦の言葉通り冷静に考え判断すべきです。

この文集には寅彦が東京で生れてから父祖の地高知へ行って育ったり、又戻ったりした頃から親しんだ銀座の話が詳しくしかも面白く書かれています。この文章を読み明治から昭和の初期までの銀座の様子を思い浮べ、現在と比べてみるのも楽しいことです。

実は私は珈琲（コーヒー）が大好きです。これも寅彦好きのためかも知れません。寅彦も珈琲が大好きでした。その様子が滑稽（こっけい）です。アメリカの大学でも東京大学でも私の研究室には必ず珈琲沸かしが中心に置いてあって、大学紛争時代でも何時でも誰でも入って来て話し合う事ができるようにしてありました。これも寅彦の影響かも知れません。最後に愚作を一句書くことをお許し下さい。寅彦忌は一二月も末の三一日です。

珈琲の渦を見てゐる寅彦忌　　朗人

編集付記

一、本書は、一九五一年に角川書店から刊行された『銀座アルプス』を底本とした。
一、目次と本文との不一致、文字・句読点など明らかに誤りと思われる箇所については、『寺田寅彦随筆集』（岩波書店）などを校合のうえ適宜修正した。
一、原文の旧仮名遣いは現代仮名遣いに、旧字体は新字体に改めた。
一、漢字表記のうち、代名詞、副詞、接続詞、助詞、助動詞などの多くは、引用文の一部を除き、読みやすさを考慮して平仮名に改めた（例／凡そ→およそ、其の→その）。
一、送り仮名が過不足の字句については適宜正した。また片仮名の一部を平仮名に改めた。
一、底本本文の漢字にはすべて振り仮名が付されているが、小社基準に則り、難読と思われる語にのみ、改めて現代仮名遣いによる振り仮名を付し直した。
一、外来語、国名、人名、単位、宛字などの多くは、現代で一般に用いられている表記に改めた。
一、書名、雑誌名には『　』を、論考名には「　」を付した。
一、本文中には、「気狂」「気違い」「狂人」「黒奴」「ニグロ」「土人」「兎唇」「盲」「片輪」「不具」「めっかち」といった、今日の人権意識や歴史認識に照らして不適切と思われる語句や表現がある。著者が故人であること、また扱っている題材の歴史的状況およびその状況における著者の記述を正しく理解するためにも、底本のままとした。

銀座アルプス

寺田寅彦

令和2年 5月25日　初版発行
令和6年 11月25日　5版発行

発行者●山下直久

発行●株式会社KADOKAWA
〒102-8177　東京都千代田区富士見2-13-3
電話　0570-002-301（ナビダイヤル）

角川文庫 22187

印刷所●株式会社KADOKAWA
製本所●株式会社KADOKAWA

表紙画●和田三造

●お問い合わせ
https://www.kadokawa.co.jp/（「お問い合わせ」へお進みください）
※内容によっては、お答えできない場合があります。
※サポートは日本国内のみとさせていただきます。
※Japanese text only

Printed in Japan
ISBN 978-4-04-400585-6　C0195

角川文庫発刊に際して

角 川 源 義

第二次世界大戦の敗北は、軍事力の敗北であった以上に、私たちの若い文化力の敗退であった。私たちの文化が戦争に対して如何に無力であり、単なるあだ花に過ぎなかったかを、私たちは身を以て体験し痛感した。西洋近代文化の摂取にとって、明治以後八十年の歳月は決して短かすぎたとは言えない。にもかかわらず、近代文化の伝統を確立し、自由な批判と柔軟な良識に富む文化層として自らを形成することに私たちは失敗して来た。そしてこれは、各層への文化の普及滲透を任務とする出版人の責任でもあった。

一九四五年以来、私たちは再び振出しに戻り、第一歩から踏み出すことを余儀なくされた。これは大きな不幸ではあるが、反面、これまでの混沌・未熟・歪曲の中にあった我が国の文化に秩序と確たる基礎を齎らすためには絶好の機会でもある。角川書店は、このような祖国の文化的危機にあたり、微力をも顧みず再建の礎石たるべき抱負と決意とをもって出発したが、ここに創立以来の念願を果すべく角川文庫を発刊する。これまで刊行されたあらゆる全集叢書文庫類の長所と短所とを検討し、古今東西の不朽の典籍を、良心的編集のもとに、廉価に、そして書架にふさわしい美本として、多くのひとびとに提供しようとする。しかし私たちは徒らに百科全書的な知識のジレッタントを作ることを目的とせず、あくまで祖国の文化に秩序と再建への道を示し、この文庫を角川書店の栄ある事業として、今後永久に継続発展せしめ、学芸と教養との殿堂として大成せんことを期したい。多くの読書子の愛情ある忠言と支持とによって、この希望と抱負とを完遂せしめられんことを願う。

一九四九年五月三日

角川ソフィア文庫ベストセラー

天災と日本人 寺田寅彦随筆選
寺田寅彦
編／山折哲雄

地震列島日本に暮らす我々は、どのように自然と向き合うべきか——。災害に対する備えの大切さ、科学と政治の役割、日本人の自然観など、今なお多くの示唆を与える、寺田寅彦の名随筆を編んだ傑作選。

春宵十話
岡潔

「人の中心は情緒である」。天才的数学者でありながら、思想家として多くの名随筆を遺した岡潔。戦後の西欧化が急速に進む中、伝統に培われた日本人の叡智が失われると警笛を鳴らした代表作。解説：中沢新一

春風夏雨
岡潔

「生命というのは、ひっきょうメロディーにほかならない。日本ふうにいえば〝しらべ〟なのである」——科学から芸術や学問まで、岡の縦横無尽な思考の豊かさを堪能できる名著。解説：茂木健一郎

夜雨の声
岡潔
編／山折哲雄

世界的数学者でありながら、哲学、宗教、教育にも洞察を深めた岡潔。数々の名随筆の中から科学と宗教、日本文化に関するものを厳選。最晩年の作「夜雨の声」ほか貴重な作品を多数収録。解説／編・山折哲雄。

風蘭
岡潔

人を育てるのは大自然であり、その手助けをするのが人間である。だが何をすべきか、あまりにも知らなさすぎるのが現状である——。六十年後の日本を憂え、警鐘を鳴らした岡の鋭敏な教育論が冴える語り下ろし。

角川ソフィア文庫ベストセラー

一葉舟
岡　潔

「人が現実に住んでいるのは情緒としての自然、情緒としての時の中である」――。釈尊の再来と岡が仰いだ山崎弁栄の言葉や芭蕉の句を辿り、時に脳の働きにも注目しながら、情緒の多様な在り方を探る。

青春論
亀井勝一郎

青春は第二の誕生日である。友情と恋愛に対峙する「沈黙」のなかで「秘めごと」として自らの精神を育てなければならない――。新鮮なアフォリズムに満ち生きることへの熱情に貫かれた名随筆。解説・池内紀。

文学とは何か
加藤周一

詩とは何か、美とは何か、人間とは何か――。後年、戦後民主主義を代表する知識人となる若き著者が果敢に挑む日本文化論。世界的視野から古代と現代を縦横に行き来し、思索を広げる初期作品。解説・池澤夏樹。

陰翳礼讃
谷崎潤一郎

陰翳によって生かされる美こそ日本の伝統美であると説いた「陰翳礼讃」。世界中で読まれている谷崎の代表的名随筆をはじめ、紙、厠、器、食、衣服、文学、旅など日本の伝統に関する随筆集。解説・井上章一

恋愛及び色情
谷崎潤一郎
編／山折哲雄

表題作のほかに、自身の恋愛観を述べた「父となりて」「私の初恋」、関東大震災後の都市復興について書いた「東京をおもう」など、谷崎の女性観や美意識について述べた随筆を厳選。解説／編・山折哲雄

角川ソフィア文庫ベストセラー

方法序説
デカルト
小場瀬卓三＝訳

哲学史上もっとも有名な命題「我思う、ゆえに我あり」を導いた近代哲学の父・デカルト。人間に役立つ知識を得たいと願ったデカルトが、懐疑主義に到達する経緯を綴る、読み応え充分の思想的自叙伝。

新版 精神分析入門（上）（下）
フロイト
安田徳太郎・安田一郎＝訳

無意識、自由連想法、エディプス・コンプレックス。精神医学や臨床心理学のみならず、社会学・教育学・文学・芸術ほか20世紀以降のあらゆる分野に根源的な変革をもたらした、フロイト理論の核心を知る名著。

自殺について
ショーペンハウエル
石井　立＝訳

誰もが逃れられない、死（自殺）について深く考察し、そこから生きることとの意欲、善人と悪人との差異、人生についての本質へと迫る！　意思に翻弄される現代人へ、死という永遠の謎を解く鍵をもたらす名著。

饗宴
恋について
プラトン
山本光雄＝訳

「愛」を主題とした対話編のうち、恋愛の本質と価値について論じた「饗宴」と、友愛の動機と本質について論じた「リュシス」の2編を収録。プラトニック・ラブの真意と古代ギリシャの恋愛観に触れる。

君主論
マキアヴェッリ
大岩　誠＝訳

ルネサンス期、当時分裂していたイタリアを強力な独立国とするために大胆な理論を提言。その政治思想は「マキアヴェリズム」の語を生み、今なお政治とは何かを答え、ビジネスにも応用可能な社会人必読の書。